编 委 会

学术顾问：陈思和　陈晓明
总 主 编：蒋述卓　陈剑晖　贺仲明
编　　委（按姓氏笔画排序）：

丁　帆　丁晓原　王　尧　王兆胜　王春林
叶立文　刘　勇　刘　艳　刘晓明　李　怡
李建军　李春雨　李继凯　李遇春　汪树东
宋剑华　张志忠　张清华　陈国恩　陈思和
陈剑晖　陈晓明　周　群　於可训　咸立强
贺仲明　郭小东　郭冰茹　唐永亮　黄红丽
蒋述卓　雷　实　管　宁　谭桂林

本丛书入选：
2018年度国家出版基金资助项目
2017年广东省重点出版物暨"百部好书"扶持项目
2018年广东省原创精品出版项目

丛书总主编
蒋述卓
陈剑晖
贺仲明

中国新时期文学的浪漫与理想

文化自信与中国现当代文学丛书

叶立文　王胜兰　等著

广东高等教育出版社
Guangdong Higher Education Press
·广州·

图书在版编目（CIP）数据

中国新时期文学的浪漫与理想/叶立文，王胜兰等著．—广州：广东高等教育出版社，2018.10
（文化自信与中国现当代文学丛书）
ISBN 978-7-5361-6314-0

Ⅰ．①中… Ⅱ．①叶… ②王… Ⅲ．①中国文学-当代文学-文学研究 Ⅳ．①I206.7

中国版本图书馆CIP数据核字（2018）第237135号

出 版 人：唐永亮
策划统筹：黄红丽
责任编辑：龙文清
责任技编：肖宿华
责任校对：伍智慧
装帧设计：国　梁

书　　名	中国新时期文学的浪漫与理想 ZHONGGUO XINSHIQI WENXUE DE LANGMAN YU LIXIANG	
出版发行	广东高等教育出版社 地址：广州市天河区林和西横路　电话：（020）87554153 http://www.gdgjs.com.cn	
印　　刷	广东新华印刷有限公司	
开　　本	890毫米×1 240毫米　32开	
印　　张	8.625	
字　　数	232千	
版　　次	2018年10月第1版　2018年10月第1次印刷	
定　　价	42.00元	

如发现印装质量问题，请直接与印刷厂联系调换。

总　　序

　　党的十八大以来，以习近平同志为核心的党中央要求全党要坚定道路自信、理论自信、制度自信与文化自信。在这几个"自信"中，文化自信是更基本、更深沉、更厚重和更持久的力量，因它深植于中华优秀传统文化的沃土之中。而中华优秀传统文化既是中华民族独特的智慧结晶，也是全人类共享的精神财富，体现了"人类共同价值"。那么，当前应如何传承传统，实现中华优秀传统文化的创造性继承和创造性发展，从而提升中华民族的文化自信？这是近年来党和国家在思想文化建设领域关注的重点，也是当前学术界关注的热点。"文化自信与中国现当代文学丛书"正是立足于这一历史和现实语境，希望通过对传统文化的挖掘和再发现，将其有价值和有现实针对性的精神资源植入中国现当代文学，以此推进"文化自信"这一重大命题的理论与实践，为中国梦提供有益有效的精神支撑和文化滋养。

　　本丛书不是面面俱到地阐释传统文化，而是以专题为统领，针对中国现当代文学，尤其是当代文学存在的弊端，将优秀传统文化的基因与其对接并灌注其中，从而催生出一种符合新时代的新文学。比如，丛书的第一本《"文"的传统与现代中国文学》，针对中国现当代文学语言技巧越来越高，艺术形式越来越精致，但文学的路子却越走越窄，文学精神越来越稀缺的事实，提出中国现当代文学有必要到传统的源头去汲取营养，以丰富和强大自身。所谓"传统的源头"，就是"文"的传统或"杂文学"的传统。在"文"的传统中，文体既是体也是用，既是道也是器，文体的变革也是文学的变革。本书还从文章的体制、风格、文气以及叙事传统等方面,论述现当代文学应如何从传统文学中汲取营养,而不应矮化自己,"以西方的标准为标准,以西方的是非为是非"。

从文学所体现的实用价值和政治功能方面的内涵看,以"修身齐家治国平天下"的"家国情怀",是文学忧患意识、使命感和责任感的集中体现。它主要从"入世""有用"的精神维度,确立了中国文学"文以载道"的传统。但中国当代文学自20世纪90年代以来,随着人的欲望的膨胀,人文理想的失落,多元价值观的出现,作家的写作立场也发生了重大改变:从20世纪80年代的"大叙事"变为个人的"小叙事",从过去高扬理想主义和集体主义,转变为犬儒主义、物质主义和享乐主义,不少作家失去了介入时代和社会现实的激情和勇气,而忧患意识、责任感、使命感与他们也就渐行渐远。因此,要振兴当代文学,就必须要求作家"文以载道",追求文学的"有用"功能,要求作家创作要有"家国情怀",要修身齐家治国平天下,将"小家"和国家民族的"大家"统一起来,这样才有可能创造出无愧于新时代、无愧于当下的优秀作品。丛书的第二本《载道传统与文学的使命意识》通过对"文以载道"概念的梳理阐释,重申文学的伦理道德与使命意识。

我国的另一个优秀文化传统,就是"道法自然"。老子说:"人法地,地法天,天法道,道法自然。"庄子说:"天地与我并生,万物与我为一。"这都是强调人与物即自然的融合和转化。在"万物将自化"的理念中,物化既包含人的变化,也包含物的变化,同时也是物与人的互化。在中国的传统散文中,如《世说新语》《秋声赋》等,都达到一种"神与物游"的境界。而中国现当代文学已在很大程度上丢掉了中国传统文学这一优良的传统。中国现当代文学过于夸大人的地位、作用和力量,从而导致对天地自然的忽略乃至无知,也导致了社会和谐的失衡。所以,在倡扬文化自信和文化自觉的当下,当代作家要向古典文学学习遵循天地自然的法则,克服人类至上的立场,将人与自然同一化,从而将自己及其作品培育得臻于完美。丛书第三本《天人合一与当代生态文学》对此做出了回应。

中国文学一直有一个浪漫翱翔、瑰意琦行的传统,从庄子的"鹏之徙于南冥也,水击三千里"、屈原的《离骚》,到李白的诗歌、陶渊明的"桃花源",这一浪漫传统的归潜与飞扬,一直是中国文学的骄傲。然而,新中国成立以来,这一浪漫主义的传统几近绝迹。尽管有过"现实主义与浪漫主义相结合"的倡导,但那不过是一个口号,并没有真正成功的文学创作实践。因此,中国当代文学要从重物质、轻精神,重欲望、轻理想的状态中解脱出来,就必须继承浪漫主义文学传统,为文学注进生命激情和梦想。唯其如此,理想的文学才有可能出现。丛书中的《中国新时期文学的浪漫与理想》既重拾这一文学传统,又恢复了中国文学应有的文化自信。

总体来说,丛书确立了三个维度:一是优秀传统文化的维度;二是中国现当代文学的维度;三是中西文化比较的维度。通过对三个维度的融会贯通,推进中国现当代文学的文化自觉与文化自信。为此,丛书共收录13本著作,有些侧重从传统文化的思想内涵方面挖掘有价值的精神资源,有些侧重从艺术方面探讨中国当代文学如何从传统文化中汲取营养。

丛书虽属主题性出版,但具有鲜明的个性特色和原创性。具体表现在以下几方面:

第一,强烈的问题意识与建设性和前瞻性。中国现当代文学面临的问题:一是写作技巧越来越高,越来越精致化,但同时却是越来越小气和匠气,创作的路子越走越窄。二是许多作家缺乏社会时代担当和家国情怀。三是缺乏理想的文化生命人格塑造,也缺乏诗性精神和浪漫情怀。四是审美缺失,文风粗鄙。五是当代作家大多言必称西方,一切"以西方的标准为标准,以西方的是非为是非"。丛书正是以问题意识为导向来设计主题,这样便既有现实针对性,也不会重复别人。与此同时，丛书又注重"大传统"与"小传统"的传承对接，尽量从现当代文学中挖掘"文化自信"的因素，并强调在"解构"中"建构"，力图使丛书既有建设性又有前瞻性。

第二，注重传统文化的传承与创新。中华传统文化虽历史悠久、博大精深，但也存在着不少糟粕，因此要立足于现实，用时代精神去凝练、去整合传统文化，并善于进行创造性的转化。丛书从传统文化中提炼出"文的传统""文以载道与家国情怀""道法自然与天地并作""超然浪漫与文学理想""诗性飞翔与审美之维""理想文化生命人格的重塑"等主题，正是在创造创新中彰显传统文化的时代价值，让中华优秀传统文化在当代文学创作中焕发出新的生命力。

第三，宏观研究与实证研究相结合。丛书虽有较宏大的构想和命题，但绝不同于那种假、大、空的理论。因为丛书要求每位分册作者，一定要把"文化自信"的理念落实到某个层面、某一个点，要有具体细致的个案分析。总之，命题要宏大，观点要创新，方法要实证，细节要丰满。

第四，强调学理性，又兼顾可读性。丛书作者均为国内知名、长期从事中国现当代文学研究，且有较好的古代文学素养的学者，这为将丛书打造成学术精品这一总体要求打下了坚实的基础。同时，为了让读者更好地了解传统文化，提高他们阅读的兴趣，丛书兼顾了学理性和可读性两方面，尽量回避过于"学院化"的表述，用鲜活优美、灵动诗性的文字来探讨传统文化与中国现当代文学问题。当下的中国已进入一个需要理论而且一定能够产生理论的时代，一个需要思想而且一定能够产生思想的时代。中华民族伟大复兴的生动实践为理论创新提供了丰厚土壤，构建"中国学派"可以说是恰逢其时。但是，过去中国的思想理论贡献与经济的高速发展，与中华民族的伟大复兴极不相称，这其中有西方话语霸权的原因，更主要的在于我们热衷于向"西天取经"，在为西方思想提供注脚方面花费了太多时间和精力，而忽略了从中华优秀传统文化汲取营养，这样自然便不够自信，便妄自菲薄，一切"以西方的标准为标准，以西方的是非为是非"，无法让世界知道"学术中的中国""理论中的中国"。"文化自信与中国现当代文学丛书"希望通过对中华优秀传统文化的挖掘与价值再发现，在构建"学术中的中国"方面有所作为，有所贡献。

文化是民族的灵魂和血脉，是人民的精神家园。习近平总书记一再指出：要加强对中华优秀传统文化的挖掘和阐发，为人类提供正确精神指引，要围绕我国和世界发展面临的重大问题，着力提出能够体现中国立场、中国智慧、中国价值的理念、主张、方案。是的，在有着5000多年文明发展历史中孕育出来的中华优秀传统文化，积淀着中华民族最深沉的精神追求，代表着中华民族独特的精神标识，是中华民族生生不息、发展壮大的丰厚滋养，是中国特色社会主义植根的文化沃土，是当代中国发展的突出优势。它将对延续和发展中华文明、促进人类文明进步，发挥重要作用。"文化自信与中国现当代文学丛书"由于有着深厚的文化情怀和自觉的文化担当，坚守中华文化立场，立足中国现当代文学现实，面向世界，面向现代化和中国文学的未来，用时代精神去凝练、整合中华优秀传统文化和中国现当代文学，以文学来阐述"文化自信"，以此推进"文化自信"这一重大命题的理论与实践。因此，丛书获得了评审专家和有关部门的充分肯定，先后获得"2018年度国家出版基金立项""2017年广东重点出版物暨'百部好书'资助"和"传承弘扬岭南优秀传统文化和原创精品立项"。相信随着丛书的出版，"文化自信与中国现当代文学"这一命题，会越来越广泛地引发中国现当代文学研究者和读者进一步探究的兴趣。

蒋述卓　陈剑晖　贺仲明
2018年9月4日

文学传统的"内生"与"外发"
（代序）

於可训

自 20 世纪 90 年代以来，文学界谈论回归传统的声音日见其多。这原本不是一个新话题，可以说自 20 世纪初的"文学革命"反传统之后便有，只是在不同时期，有不同的说法罢了。这其中的原因虽然复杂，但主要还是因为 20 世纪初那场"文学革命"的反传统太过极端，难免要激起固有文化的反弹，而从西方学来的东西又不能完全解决中国文学的问题，故而反求诸己，回头从传统中去寻找现代文学创造的经验和资源。

但这样一来，也造成了一个历史性的后果，即从此以后，传统和现代成了对立的两极。久之，则造成了一种二元对立的思维模式。这影响到现当代文学研究，长期以来，研究者往往把传统和现代看作是两个对立的存在，甚至是两个冲突的阵营，文学处在这个对立冲突的两极之间要有作为，就只能做一种单向的选择，要么回归传统，要么走向现代。

现当代文学发生发展的历史证明，传统与现代的关系远不是这么简单。很长时间以来，人们往往认为，中国现当代文学的发生，是西方影响的结果，而接受西方影响，又以颠覆自身的传统，即所谓反传统为前提。这个流行的说法虽然说出了一个普遍存在的事实，却也遮蔽了中国现当代文学发生的一些"内生"性因素，以至于因此把中国现当代文学完全看作是一种"外发"型的文学，即外力作用的产物，割断了中国现当代文学与文学传统的血肉联系和整体关系。事实上，在 20 世纪初"文学革命"的发轫期,就有学者、作家把当时正在发生的"文学革命",看作是中国历代诗文革新运动的历史延续,而且致力于寻找白话新文学与中国古代白话文学之间的历史联系,在古今白话文学之间,构造与文言的正统诗文并行不悖的一种新的文学传统,甚至以之取代正统诗文,视为中国文学的"正宗"。后来又有人把中国文学区分为"言志"和"载道"两大传统,把承袭"言志"传统的晚明文学革新运动,看作是"文学革命"的直接源头和动因。认为五四新散文受晚明小品文影响,更是一个普遍的共识。这说明,即使是主张激进的"文学革命"的一代学人,也不否认现代新文学与文学传统之间一脉相承的内在关系。这些学者、作家的认识,对后来的现代文学研究产生了很大影响,开辟了一个由"外发"到"内生"的研究现代文学发生发展的新思路。无独有偶,在近三十年来引进和译介的一些域外论著中,也可以看到,一些西方汉学家和海外华裔学者也在努力从中国古代文学传统中发掘影响现当代文学发生发展的内缘因素,说明从中国文学的内部运动去寻找现当代文学发生的动力,重建传统与现代的关系,确实是一个不容忽视的问题。

在中国文学发展历史上,不论是见诸文字,还是流于口传,已经孕育着白话文学的萌芽,有的已长成参天大树,如果没有西方文学的影响,也将缓慢地发展出现代的白话文学。五四时期建构的白话文学传统,就是一个证明。虽然不能在"现代文学"与"白话文学"之间画上一个等号,但"现代文学"是经由倡导"白话文学"的"文学革命"肇始,尔后在不断追求现代的过程中结下的一个成熟的果实,却是不争的事实。而且,"白话文学"也是"现代文学"的一个异名和显在的文体形式。

一个民族的文学传统,不是单边的存在,而是复合的结构。

因而建构一个民族的文学传统，可以有不同的层次和角度。就中国文学整体发展的历史而言，所谓正统诗文，是由历代文人的诗歌散文创作建构起来的传统，历来居于正宗地位。自宋元白话文学兴盛，明清以降，"白话文学"日渐受到重视，近代以后，渐有觊觎正统诗文宗主地位之势。到了五四时期，"文学革命"的倡导者就由宋元明清的"白话文学"，上溯中国文学的既往历史，从中发掘白话文学萌芽生长的因素，努力在正统诗文之外，建构一个以"白话文学"为正宗的新传统。虽然这一新传统在当时并未得到广泛认同，但却是倡导"文学革命"的重要依据，并以融入、赓续这一传统为"文学革命"的目标取向。到"文学革命"成功，白话新文学日渐占据主流地位之后，又因其通俗的形式和大众化的效用，再度成为革命斗争和民族解放的利器，包括后来的为革命和建设服务等。在这过程中，被颠覆的不是中国文学传统的全部，而是文言传统的单边。相反，在颠覆文言传统的同时，却使白话文学传统被系统发掘，得到重建。

当然，自近代以来，中国文学对传统的继承，一直都是单边突进，疏于顾及全部。西方学者在研究城市文化与乡村文化的区别时，曾使用过一个"大传统"和"小传统"的概念。如果把这个概念移用到中国文学传统的研究，也可以说，中国文学的"大传统"应当包括历代文人创造的正统诗文和起于民间的白话文学两个方面。这两个方面在中国古代是相互补充、相互为用的。当正统诗文的创造力濒于枯竭，或陷入精神困境、风气颓靡的时候，往往要向民间创造的白话文学学习，从中汲取精神和艺术营养，或标举白话文学的意义和价值，提升其品格和地位。明清以后，更是如此。回观宋元明清白话文学日益兴盛、日渐受到重视的趋势，尤其是明清两代的正统诗文"专事模仿""徒为沿袭"的状况,两相比较,仅就中国文学的"大传统"内部正统诗文和白话文学的消长而言,以白话取代文言的文学革新也属势在必行。这次的文学改良虽然没有触动正统诗文的根本,但接下来的"文学革命"就视正统诗文为"谬种""妖孽",必欲除之而后快。正统诗文由此被打入"死文学"的囚牢,被"文学革命"全面"废除"。此后接续重建的传统,虽然以"民族的"自命,但基本上是起于民间的白话文学传统,如从五四时期就已经开始,到20世纪三四十年代达于极盛的通俗化、大众化的提倡,五六十年代以"革命历史演义"和"新英雄传奇"为代表的话本小说传统的复兴,都是这个单边的白话文学传统"偏至"发展的证明。

正因为现代中国文学自"文学革命"之后,逐渐走上了一条"偏至"发展之路,所以才有对于传统不断的检讨和反思,在这个过程中,被偏废的正统诗文的某些理论和创作遗产,也得到了甄别和利用。最典型的如20世纪50年代,在讨论新诗发展道路的过程中,倡导"在古典与民歌的基础上发展新诗",这个"古典"所指就主要是正统诗文中历代文人的诗歌创作。这些被"文学革命"彻底否定的文学遗产,不但成了这期间讨论诗歌形式问题的主要理论资源,而且在创作中也为当时的诗人所取法、借鉴。郭小川所创造的"新辞赋体"和尝试把词曲的形式融入叙事诗,就是这期间重续"古典"诗文传统的产物。虽然这场有关新诗发展道路的讨论,最终并未为新诗找到一条公认的发展道路,但却在一个民间的白话文学传统"偏至"发展的时代,为文人创作的正统诗文争得了继承和再造的合法性地位。

新时期以来,鉴于这种"偏至"发展的文学传统,已经造成了可资利用的历史资源匮乏,文学创作的形式僵化、风格单

一、创造力枯竭的状况,新时期的文学革新,一方面对外开放,向西方学习借鉴,另一方面同时也以开放的心态面向传统,正统诗文的遗产开始得到有效的开发和利用。20世纪80年代"朦胧诗"对温李一派诗风的继承和"新笔记小说"对笔记文体的转化,是这期间的文学重续压抑已久的正统诗文传统的重要表现。随着传统文化在整个社会生活中的地位日益提升,尤其是文学自身对追逐西方新潮的反省,从20世纪90年代以来,已有许多作家开始了创作转向。在这个转向的过程中,虽然仍有莫言式的向民间"大踏步撤退"和贾平凹等作家依旧钟情于白话小说的经验,但也有许多作家把目光投向一个比文学更深广的传统。这个传统不仅仅是上述包括正统诗文和白话文学在内的文学的"大传统",而且还是包括这个文学的"大传统"在内的更大的整体的中国文化的传统。如有人就提出,小说创作可以回到中国古代文字著述文史哲不分的"原始的'书'"的状态,并身体力行地进行了创作的试验。韩少功的《马桥词典》《暗示》等,就是这种试验的产物。此外,如张炜、迟子建等作家用纪传体、编年体、方志体、纲鉴体史书的体制创作了长篇小说。前述"新笔记小说",则进一步由短篇发展到长篇。凡此种种,说明这期间的作家,在立足本土经验,取用本土资源方面,已经超越了正统诗文和白话文学二元对立的格局,开始进入一个更加高远廓大的境界。

中国文学自来植根于一个深厚的文化著述传统,它的前身是一个文史哲不分的混成体,后来虽然从这个混成体中分离出来,却仍留有很深的原始印记。中国文学对中国文化浸润深透,而且与各种文化著述的文体边界也很模糊。论者此前曾以"史传传统"和"诗骚传统"言其对小说的影响,事实上"史传传统"和相关文化著述传统,对整个文学的影响同样至关重要。

20世纪90年代以来,上述这批作家的创作转向,回到这样的一个著述的传统中来,是回归中国文化躯体宽厚、乳汁丰满的母体,可供利用和转化的创作资源自然不可限量。虽然不能说这样的创作转向已经获得了圆满成功,但给当今文学开发利用本土文化资源,推动中国文学不断融入世界、走向现代,也带来了一些重要的启示。

《中国新时期文学的浪漫与理想》一书,是在武汉大学文学院叶立文教授的主持下,由数位年轻的博士、硕士生合作写成的。该书对当代文学中浪漫与理想问题的论述,不仅为文学传统这一话题提供了研究实例,而且也对当代文学的发展趋向提出了一些建设性的意见。希望此书的出版,能够进一步推动学界对于相关问题的讨论。

目录

绪言　浪漫主义文学：一种民族力的显现　　/1

第一章　新时期诗歌的浪漫之境与理想之源（上）　　/11
第一节　郑敏：理想与浪漫的诗之风神　　/12
第二节　牛汉：理想与浪漫的诗之风骨　　/32
第三节　昌耀：理想与浪漫的诗之风度　　/50

第二章　新时期诗歌的浪漫之境与理想之源（下）　　/69
第一节　西川：理想与浪漫的精神熔炼　　/70
第二节　翟永明等：女性诗人的理想情怀与浪漫抒写　　/87
第三节　吉狄马加：理想境域与浪漫之维　　/102

第三章　当代小说的浪漫与理想（上）　　/121
第一节　理性宽容与理想重塑　　/122
第二节　温情的浪漫　　/132
第三节　楚地的浪漫　　/165

第四章　当代小说的浪漫与理想（下）　　　　/181
　　第一节　诗性正义的可能　　　　　　　　/182
　　第二节　重振宏大叙事　　　　　　　　　/190
　　第三节　先锋作家的转向　　　　　　　　/203
　　第四节　青春文学与"80后"作家　　　　/211

余论　另一种现实：理想的困境　　　　　　　/231

后记　　　　　　　　　　　　　　　　　　　/257

绪言

浪漫主义文学：一种民族力的显现

在当今全球化进程日益深化的国际格局中，文化成为体现国家形象的重要标志，且在世界性的多元互动中不断增显出特殊的价值意义。以全球化的视角来看，一种具有生命力的文化必须富含充分的世界性和民族性，以期在弘扬传统文化、捍卫民族尊严的同时，向世界贡献出适宜人类精神文明生长、发展的国家力量，同时，承续、完善和弘扬民族的传统品质与价值特色。这也正相关着我们国家坚持走具有中国特色社会主义道路的总方针内文化建设领域的内容。文化建设的问题颇为复杂。这里需要说明的是，文化是一种包含着诸多元素的宏观构成，文学隶属其中。浪漫主义文学作为一种文学形态，思潮与形式所富含的多向度的内涵特征，使之在我国现当代文学话语中成为相当重要的环节。对于浪漫主义文学的研究，实际是以学术实证的方式检测文化质量、确认文化尊严、阐扬文化风范的一种文化策略。这种局部性的文化作为，势必在捍卫民族尊严和树立国家在世界格局中的文化身份方面，产生必要的意义。

作为一种文学思潮的浪漫主义，其生命形态的存在必然具有一定的时间局限性，比如西方浪漫主义文学思潮在我国20世纪短暂而相对狭隘化的发展历程。但从本体论的角度来考察，浪漫主义的属性和特质却客观地显明，在我国的文学体系内富含着丰富绚烂的浪漫主义文学资源。我国文学系统内蕴含的丰富的浪漫主义文学资源，不仅在文学水准上体现出相当卓越的世界价值，更在价值观念、审美趣味、美学思想、思维和想象方式等诸多方面体现出中华民族深层的民族心理和精神结构。

我国的浪漫主义文学传统丰沛的内能，在文学形式的一个单向度上，体现出我们华夏民族共同体的文化底蕴和精神风貌。它具体涵容着以自强不息、厚德载物、止于至善为人格导向的奋斗与创造精神，以格物致知、正心诚意、修齐治平为知行准则的修身与济世精神，以中正仁和、义礼孝慈、忠信爱国为价值范式的伦理与生命精神，以虚极守静、澄心安详、自在无碍为心灵依归的谐和精神。

这些关乎民族文化的精神内涵，在相当的程度上体现出中华民族共同体的文化底蕴和精神风貌。

我国的浪漫主义文学传统是伴随着我国文化的形成过程逐渐演进的。穷本溯源地看，仓颉造字，结束漫长的智识蛮荒，使中华民族进入文明之境。在仓颉造字的文化创源活动里就饱含着中华大地上最原初的"浪漫"意识。最为有力的一个证明就是，我国早期象形文字蕴藏的天地人相互感应的特征——万物一体的朴素自然观发明文字，体现了原始先民对个体自我的突破和对生命空间的飞越。这是我们原初文明里存在的一种具有开拓性和创造精神的浪漫意识。从文学的广义上讲，这种以文字为载体的文化活动属于文学的范畴。以其特殊的想象力和创造性，冠之以浪漫文学之名也不无道理。事实上，这种文明的拓进性一直促生着我们民族文化和民族生命的演进。我国的文学史实际上是我们中华民族的生命史，其中具有里程碑意义的文学作品在极大程度上反映出了我们民族的历史气象和精神图式，并在文学的时间线性中折射出一道探索民族生命可能的浪漫风景。下面依着文学史的线索，概括地来看。

这里将我国的文学分为诗骚文学和经传文学两个系统来分析。诗骚文学简而言之就是我国传统的诗词文学。《诗经》，作为我国的第一部诗歌总集，以宏观吸纳和细致表现的编订原则深入地描绘出了西周初期至春秋中叶的社会景象（包括政治、经济、文化、军事、世态人情、民俗风习等）。《诗经》以诗歌为载体，通过深刻的现实掘取，在精确展现社会景观的同时，传神地体现出社会生活内部的精神世界，以致今日我们依然能够探知我们祖先的生存实况和其中保存的生命强力。透过具体的诗歌文献，可以清楚地体察到我们的祖先丰富、深刻、正向、强烈的生命意识。比如以《蒹葭》《氓》为代表的爱情诗表现出的情爱诉求和婚姻理想，以《硕鼠》为代表的怨刺诗折射出的对平等、公正、和平与光明的向心力；以《七月》为代表的农事诗体现出通过劳动获取生存可能的人民创造力等。其中涌荡的正义与邪恶、光明与黑暗、和平与动乱、真诚与虚伪等多重二元对立的纠缠与较量，喧响出一个时代社会突围现实局限的进取号角声。其内里由人性情怀和生存欲念构成的坚韧的生命力量，极为鲜明地彰显出我们祖先普遍秉持的富于积极性的存在理念和对生命价值意义的执着追求。加之《诗经》成熟的抒情系统，我们有充分的理由认为《诗经》是一部涵容着人文历史情境的具有浪漫主义特质的文学经典。

在一定程度上受《诗经》风雅传统的润泽和楚国文化的滋养，遭受政治曲折的屈原以天才的人格力量，造就了诗歌史上的第二次辉煌——楚辞。以《离骚》为主要代表的楚辞系列作品，构造出了一个前所未有的文学范式：离奇夸张的想象系统、热烈奔放的情感模式、活泼自由的形式构成、型构人格与言志的象征机制——由此被广泛认为是我国浪漫主义文学的滥觞。从人文精神和文本的接受效果史上看，楚辞系列作品中最广泛深入人心的是《离骚》突出体现的忠君爱国思想和求索精神。《离骚》中围绕"美政"理想的叙写所阐明的"明君贤臣共兴楚国"的家国情怀，和建设性塑造出的坚贞高洁的人格形象，在充分体现士大夫救世情结之余，更强烈地传达出实现家国统一的人格理想和修身治平的人生追求——这在相当程度上浇铸了中国性格或中国精神。

在诗骚传统的基础上，受先秦以降文章辞赋的影响，成就了我国古代诗歌的第三次壮观：汉乐府。汉乐府在强化音乐和诗歌的抒情功能的同时，拓展了诗歌艺术表现力——以叙事手法向现实（社会现实、人生现实等）掘进，充分地表现出社会复杂性和人性关于"生"与"爱"的追求。现存的汉乐府诗歌作品里蕴藏的情感肌理和精神脉动，示明了一种关系着现实骨血和生命巨大震颤的人文景观：挣扎于民生疾苦，以慈悲情怀彰显出的心理抗争景象；缠绕在情爱苦海中，以至死不渝玉成的真爱世界；战争惨绝人寰，以尚生理念升起的"善"的人伦空间。不难看出，汉乐府同样强烈而深刻地凸显着有关生命的意识!

  魏晋南北朝时期,我国古代的诗歌呈现出兴盛景象,出现了文学史载述的"建安风骨""正始之音""两晋诗坛""南北朝民歌"等重大诗歌事象。这其中包含着大量的诗人(这也是我国在历史文献中可考的第一次在同一时代拥有巨大数量的诗人的时期),可贵的是这些诗人都形成了自己独特的艺术风格。他们在吸收当时传统文化的基础上,受道教玄言理趣和佛教观念的影响,普遍追求名士风流,反映出一时的文人情趣。在这种情况下,他们的诗歌必然在各自的艺术世界里显现着多元的浪漫质素。比如:曹操在《短歌行》《步出厦门行·观沧海》《步出厦门行·龟虽寿》里激荡出政治家的慷慨苍浑式的生命豪情;曹植《白马篇》和游仙诗系列里洋溢出理想性的浪漫风力;王粲《七哀诗》以豪建才力托起苍凉悲慨的情志疆域;刘桢诗风中目空千古、贞俊勃发与"高风跨俗"(钟嵘语)的诗性筋骨里跳荡的人生壮阔;陈琳《饮马长城窟行》、阮瑀《驾出北郭门行》以及蔡文姬《悲愤诗》里悯世情怀升起的人间大爱;阮籍《咏怀诗》吐露的高古情致、嵇康四言诗迸发的清峻旷逸型构的极具洒脱旨趣的人格风采;陆机、潘岳繁缛风格彰显的文辞、情志的华彩;左思《咏史诗》和刘琨《扶风歌》,在历史悲情意识下,形成的风力与雄峻;王羲之兰亭唱和显现的人文清雅;鲍照《拟行路难》开辟的砥砺勃发的"寒士精神";庾信相关之思跃动的至情神采;等等。还有比较具有诗体开拓性的游仙诗、玄言诗和山水诗。游仙诗以郭璞为代表,以人神想象延展人类精神的无限性;玄言诗以东晋孙绰、许询为代表,借解释道玄命理挥洒人性逍遥;由谢灵运开创的山水诗,则突显出纵情山水、肆意遨游的自然浪漫和人生意趣。以《西洲曲》和《木兰辞》为表征的南北朝民歌,以充足的艺术效应,尽显诗的神采。前者以真纯的爱恋情思,渲染出细腻缠绵、含蓄温婉的水乡情韵;后者以赤诚的忠孝气节,飞扬出活泼刚健、慷慨激昂的北国风骨。在魏晋南北朝时期,最能凸显诗歌才具和人文巅峰的是陶渊明。他以田园山村为物象依托，以自然平淡为精神旨归，开创了具有自然无为之隐逸格调的田园诗，为我们的人文世界增添了文学样式和美学旨趣。从哲学层面可以论定，陶渊明的"平淡"诗学，象征着我国文化传统的一种精神高度。通过以上阐述，很明显地可以看出：在魏晋南北朝的文学领域里，以诗歌为载体呈现出来的精神峥嵘，充分地显明了一个时代的生命蓬勃。这无疑是我们中华民族历史生命力之所在。

我国古代诗歌在唐代呈现出鼎盛气象。在笔者看来，唐诗最大的功绩是在完善我国古代诗歌艺术的同时，实现了诗歌的社会普及，形成了全民性的诗性审美追求，极好地化育了我们整个民族延续性的精神品位和人文素养，这在我国的历史文明进程中是一项极为重大的文化壮举，在世界文明史上也是独一无二的。唐诗的艺术水准达到了我国古代诗歌的极致，大量优秀的诗歌作品都熔铸着丰富精湛的艺术元素，从研究浪漫主义相关性的层面看，唐诗无疑具有复杂多维的可探性，这里稍加列举几位诗人便可做出说明。比如王维"诗中有画，画中有诗"（苏东坡语）的诗格里沉浸的寂妙空灵的境界之美，高适、岑参等边塞诗人创造的"慷慨奇伟之美"，刘禹锡民歌化的自由抒情，白居易《长恨歌》《琵琶行》里强化的抒情结构，李贺诡怪诗风张弛的奇特幻想，李商隐朦胧格调里的"幽美"情趣，李煜血泪铸成的"至情"空间。众所周知，唐诗里最璀璨的两个明星是李白和杜甫。李白以天才的神思想象和行云流水的灵致抒情以及清新俊逸的爽朗风格，神迹般地臻入诗歌化境，千古之中尊之为"诗仙"！杜甫出神入化地将现实民生与诗情浑融一体，以沉郁顿挫的抒情法则显现出悲悯人间的圣者情怀，万民之中誉之为"诗圣"！李杜诗中的浪漫因质是显而易见的。唐诗中广为流传的名篇很多，堪为累世流传者，必为诗情之珍奇，其中浪漫自不待言。唐诗作为中华民族的一种文化象征，其客观存在的人文鼎盛气象，强烈地反映出中华民族的生命力。

进入宋代，诗歌在精神旨趣上表现出明显的出世风范和入世特色。前者以林逋为表率，体现隐逸逍遥的自在格调；后者以苏轼、陆游为代表，表明干预政治、忠贞报国的激情与理想。深究之下，林逋隐逸出世的高士姿态里实然具存的不与污浊同流、对抗世俗的情结（实际上是对清明世界的别样追逐或以人格建树为标榜的曲线政治，本质上具有社会干预的特质），和苏轼、陆游积极旷达的入世价值观，不言自明地在两种截然不同的人生形态里反映出生命具有多元性质的精神指向。这直观地说明了我们传统的民族性格里丰富的生命力构成。词的艺术核心仍然是诗性，所以将宋词置于诗的考察视野依然具有合理性。宋词一般认为有婉约与豪放两派。婉约派以柳永、李清照为魁首，深刻表露情感世界的人性之美；豪放派以苏轼、辛弃疾为健将，突出展现精神疆域的人格张力。两派丰富的文本内容在演绎现实社会真实性的同时，反映出我们民族性格里阴阳生克（矛盾而统一）的生命体征。宋词风神里的浪漫属性以广而化之的势态，在民族文化的长河中注入了宝贵养分，滋润了我们华夏的灿烂文明以深刻和久远。

　　由诗骚滥觞，至魏晋南北朝的诗歌兴盛，再到唐宋诗词的鼎盛繁荣和元明清的广泛诗歌传承，极为成熟的诗歌传统蔚然形成，一种不期然而然的民族诗性心理结构自然圆成，且长久地象征着我们民族的品格高度和旺盛的生命力。从上面关于我国"诗歌传统·浪漫性质·民族生命力"的关系阐述已经能够看出我们中华民族所实际具有的传统文化风范和民族自信。

　　充满激进理想主义且寓示着"人·文"觉醒的"五四文学革命"，直接开启了我国文学的全新视野：以白话代替文言——无论是在文体形式、文学审美还是在思想精神等方面，都对我国原有的文学传统进行了一次刷新。这似乎是一种现代与传统的断裂。然而，通过对我国现当代浪漫主义文学的透析，可以发现新文学与我国传统文学和民族文化的血缘关系。

在现当代诗歌领域。郭沫若的《女神》，以历史神话、现实国情、主体情思为网络结构，以奇特的想象思维和非凡的艺术创造力，杰出地成就了饱含爱国精神和个性意识的浪漫主义诗歌高峰。应该说，是时代社会的深重苦难和历史文化深层的浩瀚民族力激发了诗人，进而造就了《女神》绝世的浪漫才情和理想高度。新月派诗歌也焕发出鲜明的浪漫主义和民族精神的融合。闻一多的《红烛》在控诉帝国主义民族歧视的同时，以"无限的深情讴歌中华民族五千年的灿烂文明"①；徐志摩和朱湘的大量诗作在自然浪漫主义的基调上表现出民族立场。左翼文学中凸显激情革命的浪漫理想主义，如蒋光慈的诗歌里。艾青、贺敬之等人在抗战时期的诗歌极强地表现出爱国主义和人道主义立场，在情感表达上体现出浓重的浪漫化抒情。中华人民共和国成立以后，郭小川以《甘蔗林——青纱帐》为代表的政治抒情诗宣扬出高度的浪漫激情。"文革"中食指的《这是四点零八分的北京》和《相信未来》在地下诗坛广为流传，其中爱国深情和生命理想深入人心。新时期以来，朦胧诗派以集体强劲的诗歌创造力，迅速形成声势浩大的社会影响力，极为鲜明地彰显出新时期的浪漫激情和理想格调。除北岛、舒婷等人广受关注之外，杨炼的《诺日朗》以恢宏的体制和深刻情思塑造出了令人惊叹的民族史诗。20世纪80年代中后期迅速崛起的"北大三诗人"，以博学睿识、纯挚深情和惊人的创造力成就了天才般的诗性神话。以王小妮、翟永明为代表的女性诗人在体现女性意识的诗学追求时显露出浪漫情调，比如《我看见大风雪》《在古代》等诗。以昌耀为代表的边塞诗人，以西域、民族文化为场域结构，表现出具有疆域精神的高原浪漫。当代诗坛涌现出了大量优秀诗人，他们都以殊异的风格在不同程度和维次上融合着民族、时代和个人

---

① 陈国恩. 民族传统文化信息对中国现代浪漫主义文学的潜在影响[J]. 文学史研究，2000（2）：220.

的一体性,在诗性魅力的追寻中体现出民族精神和传统文化深层而内质性的创造张力。

在现当代小说领域。废名以传统山水田园诗的情境创造出"古风陶然的现代'桃花源'"(陈思和语),在乡土文学的品味中折射出传统人文精神的旨趣。沈从文通过对湘西山水的赞颂,摹写出人性的原初之美,进而在文化审美的层面形成一种与列强势力相对抗的民族力。汪曾祺早期的小说"以自然无碍的态度描绘着'中国人与背负着的感情的传统和思想传统'"①,体现出浪漫自然与民族文化传统相交融的文学精神。艾芜通过对僻远地区自然景色和现实百态的传神描绘,形成了他抒情小说中浪漫情怀与民族精神的融合。孙犁在荷花淀的自然景观和人性风情的描写中体现出人民骨髓深处的民族骨气。进入新时期以来,王蒙、铁凝、莫言、陈忠实、韩少功、迟子建等人的代表小说都以不同的风貌张扬出充满时代意识的浪漫激情和理想,充分体现出守望理想家园、向往自然山水和追寻原始神秘的精神旨趣,其内里都不由分说地牵连着传统文化与民族精神的水乳关联。

透过上面的概要论述,我们可以发现在我国文学中具有这样一个相当完善的传统——以成熟的抒情、智性创造和自然人文为方式依托,以诗性理想和现实道德主义理想为精神旨归,高度富于文化传承和民族进取精神的浪漫主义文学传统。本书正体现着这种浪漫主义文学传统。

---

① 陈思和. 中国新文学发展中的浪漫主义 [J]. 学术月刊,1987(10): 44.

第一章

新时期诗歌的浪漫之境与理想之源(上)

新时期迄今，中华民族大国崛起的国家形象在国际社会屹然树立，在彰显强盛的综合国力的同时，也显示出中华民族伟大的民族凝聚力。这其中，民族精神毋庸置疑地发挥出了自己本身的历史作用和价值意义。民族精神蕴于我们中华民族文化的核心和精华部分，集中体现出我们全民族积极的价值观、人生观和世界观。

在中国当代文化领域里，新诗作为中国当代文学的最高艺术形式，以其独特的文学形态，在承续、坚守、深化、推动和弘扬民族精神方面做出了重要的努力和贡献。中国当代新诗里饱含的关注民生、尊重传统、崇尚和平的基于人道主义的爱国主义精神；抗争人生逆境，捍卫和保存生命纯粹与崇高的人格精神；家国情怀的道德操守下，探寻历史文化奥秘，利益天下的文化献身精神；将个人灵魂与祖国母亲深入交融，解放局限生命存在的生命精神；追求生命深刻，开拓更为深阔的人生境界与超越精神；本于现实主义，创造真善美艺术结晶的美学精神；追求人文精神与和谐精神的诗歌本身寓含的诗学精神以及中国新诗在新时期的历史际遇下，自身特有的自由开放和博大宽容精神等诸多精神维次多向度地、有力地反映出我们国家民族精神的要义。同时，这也示明了中国当代新诗里的理想与浪漫。

这里的理想和浪漫，有别于理想主义和浪漫主义文学的形式与思潮，强调的是振兴祖国基业的具有民族精神的理想和浪漫精神，更注重的是民族意识下，道德伦理和精神超越等正向的、积极的精神理念构建。研究总结和阐发中国当代新诗里的理想和浪漫精神，对于弘扬我们的民族精神、树立民族尊严、深筑民族自信具有极为重要的深远历史意义。

第一节　郑敏：理想与浪漫的诗之风神

大的国度和大的时代必定孕育卓绝的诗歌，反映其恢宏气度和超越精神,这是诗的幸运,也是历史风貌和神采在时间长河中得以焕发之所是,它在很大程度上体现出宏观意义上的理想和浪漫精神。

郑敏先生是极少数健在且经历过现当代历史进程,并具有重要诗史地位的诗人,祖国的曲折苦难史和开放创新的辉煌历程,深入化合了她作为历史见证者的生命蕴藏——民族忧患意识下的家国情怀和理智而灵性的生命哲学,使得高度富于庄重风范和灵动情韵的诗歌形态,在当代诗歌领域里展现出端庄高贵和典雅宏逸的清正风神,一定程度上体现出中华民族本有的大国气度和诗性品格。

一、家国理想

爱国主义的情感结构和文化忧患视阈下的现实关怀,型构了郑敏诗歌家国理想的诗学内涵,这在寓示人道主义精神的坚守和高扬的同时,显示出一种高尚而纯正的诗歌品位,也在美学的更高层次表现出一种捍卫国家尊严的伟大的民族精神。

新时期之初,清明、开放而宏大的祖国襟怀,激发了郑敏先生对祖国抒写的巨大热情,其中富含深永情感和高度的理性。写于1980年4月的《祖国呵,我紧紧拥抱你!》一诗,在融合展现出祖国的历史创伤和个人精神困苦的内心世界的同时,升托出诗人对祖国的忠贞不渝和对真理的噬心追求,其中表现出的"我"与祖国的情感关联,在感情的律动中彻照出理性鲜明的国家理念:个体的生命无法脱离祖国,祖国的春天必定在真理的土壤之上绽开。这首诗内蓄的情感涵泳深厚,具有感人以久的魅力。这里不妨徜游其中境界,体味诗人的意趣。苦难愈深,重逢愈加荡气回肠,重逢的拥抱也更为彻骨和沁心。在历史的苦难里,抽屉里的信寄不出去,嘴边的话不可说出,外在境况的不和谐,激荡着脑际思维和心灵渴望。睿哲的诗人无意黏着于悲苦,她意在写出:"理想是我的根,它扎在祖国的土地里，深深。"① 此时的诗语情愫是深永的。"爱是我的呼吸"，是"我"的生命，它呼应着高山的气息，也呼应着与"我"相关的一切。诗人绝不能离开祖国，不管国外是多么温暖和富丽，都无法生发诗人以幻想——祖国无可替代。"我们冒着风雪回到你的怀抱。"诗人坚信"燕子"和"雁儿"喻指的未来必将到来，而祖国的"寒冬"必将过去。犹如结冰的小河，时代的洪流会给它以洗礼，新的生命（鱼儿醒来）和新的欢欣（水鸟来栖）会再次焕发。"我们的山"和"我们的水"依旧与我们同在，当手"抚摸着结结实实的大地"之时，一种博大的爱情便在深旷处回荡。但流浪他乡的情感履历（诗人发狂，青年吸毒，吉卜赛人饱尝流浪的苦痛，人们预言人类末日将要到来）令诗人清醒地意识到"我们只有在自己的土地上／建立理想"②：建立独立和自由，而绝对拒斥如同死样的活（"黑夜似的白天、富贵中的空虚、阳光下的阴暗"③）。很显然，这是诗人在历史隧道里经过漫长的身心跋涉之后，对朗朗乾坤极力强劲的精神捍卫。诗人在诗的结尾处，将个人的本己生命与祖国的关系升华到理念信仰的高度（"祖国呵，我拥抱你／紧紧地，为了真理！"④），体现出撼人心魄的庄重感和正大感。这首诗的编订位置也很能说明，对真理和祖国的寻觅与期待是诗人内心最深处的最深重诉求（该诗编订于诗人新时期以来第一部诗集《寻觅集》之首，这里特别需要说明的是，由于各种复杂原因，郑敏的诗歌创作曾在1948年—1979年停滞达30年之久，当她重新拿起诗笔，最急切于表达的是对祖国的深厚感情）。

---

① 郑敏. 祖国呵，我紧紧拥抱你！[M]//郑敏. 郑敏文集：诗歌卷上. 北京：北京师范大学出版社，2012：91.
② 郑敏. 祖国呵，我紧紧拥抱你！[M]//郑敏. 郑敏文集：诗歌卷上. 北京：北京师范大学出版社，2012：92.
③④ 郑敏. 祖国呵，我紧紧拥抱你！[M]//郑敏. 郑敏文集：诗歌卷上. 北京：北京师范大学出版社，2012：93.

有关祖国的象征性抒写,表现出诗人对祖国多重视角的观照。《石碑的请求》一诗里,狂风、暴雪、雷电和微弱单调的阳光,使漫长的寒季充满恐惧和萧瑟。"穿过冬云"的过程显得艰涩迟滞。可喜的是"春天来了"。终于有热季微香、清风抚慰、蓝天和格外宜人的美丽景致。当历史的苦涩和美妙相遇的瞬间,一种在沉寂的漫长岁月里的孤独和守护,对于诗人依旧刻骨铭心:"三十个春夏秋冬,我环顾左右。/还只有我这座石碑守着广场。"① 诗人请求在自己的左边树立"慈爱的母亲在喂育着怀中的婴儿",在自己的右边树立"气宇昂然的战士,执枪守卫"。显然,左手边喻指慈爱,右手边喻指护卫慈爱的力量。诗人认为二者在历史的进程中是人类的"忠实伴侣"。中间的"我",诗人称之为"石碑"。石碑,永远默然、坚定。"石碑"所看守的"广场"具有巨大的堪容和承载特性,所以诗人巧妙地赋予它更为广阔的象征义——祖国。以广场象征祖国的诗作,还有《广场前的冥想》。诗人在此诗中将"广场"喻称为母亲,并指说在历史征程中,无数的脚步在母亲的胸口踏过。而这无数脚步不是外来之客,而是"母亲"的儿女:人力车夫挣扎着回到没有归宿的归宿的在雪夜里呜咽的脚步,第一次打开时代闸门的"孩子们"的年轻而愤怒的脚步,建立起希望之国的人们踏响的愤怒、急躁、痛苦的脚步。对于这一切,"母亲"都一一承受:"母亲,你用慈爱的心/倾听着每一次的脚步声。"诗人警觉到"脚步"会继续,以"新的节奏,新的弹力,新的愿望,新的震波"出现。这里隐在的哲学意义是历史进化过程必然存在客观苦痛。而这一不断变延的巨型苦痛,只有有无限广阔的胸怀才能承受和容纳。所以,以广大场域为形象特征的"广场"象征着祖国母亲的伟岸形象,在诗人怀想历史苦难的心境中毅然矗立。祖国,在诗

---

① 郑敏. 石碑的请求 [M] //郑敏. 郑敏文集:诗歌卷上. 北京:北京师范大学出版社,2012:95.

人的精神高处有着无上的圣容。经过历史磨难的诗人,对坚定之物有着特殊感受,比如纪念碑。英雄纪念碑常常也是一种国家象征。在《影子和真实》里,诗人深入地刻写和延展了英雄纪念碑的蕴涵。英雄碑的影子,在朝阳、正午、夕阳、星光之下或长或短或大或冰凉,摇曳和显露着轻易无常的变化。然而诗人肯定——"你的影子不能代表你"。历史的云烟无法将你夸大,更不能将你缩小,你的实质是永远不变的"恒数"。你鲜红的血液,与你白色的外在无关,永远循环在人们正义的胸腔中。莫测变幻的影子,永远不能动摇我们对你的信念:真实,会摧垮秋天的雾霭和萧索、冬季的凋落和酷寒;纯粹,会粉碎彻底黑暗的黑夜,放射出光明。信念的力量在此坚不可摧。对真实的追逐,是诗人对人类物质生存空间和精神境界的欲求,也是个人性格的本己律令。一种民族自信力的呼求在这首诗里得到夯实的印证。在诗的结尾诗人写道:"清明总是要来到的。"清明是纪念英雄的时刻,而我们或许更应该和英雄们一同坚信,祖国更美好的清明世界总会到来。郑敏的内心充满对于祖国的希望。在《水仙花已经含苞》里,诗人以含苞待放的水仙花象喻祖国。诗中诗人以独立的分行——"但:"对"在世界的那边"大街灯光如昼、霓虹跳跃、剧院拥挤、车流不息、超级市场里顾客爆满的都市繁华予以否定。因为对于诗人而言,没有心灵声音的天空是苍白的,忘记春天奔放的泥土是失去活力的,缺少情感的琴声是乏味的,没有真心的握手是冰冷的,充满物欲的眼睛是迷惘的,善良的被弃置是凶残的。诗人对"冬夜默默的黄灯",有着更为暖心的"偏爱",黄灯在漫漫冬夜显得微弱,但温暖、坚强,正像诗人祈望未来的内心之灯。在冬季怒放的所有力量都偎依在诗人的心地,诗人能够听到纯洁的心跳从冻土里传出。在诗里,诗人的情感深沉而安静地呈放:"我不愿催促你,我的土地!"因为,祖国的大地已经承受了太多的悲苦和艰辛(诗人愿作苦的等待)。"你会的,你会的,水仙花已经含苞了",诗人轻轻地,也深深地期盼祖国春天的绽放，因为水仙花已经含苞了。对于愿景的坚定，在这首具有柔和情韵的诗里显露了花苞吐骨、柔中带刚的质硬感，不容分说，其中蕴含的感情当然是对于祖国。

《修墙》一诗旗帜鲜明地表现出诗人独立的民族精神，在中华文化传统视阈内的国家理念。诗中诗人以弗罗斯特《修墙》里的句子"修墙之前我希望弄清圈什么进来和圈什么出去"为题引，在诗中阐明将野蛮和粗暴圈出去，让狐狸和野狼象征的虚假和暴力在墙外逡巡切齿和哀嚎。而圈进来的是一片祥和景象：祖宗留下的文明、宁静的田园、精神的早晨、远鸟的飘然、庙宇的沉钟、香山里润人心田的泉水、罗汉们摄心的微笑禅语、松树的诗性寓意和心与际会的陶然忘言。诗人渴望我们的传统艺术，能持续地演绎真实之美，滋养人心；渴望祖宗留下的文明，能在民族的根茎里潜然生长，滋养并蓬勃于久远。在诗里，修墙，修的是和平之墙；补篱，补的是文明之篱。修墙，实际上是关乎家国命运的民族行动，墙的修缮与毁弃和人民的喜乐与悲哀关系切然。这首诗必定会在无数的向往和平的人们心中复活，因为它更像一部理想宣言：制伪、止恶、仰善、崇真、尚和，启示人们修补自己的民族长城的必要性。

通过上面几首诗，不难感受到诗人与祖国的情感依附和精神紧密，甚至在很大程度上可以认为，诗人已与祖国达成了高度"神合"的境界。在《寄情》一诗里，诗人尤为明显地表达了自己与华夏大地之间的融合性。诗人的血液流淌着祖国的山泉、溪水和海盐，骨骼伫立着云南的石林，心如同长白山天池般澄澈，思想犹如武夷山深处的灵雾。诗人的生命观进入了"溶化在自己的土地里"的深层境界，可以感知诗人的一切（生命的全部，不只是情感和灵魂）与祖国山河大地的自然化合的深度生命状态。这是一种难得的诗人和诗美妙遇合的"诗之风神"，它将一切价值观念的和意识形态的等诸多理念界定化于无形，并又将一切囊括于心，而仅体现为一种状态或一种风度。

所谓家国理想,必定意味着有关理想国家的建设期待。所以在家国理想的动因之下,诗人做出了许多"干预"国家建设的诗歌行为,下面具体地进行论述。

第一,民族忧患意识下对国家建设力量的关注与抒写。其一,在科技是第一生产力的时代背景里,知识分子在一定层面充当着社会进步引领者的重要角色,关注知识分子和铸建知识分子的奉献精神,成为推动国家进步的软实力必需。《登山》一诗记载了人类攀登史上的一个事件:1982年11月,在珠穆朗玛峰发现20世纪初期某女登山队员的尸体。诗人以此为楔子完成全诗。珠穆朗玛峰高大博远充满神奇,对于人类,它富含太多的未知。在诗中,诗人更强烈的是对知识分子勘掘宇宙奥秘的探索精神和大无畏奉献精神的表现。诗人当然有对女登山队员的缅怀情绪,巨大莫测的自然之力吞噬了她:人类探求知识的生命代表。诗人的心曲在惜念"她"的安逝之外,还弦荡着知识分子对知识分子的尊重音律。诗人要对"她"和读者所说的是:"等待红日染赤了峰巅,/又有一些登山者/送来他们的先遣队/和:跳着的心/灼热的泪"。① 探寻知识的脚步,实际上在人类的历史中从不曾停止。探寻知识,实际上是人类对自身的信念。为此,纵然面对死亡,人们也绝不向富含知识奥秘的山巅屈服,而是勇往直上,并且前赴后继。郑敏是尊重知识的智者,《骆驼的脚印——致一个不知疲倦的知识分子》便是完全为知识分子而写。在诗人笔下,骆驼是沙漠中的灵类,在绵延无垠的瀚海里,骆驼的长颈在夕阳如晖的映照下,显出迷人的美,在它凸出的眼睛里含蕴着哲人了悟一切的平淡、牧民忠实大地的情感和学者崇真的坚韧。因此,诗人慨叹骆驼是世间少有的高贵动物,在它的驼峰里装满对困难的藐视,傲岸、自足、忠诚。并以此一步一步在

---

① 郑敏. 登山 [M] // 郑敏. 郑敏文集:诗歌卷上. 北京:北京师范大学出版社,2012:107.

荒芜之地穿越古今,任风沙将脚印一一掩埋,任酷热和严寒将棕红的毛发灼热,将四肢抽疼。骆驼的生命存在和行走,在广阔的大漠里显得微小和宁静。但是骆驼的形象正寓示着与绝望的对抗和对希望的追逐,它与中国传统的"士"者精神相映合,执着于崇高和真理,追求更高的生命价值和意义。显然,骆驼是能让荒芜复生春意的种类,它的生命性格告诉人们,个体的生命富含无穷的"生"的可能。诗人在大漠印象中撤出,在诗的后两节回到现实人间并叩问在夜寒月深之时"为什么/有一个人还不曾睡眠"。这"一个人"自然是诗人所要对话的不知疲倦的知识分子,他的精神,完全与诗前所述骆驼的生命性格相符。但是他所行走和耕耘的不是自然地理意义上的荒漠,他所殚精竭虑、废寝忘食、无私奉献的所在,是祖国得以繁荣昌盛的基业。虽然许多血的付出,会被历史的风沙无情掩没,然后无迹可寻,但是,对祖国的奉献,却不可丝毫终止。此诗副标题所称的"一个不知疲倦的知识分子",实际上含指千千万万为祖国伟大事业奉献的知识分子群像。其中也当然包括诗人自己,诗人对其中的甘苦体会弥深。诗人关于脚印的描写,漾溢着绵细深沉的情感:"从古时到今天,/用那大大的脚印/连结了两个半球。/风沙将脚印埋了,/它仍然一步、一步/埋下,又提起,又埋下,/脚印、脚印、脚印……//脚印、脚印、脚印/地球不是月球,/风沙终会将脚印掩没,/但他相信/会有更多年轻的脚印、脚印、脚印。"① 知识分子无私的献身精神构成了民族的根基力量。其二,在郑敏的诗歌里,关于国家基层建设力量的抒写也有很多,比如钢铁工人、引水员等。《钢的赐予》一诗写于诗人1982年参观首都钢铁公司之后。钢铁工业的匮乏,曾使中国在一个多世纪的时间里在与世界的比拼中处于劣势,在中华人民共和国成立以来它也

---

① 郑敏. 骆驼的脚印:致一个不知疲倦的知识分子[M]//郑敏. 郑敏文集:诗歌卷上. 北京:北京师范大学出版社,2012:104.

曾一度重要关联着国家命脉。钢铁在一定程度上代表着一个国家的安全、尊严和自信。在改革开放之初,钢铁依然在人们心中充满伟大的力量和想象。诗里,诗人在转炉和轧床上看到钢铁的冶炼过程,这个过程是钢铁生命周期的开始部分,也是社会现代化的原初想象,因为它可以衍生桥梁、大厦、火车等众多人类的渴望。诗人不可掩饰地彰显出激动和浪漫的理想化情绪:"带着人类的智慧和希望/火红的一条线/奔向人们憧憬的年代。"① 诗人还在钢铁生产的流水线上看到钢铁在火、水里的熔冶和冷却过程,钢铁在其中发出巨响最终成"钢",这声巨响震动"地",也震动了诗人:"我理解了生命给我的冲击,/体会着钢坯的勇敢和忍耐。"② 生命的意义在此得到升华,这是时代的赠予。钢铁的整个生产流程自然由钢铁工人运作,持钎的人被诗人收入诗心。诗人所见所思的钢铁作为物的转化,具有智慧和希望的特性,神奇而具有诱惑。然而它毕竟是身外之物或者是本质生命的他者,永远不是问题的核心。诗人是睿智的,"我找到了真正的核心,/它仍然是'人',/一座钢铸的塑像:持钎的人"③。"持钎的人"或"'人'"代表的所有社会成员个体,是钢铸的塑像,是历史的本质力量和想象,具有凝重、肃穆、坚不可摧的神圣品格。正是这种人本精神筑建了一个民族和历史的坚固。《一个引水员的心》写出了秦皇岛上引水员丰富的内心世界。引水员终年漂泊在海上,日日夜夜经历的海风和寂寞生成了他刚毅而富有弹性的筋骨,他的双眸如海,泳荡着守望和怀念。浪花总是将多情的心撕裂,留下痛苦的思念。因为总是在海上,所以总是与所爱的人们离别和重逢,而离别和重逢的时光永远都是短暂

---

①② 郑敏. 钢的赐予·火、火、火 [M] //郑敏. 郑敏文集:诗歌卷上. 北京:北京师范大学出版社,2012:108.

③ 郑敏. 钢的赐予·持钎的人 [M] //郑敏. 郑敏文集:诗歌卷上. 北京:北京师范大学出版社,2012:109.

的。长久的是如同海洋深处的孤独,而对于此引水员并无怨言。诗人抚慰道:生命本身就充满离别,但有的离别并不是离别,重逢也一直就在。在诗的后面,诗人使用角色置换的手法写道:"我航向大海,为了/无边的海洋迷惑着/我不肯安息的心。/海教我寻找,搜索,等待。"① 引水员长期放弃俗世人间的天伦之乐,为的是探寻海洋和自己内心无尽的生命可能。当然,我们应该懂得,引水员作为国家海域战线上的一员,他普通的形象有着并不平凡的寓示意义。这首诗的韵感缓和、细腻、深沉。诗人细心的诗性叙写,体现了诗人对祖国建设力量的关切之情。

第二,人文精神的秉承。人文精神可理解为是基于人道主义的包括民族意识和人类意识的文化精神,它是人类优秀的文化传统(或者说是文化结晶),其中当然必须包含宇宙万物共生的生态理念。秉持和承续人文精神,应该是健康的社会个体和健全的民族共同体所具有的基本精神机制,它不论对于个人还是对于国家,都体现着一种风范和品格高度。人文精神的强弱和有无,很大程度上寓示了一个国家或民族的未来的光明与暗淡。郑敏先生是老一辈诗人中少见的文化学者型诗人,她对我们国家传统文化领域的文史哲、诗书画和音律有很深厚的修养。另外还精熟英语,对西方文化尤其是西方诗学有极为独到的理论建树。《诗歌与哲学是近邻——结构 - 解构诗论》等文化理论著作里常常鲜明地表露出她具有民族意识和人类意识的人文精神的一贯承当,直到 21 世纪以来(以耄耋之年)发表在《当代作家评论》上的《我的几点意见》以及其他相关文章中,还有高屋建瓴的精确论断,篇幅原因在此不做过多论述。这里仍然"以诗论精神"。由张清华编选,北京师范大学出版社出版的《郑敏的诗》里所收存的七首 20 世纪 90 年代的诗歌更能

---

① 郑敏. 一个引水员的心 [M] //郑敏. 郑敏文集:诗歌卷上. 北京:北京师范大学出版社,2012:111.

体现郑敏先生晚年的诗歌风貌。将近一个世纪的沧桑历史、文化修炼和人生磨砺，烘焙和养化了诗人的人生真谛，诗人的生命因之沉实，发之于诗的真元，也唯本乎人类性命之根：时代精神、历史文化、人性的纯净，技术性的机巧被钝化，金刚山般巍峨的诗歌内能得到自然夯实。郑敏晚年的诗因此具有更湛然高深的道德感。此时，在很大程度上，诗歌已不是简单的文学方式，它更是一种特殊的宇宙力量，它潜藏着个人生命内在与时空无限关联的信息，并放射出深厚的道德感化力量。时代、文化、心性与人类的现在、当下、未来有着密不可分的含寓关系，它们孕育了诗歌，更授诗歌以不懈的使命（这当然是诗人无上的良知）。在《被遗忘的昨天（一首古文化哀歌）》里，几千年的文化精魂封存在图书馆里，在钢与玻璃象喻的经济社会中挤压、喘息。人类族群的互相侵略和历史演变厚重了文化，但是罪恶也曾抽走文化的中枢神经。文化深层的核心要义被遗忘，人文情怀和审美精神丧失，本来拥有厚实的资源的人们变得"木然，盲（茫）然，迷茫如异域人"[①]。21世纪的气象更新，人们不断超越极限，时代显露出更多的可能，但在面向未来的同时也不乏茫然，因为在人们身后一条文化的长路在历史的远方被遗忘，落寞的长影和铃声逐渐湮灭在楼兰。欲望的资本填充利益的金库，但祖先留下的珍贵文化"岩画、竹简的文字"却被遗忘，空白的文化继承，延伸出未来的文化沙漠。"沙漠连着沙漠"，沙漠无限扩延，人类物欲踩踏出的肤浅足迹终归会在风中消失，尚在的人类依存资源也将在利欲的"侵蚀中涸死"。对文化的漠视，显然是人类灾难的前兆，是巨大的潜在恐慌。对此诗人发出警钟："有谁能顿然恢复了知觉？"能猛然惊觉到文化是现实社会健康存在的根源，弃绝文化，人类当下"钢骨和玻璃"喻指的现代成果终归遭

---

① 郑敏. 被遗忘的昨天（一首古文化哀歌）[M]//张清华. 郑敏的诗. 北京：北京师范大学出版社，2016：199.

到摧毁。只有重新从文化的沙漠走回精神的水源地,人类社会才会充满希望。在诗的末节,诗人苦口婆心地叮嘱"这(文化与社会的进化关系)不是梦的循环",蔑视文化而造成的灾难,绝非耸人听闻的关外风啸。"昨天在呼唤着明天",人类追逐和憧憬的未来,其内在骨血总与历史遗留下来的文化传统相关。如果麻木、轻浮地将文化的宝藏遗忘,"听任交易所的计算机/偷走古老的灵魂"①,其结果会是令人难测的隐忧。在《黑马(唐三彩)》里,瓷器唐三彩的艺术作品"黑马"奔突着诗人多向度的文化想象。这匹"黑马"鬃发"比黑夜还黑",白颈和白尾如同闪电,"踏雪的四蹄/未曾触地,腾空奔来"。如此形象自然破生诗人的文化力思,并进而联想到"绿鞍"是黑马"托来的草原"升起的塞外景象,呼啸着历史文化之风朝我们扑来。唐三彩"黑马"象征着丝绸之路和人类交往的文化事象,因此有着考古学的"历史的神秘"。它的生命,在某种意义上更多的是封存历史,而在时间的浓雾里突然出现在诗人眼前,这是"黑马"与诗人的文化与文化的猛烈碰撞和惊然遇合——"我知道你的故乡就在我的灵魂深处",这里"你的故乡"和"我的灵魂深处"都是文化的噬心胶着物,丝绸之路经过的无边沙漠因此而并不荒凉,它的生机震撼着诗人,也为人类创造出无限的生命想象。这两首诗可以看出诗人在文化隐忧和文化期待中恒持的人文精神。

第三,物质时代里,健康生命精神的诗化营建。生命精神的完善和提升,是社会进步的重要动力和目的。营造良好的社会整体性生命精神对于国家的稳定、发展与创新,无疑具有非常重要的意义。以诗歌作为营建健康生命精神的方式,不失为一种英明的抉择。在《一幅后现代画前的祈祷》一诗中,诗人意识到经济时代奔

---

① 郑敏. 被遗忘的昨天(一首古文化哀歌)[M]//张清华. 郑敏的诗. 北京:北京师范大学出版社,2016:201.

涌的物欲砸碎了人性的完整,人类精神被异化,现实世界被碎片化,"没有了应有的完整、比例和协调"。社会关系愈加复杂,社会公正时常消解在物质主义之中。面对物质欲望造成的精神缺陷,诗人呼唤:"可整合的不是这世界的身体/只有在莫扎特的《安魂曲》中/诗人给灵魂披上纱裳/踏上天梯化为俯视世界的月光。"① 精神健康完整,世界脱离欲望化的羁绊和侵蚀,正义的灵魂普照人间,是诗人的祈祷。诗人提倡用人类好的文化艺术养分,滋养被物化的病态精神。在《五台山的佛像》一诗里,"佛像"在"似乎自宇宙开始""自宇宙开始以前"和"烟云,风雨,浪涛,山崩地裂"等所有一切的开始之前就已经存在。这当然不是物质的佛像,而是精神的佛像,即佛性。诗人将佛像人格化,以第二人称叙述道:你眼内的慈悲之光"凝视生命",你指尖上翻滚着无数动与静的能量之谜,"你没有舍弃世间的人海/没有独自飘浮在白云上/你不需要'降临',因为从没有离去/没有为人们的罪恶而舍弃人间/你的宁静让生灵、山脉、海洋/在这里找到寓所"②,如此胸怀唯有佛心能以承当。而佛心,便是人心,人人本来具有。这里体现的是诗人对于佛理的体认,也是诗人心灵的写照。可想而知,诗人的内在世界里,有着一尊出污泥而未染的莲花,她灵性、智慧,赋予万动中不朽的宁静和对众生的慈悲喜舍。《留给孩子们的诗:天真之歌》里跳动着耄耋之年的诗人透明的童心。当诗人与婴儿进行心灵沟通时,自己生命的河流又开始咆哮,山峰变绿,智慧如嫩笋从地下冒出,人生充满不息的存在感。诗人以童话的叙述方式,灵动地表现出了清澄的童真世界。这三首诗里蕴含的艺术滋养和宗教感化以及

---

① 郑敏. 一幅后现代画前的祈祷 [M] //张清华. 郑敏的诗. 北京:北京师范大学出版社,2016:203.
② 郑敏. 五台山的佛像 [M] //张清华. 郑敏的诗. 北京:北京师范大学出版社,2016:205.

"童心抒写",都体现着美育生命精神的诗化构想。当然,在更为宽泛的意义上讲,好的诗歌都具有完善和升华生命精神的功能。

二、生命哲学

诗歌作为创作者的精神旨归和人类灵魂的有效参照,它必须进入(或是解决)生命哲学的问题核心,并提供富有价值的诗性生存智慧,从而使人们在确立人性尊严的基础上,进一步将生命希望做更为深远的推进,进而在意识形态的层面对民族自信的提升形成必要的历史作用力。诗人郑敏以思理和情感为经纬的精湛诗歌内核,在摄入生命哲学的深层肌理里给予我们许多珍贵的诗化的生命觉悟。这在诗歌文本的思想精神的角度,展现出了文化软实力的实际依据,下面主要从生存智慧和灵性诗学两个方面做具体分析。

第一,生存智慧。智慧在人们相互竞争的生态环链中发挥着特殊的人生驾驭作用,它在一定程度上保证和决定着生命存在的水准和品质,更在民族性和世界性的精神意识结构的健全完善和升进方面起到相应的能动作用。好的生存智慧自然是国家的和全人类的宝贵生存资源。勘掘、阐明和弘扬积极的生存智慧,对民族的进步和国家尊严的提升具有非常重大的文化推力。中国当代新诗的资源宝库里储存有很多宝贵的生态性生存智慧,诗人郑敏就为我们提供了相关的非常精致的分享。比如对于希望的哲理性阐释。在《希望与失望》一诗里,诗人辩证地说明希望在两个海浪的破灭之间。在两个波峰之间的波谷里蕴藏着希望,波谷里的希望是向上的势能。希望的深刻和壮大,源自命运低处的磨砺。诗中诗人对于希望的论述有着显然如苦涩、铁红的胆汁。波谷与波峰形成海洋的生命:波涛,它如同人的呼吸。失去它,即使是再雄壮、再魁伟的海洋或胸膛也是寂静的死。可以体会,希望是生与死的微细钢丝上跳动的生命张力。在诗人眼里,希望不是自私者的狭隘物,希望具有历史意义。人类的历史也如海洋的波浪,有起有伏,而起伏的掌舵者正是希望。这种智性的觉照,使得生活充满乐观向上的希望感:"爬上新的波峰,让红日照满船舱,海风吹满船帆。"① 诗人似乎是在启示我们,苦难的深处不是苦难,是力量。比如有关光明与灰暗中人生顺逆观的态度。在《让我们在树荫下行走》一诗里,诗人认为阳光是养育万物的乳源。但诗人更要申述的是"蜂蜜再甜,苦味的橄榄是人们的朋友"。人生需要苦涩、酸楚、咸和沉寂。酸甜苦辣更能发酵人生的品位。风光的景致往往如正午的骄阳,虽然具有迷人的华美,但是短暂而易逝,缺乏滋润人生以久远的养分。诗的结尾发人深省:"我爱朝阳,但正午时,朋友,让我们在树荫下漫游。"②诗人将隐藏在光亮和阴暗中的人生义理揭开,折射出一种超越俗世苦难与喜乐的深层生存智慧,为我们能够更加坚韧和壮阔地行走人生的征途亮出明灯。比如有关宇宙万物存在论的阐发。在《雨夜遐思》里,诗人以深邃的思想和灵妙的体悟,展开了对于宇宙时空的相关叙写。世界不会休息,地球一直在浮悬运转,生命不止、时间易逝,宇宙的空间像是一个浑浑的黑暗,一切都在运动变化。已逝的漫长岁月犹如静止之物,自己的童年、少年、青年、壮年在其中逐节生长,发肤和心灵也随之一同变化。个人希望宇宙能够停下的美梦和神话,在时空的巨力下显得弱小和不可能。自然大造通摄着至理,诗人对之洞察明彻。诗人在诗的后半部分也说明,日常循规更接近现实生活。黎明、清晨、新的一天永远给人以憧憬,它虽然微细如尘沙,却是宇宙恒一世界的万千构成要素,是故现实人生不离至理,生活的一切都具有可贵的意义。这种宇宙性的哲理认知可以帮助我们化解人生迷惑,也在一定意义上有益于我们解决相关的

---

① 郑敏. 希望与失望 [M] //郑敏. 郑敏文集: 诗歌卷上. 北京: 北京师范大学出版社, 2012: 112.

② 郑敏. 让我们在树荫下行走 [M] //郑敏. 郑敏文集: 诗歌卷上. 北京: 北京师范大学出版社, 2012: 113.

宏观领域的国家问题。比如关于人生真理的发觉。在《岩石》一诗里，诗人透过对自然物象"岩石"的深刻观察，领悟出关乎人生的道理。岩石的颜色里积淀着亿万年的沉思；岩石的静寂里绵延着亿万年的波涛声；岩石的身躯深邃而广大，可以听取地心的跳动，可以从黑暗的海底伸出寻找阳光的手臂。岩石具有无穷的能量，然而在蔚蓝的天空下，它却谦虚、坚强、忍耐，并以此品格告诉人们，即使大海的波涛有再强大的力量，也需要亿万年的时间才能磨光岩石的粗糙，完成海岸造型的美。在天空的辉映下，岩石承受着波涛一如往常的、无歇止的磨砺。浪花在波涛和岩石之间跳跃着，仿佛对人们寓示创造不止、宇宙不息、希望不灭的真言。这首诗以对"磨砺之美"的表现，揭示了生命的厚重、宇宙的浩瀚、万物的沉实庄肃。当人们吸纳这种"磨砺"的精神之美时，会惊异地体会人生意义的真实不虚。比如对于理想的执着。生命的乐趣和意义在于富有理想，理想的力量可以将人生照亮。在短诗《真正的故乡》里，诗人以振奋的心态向"你"欢呼未来。诗人相信，对于茫茫沧海里的漂泊者，有礁石海岸在等待；对于劳顿的行旅之人，有白桦在路边守候；转过头可以看见晚霞在天边轻轻呼吸，金丝的新月睡在枝丫的网里；抬起眼可以看见在一切浓雾之外总有蓝色的天宇。"你"，不要被失望绊住，失望在无限的人生中总显得短暂和微细，如同蛛丝的纤弱和不可长久。只要"你"忠于理想，就一定能回到真正的故乡。诗人的世界里存在"岸"的栖息之所，充满灿烂美好的景象，洋溢雨后彩虹和晴空万里的憧憬。对于诗人而言，困境，只会是一段旅途；而理想，才是真正的故乡。在《风筝（之一、之二）》两首诗里体现了诗人对于理想的"执迷"精神。对于诗人而言，风筝是灵魂、是理想，它有着山的幽深、水的明澈、清风的梦境、晨雾的迷蒙。诗人希望它能从自己的心怀里飞去未来（自己不能到的地方和不能见的时间）或飞向宇宙直入星群。诗人承诺将以山的忍耐、海的博大和小草的谦逊来期待风筝的抵达，并且不愿间歇。诗人在这里反映的是一种个人化的精神理想，这很能显露一个人的精神品质。而理想有很多不同的内涵和意义，无论青睐和坚持于何种理想（当然是积极的），总是一种焕发人生精神状态的选择。我们以国家的角度审视，一个国家富含伟大的民族复兴理想，无疑会在历史的长远进程中散发出耀眼的光芒。

第二，灵性诗学。一种诗学的探寻和相遇，是诗人个人化的主观世界与现实世界复杂情境的有机协调。它寓含着深层的宇宙人生真相，体现着一种独特的价值观、世界观和人生观。不同的诗人在自己的诗歌王国里保持独立的诗学，显示着一种特殊的精神状态和生命内涵。也可以认为，每个人都在以自己的诗学解决与自己有关的人生问题，可以认为这是一种人生诗学。如果我们将"诗学"的内涵讨论扩大（实际上优秀的诗学本身就具有博大的蕴涵），我们会在文化的视野中，领略到一种夺目的精神光彩和迷人的诗性魅力，在民族的层域里绝妙地亮显。我国当代新诗领域里有诸多优秀的诗学存在。诗人郑敏在谙熟中外古今诗学、具有非凡的诗歌创造力以及高度的艺术审美诉求等多种因素的作用下，形成了她独有的具有丰富内涵的诗学。这里主要以《寻觅集》的第三部分《为了诗》里所收录的八首诗来分析郑敏诗中涵蕴的深层诗学精神，这里称其为灵性诗学。

其一，人生现实情境的诗化。在写于1979年的《诗啊，我又找到了你》一诗里，表现出了特定历史境遇里，个人与宏伟时代相遇时悲欣交集的特殊情感的律动。在邪恶妖魔化的时代，诗一度枯残和萧瑟，只能弃隐于荒野或山间。恶魔还将诗歌污化，让诗在漫长的冬云遮盖之下难以新生。历史和诗的命运是如此这般交织着悲痛。但是春天毕竟还是再次绿满人间。对于诗人郑敏个人而言，是30年沉寂的诗歌人生再次复苏，人生的艰难和灰暗换成幸福和光明。在冰雪消融的涣然之境中，有云雀自由欢唱。诗人欢悦无比："啊，我又找到了你，我的爱人，泪珠满面，/当我飞奔向前，把你拥抱。"① 这里的"你"是诗。世界因为有诗而春意盎然，诗人因为有诗而生命的绿意充满心间。这首诗是诗人停滞写作30年，重新回归诗坛所写的第一首诗。可以发现，历史的苦难和人生的艰难，丝毫没有消退诗人对诗的坚贞，而相反可以体会的是，诗的性情极度地深刻了诗人的现实人生。《寻找》一诗更体现了诗人对诗歌坚贞不渝的探索。诗如蚕，吐出透明之物方显它生命的璀璨。然而，蚕僵诗止，苍白沉涸了诗的性情。但是，灵魂的欲望却逼迫诗蚕"吐丝、写、写、写"。历史不息，生命的抗争不息，诗就不会停止。诗只会陨灭在浮世的轻欢和疲倦之中。诗人的灵眸，在沉重和困苦的交织力生化的觉悟之上"永远在寻找"诗，在寻找生气蓬勃的诗韵"歌颂夏天的繁茂，秋天的丰富吧/然而每一株松树都有过冬季的黑夜，/每一个果子都有过生长的痛苦"②。诗人对诗无止境的寻觅，是因为，诗性永远是无垠的，如奇妙的海永远奇妙化枯燥的现实。

其二，真理/美，等于心灵。发明本心，觉悟自性的禅机，可以完全体验绝对的真理和美。《诗的挖掘》一诗就反映着这种道理。诗的挖掘和探寻，是对内在世界的延展和对外在世界的洞照，实际上更是对自我心灵更高层次的觅取。诗人在诗的第一节表明，诗是在心灵深处"挖出"的鲜红跳动的心，像鱼儿一样欢悦。在此，诗不是他物，是活生生的鲜红深沉的心。第二节诗人"我又伸向更深的深处/挖出感情的化石"——童真的感情如同云雾的水晶，映彻着石质般的大地情思。情感在深刻处鼓胀为圣化的大地赤子之心。第三节诗人在更深更深的深处，找到一块镜子，镜子在污泥的下面

---

① 郑敏. 诗啊，我又找到了你！[M] // 郑敏. 郑敏文集：诗歌卷上. 北京：北京师范大学出版社，2012：151.
② 郑敏. 寻找[M] // 郑敏. 郑敏文集：诗歌卷上. 北京：北京师范大学出版社，2012：153.

努力映照出明澈亘古的蓝天:"真理和美、人类心灵深处的烛光。"诗是天地间真正的真理和美,是宇宙间最神性的殿堂——人类的心灵。诗,与生命的本性同然,寂定且充满化机。

其三,诗歌的品格追求。郑敏要求诗品与人品的合一,强调博大、深邃、浩邈、宁静、生动的诗歌质地。在《诗人与海》一诗里,诗人在以诗、诗人和海的描写论述中,表明了一种诗歌品格和人性品格的态度和立场。当海潮消退,海滩剩下远处的天蓝、惆怅流连以及爱海的人。在这种人海的距离渐远、画面消逝意味溃溢的情境下,诗人却透露出超越性的眷恋——"海并没有离去"。海,仍在身边,仍在心间。实际上的海在海潮退却时为我们留下了宝贝(贝壳),它们或"斑纹点点",或"画着彩虹",或"卷着边儿",或"旋转着永不消失的曲线"。在诗的下阕,诗人陡然转念,当生命的海潮也如斯退去,诗人也将留下贝壳,与大海留下的宝贝的形状有着相似的美。但是这些诗歌的贝壳是由"血液染成""双唇轻吻""汗水浸蚀""泪花洗涤""心跳摇撼""手指抚摸"而成。它们或"斑纹点点",或"鲜艳光洁",或"线条美丽",或"音节端庄"。"贝壳"形象喻指的诗被诗人永存。海潮的起落生灭(潮起如生,潮落如灭)汇成大海不息的浪漫生命。海的印象因此在诗人心间永驻。可以说,真正的诗人和真正的诗,都是超越生死起落的理想浪漫精神的存在。诗人将诗、诗人和海三者置于一境,在博大浩瀚的情境感受里为读者呈现诗和诗人的品质,体现出诗人智慧而广阔的心灵视镜。在《诗人的心愿——致寻找真和美的人》里,诗人以细腻的笔触表现诗者在被染污的俗世艰难地护持"诗"的品格。在诗的二、三两节,当土地坚硬之时,铁犁撕咬土地,逐行啃开黑土,撒下种子再掩埋好浮土,以冀光明破土而出。在深邃幽暗的海谷里埋下电缆,接通大洋两岸的信息距离,纳近人们的"呼吸"与"心跳"。这种持犁播种和埋下电缆是美和真的隐喻,它们是强艰巨难的隐藏,它们绝对不是在路边就能拾到的果子,或在嘴边挂着的蜜糖,"拥抱它们"必须在人生的磨炼和艰苦思索里精骛八极、洞察幽微地体认宇宙的奥妙才能实现。"大匠不为拙工改废绳墨"(《孟子》句),真和美是万化一切的灵源,它不会因为我们的弥顿而削弱自身的本性。我们只有医好"自己的目光",去发现它,去接受和赞美它的光芒。与真和美的邂逅和交融正是诗人(所有寻找真和美的人)的心愿。诗是美好的,与诗相遇的诗人是幸运的。诗和诗人,都是一种品格。在《诗啊,请原谅我》一诗里,诗人表露了一种宁静清凉的禅学品位的诗歌格调。诗人在诗中写到自己的诗是沁自内心的清泉,任外界浮华如何躁动,它都曲折地穿过岩层,淙淙汩汩地流进静静的水潭。"水潭"是一首更妙的诗:山岩清洁、苍松掩映溪径、卵石如彩虹般绚烂、沙砾晶莹、虾蟹似睡若醒、山风拂来便有松涛轻吟。水潭寓含着禅意:悟般若智,入清凉境。清凉,是圆融无碍的智慧,是化合万有的解脱境界。期许清凉的诗歌境界,体现了诗人心志的宁静淡泊。

其四,独特的诗学概念。在《诗人与诗》一诗里,诗人对诗人和诗做出了灵性的定义。诗,源自诗人灵魂深处的震颤,如同夕阳下红透的江河中航向远方的白帆一叶;诗,在诗人的眼前展开,如同白杨树叶燃烧的绿色火焰,热烈而轻柔地亲吻激动的天空之画幅一卷;诗,是高处的想象,如同"丛林中腾空的苍鹰";诗,是心房的律动,如同"一首没有声音的歌曲"。"漂流""燃烧""奔腾""歌唱"构成了诗的四重奏。在诗中,漂流的是浪漫化的诗意,燃烧的是希望的热情,奔腾的是生命的爆发力,歌唱的是情感的曲音。诗人,在与诗邂逅时总是充满欢悦感,在诗性的展开时总激动得"像初春的小溪",在诗意升起和腾飞时总会心游远方……这些与诗同在的时刻,诗人总是遗忘形骸,用心的耳朵倾听云外的歌声。诗,是诗人的美;诗人,因为诗而获得美。二者都是诗,都是美。诗是美,但却需要智慧的雕饰和点缀。

其五,以审慎的态度处理诗歌与时代的关系。在《渔网只是给鱼儿织的》里,郑敏肯定诗人都游弋在时代的巨浪里,寻觅时代之音,吸吮时代的乳汁。但却又说明那不是母亲的乳汁,它有美味也有毒汁,要懂得净化,我们不可坠入毒液和污浊。"海洋不全是美的,江水不全是清的",一切都蕴含辩证法,"没有海,没有巨浪,没有风暴"就"没有诗,没有画,甚至没有生命"。每一个诗人都弄潮在时代的巨浪里,以求发出时代的诗音。每一个民族也搏击在历史的波涛里,以求稳固民族的命运。这里都需要抉择的智慧。合于理,则可以获得恰当的时代之诗,反之,则湮灭在时代的浪涛之下,因为渔网只是给鱼儿织的。诗人在这里以寓言性的论述表明了诗歌与广阔的时代洪流之间的血脉关系。

第二节　牛汉:理想与浪漫的诗之风骨

作为一个诗的国度,我们国家优秀的诗歌"风骨"传统,在深入塑造和优化民族精神结构方面起到了极为重要的作用。以历史的眼光来看,不同的时代背景下必然具有不同的诗歌风骨。从我国当代新诗丰富的精神系统里,考察和精炼出映合大中国新时代的风骨精神,对于优化提升时代风尚和促进社会进步发展,显然具有特殊的品位性的价值意义。这里主要以具有世界诗歌史地位的大诗人牛汉的诗歌艺术为研究个案,通过对其诗歌文本精神的解读,整合出一种精良的民族风骨精神,并同时凝练成一种强健的时代力量。下面主要从诗人的性格风骨和生命境界两个方面来做深入具体的讨论。

一、性格风骨

牛汉先生的诗歌具有极强的性格刻度的深明性,这鲜明地体现着一种诗歌艺术的高度成熟。在数十年的诗歌生涯中,牛汉始终不渝地践行诗与诗人"同体共生"的诗歌理念,强调写诗以全部生命力的燃烧,来持守"表里一致、堂堂正正"的真诚和纯洁。在这种诗学态度下,很自然地形成了牛汉具有特殊性格风骨的诗歌状态。很多时候,我们可以强烈地感受到牛汉的整个人生和他全部的诗歌生命就如同一根脊髓,不仅贯注循环着沸腾的热血,而且示明着在变幻无常的客观世界里,那个"牛汉"如一的生命本质和精神真相。也正因为如此,在孙晓娅选编的《牛汉的诗》(北京师范大学出版社 2016 年出版)里,三辑不同时期的 49 首诗和 17 篇"随笔·诗话",在精神质地和生命气息上就像是"一首诗",都极为直接地对称着牛汉的诗性性格真元。

《生命》一诗很直观地反映出了牛汉的性格特征:"头发在向上生长,又直又硬,/脊骨也在向上生长,又直又硬。"① 这首诗的完成经过了 53 年的漫长时光(该诗的前节写于 1946 年春的汉中监狱,后节则写成于 1999 年)。1946 年春天,牛汉因为参与革命,被反动派以杀人未遂和妨害公务为名逮捕,入狱后"脑壳被砸乱",精神和肉体都受到严重损害。对于年仅 24 岁的青年,这无疑是一次重大的人生事故。但可贵的是,牛汉在生命危机面前,不曾有过丝毫的屈服和动摇,而是将懦弱与恐惧完全消解在命运的困厄之中。并以诗明志,顽强地喷发着自己铮铮铁骨中的浩然正气——就连头发、脊骨都"向上生长,又直又硬"。这跃然耸立的是一种青年的大丈夫本色。时过境迁,即便是进入耄耋之年,诗人仍然斩钉截铁地宣明自己坚贞不屈的生命刚性:"五十多年之后,/头发脱得几乎净光,/仍一根一根地向上生长,/又直又硬,仿佛生出了骨

---

① 牛汉. 生命·一[M]//张清华,孙晓娅. 牛汉的诗. 北京:北京师范大学出版社,2016:56.

头。"① 头发仿佛生出硬骨，这是何等阳刚骨气！可见，在时光的浸润中，性格的韧力愈加生发出更为坚毅的骨朵。在这首诗里，生命如同一种气息，有着铮铮铁骨的耿介，勃然浩哉、直冲云霄。

在与"鹰"相关的系列诗歌里，尤为鲜明地体现出牛汉血统上的民族化性格骨性。毋庸置疑，这也是中华民族的精神风骨的重要构成部分。

在《羽毛》一诗里，诗人以对一个生活片断的叙写，突出了对于"鹰"的精神信仰。在冬天黄昏窄细的小巷里，诗人发现了一片飞翔的棕色羽毛。借助这片羽毛，诗人抒发了自己几欲腾飞的理想：且看那片羽毛在冷风中越过斑驳的泥墙，飞过枣树顶尖，像鸟一样昂头伸向灰色的天空。诗人毅然相信"它是一片鹰的羽毛"。而作为牛汉诗歌中的一个常见意象，"鹰"其实象征了牛汉的人格与性情。比如《鹰的诞生》，描述高山峡谷中的鹰巢，筑就在最险峻的悬崖峭壁之上，深隐于云雾之中。它就像夜晚天上渺茫的星，虎豹奈它不何，毒蛇攀爬无路，即使是猎枪也无法射中。而平原和丘陵里的鹰巢，则立于最高的大树上那最坚硬最接近天空的树尖。虽然鹰巢大多简单粗陋，没有柔软的羽绒和茅草、树叶与细泥，但夹杂着许多荆棘芒刺的乌黑树枝，却锻造了老鹰坚强的性格。在这酷烈、创痛的巢穴中，风雨也阻止不了雏鹰的诞生。从这个角度看，牛汉笔下的鹰，似乎与生俱来就具有某种超乎寻常的生命重量：那颜色蓝得好像晴空一般的鹰蛋，上面缀满了星云般的花纹，闪闪发光、耀人双目。当暴风雨来临时，炸雷敲醒了蛋壳里的胚胎，于是雏鹰明亮的眼瞳，便似闪电一般摄人心魂。而老鹰坚硬的翅膀，则生成于飓风十次百次的激荡，是炎炎烈日铸炼了心的暴烈。因此鹰注定只是一种悬崖或天空高处的存在，它从不在旷野上

---

① 牛汉. 生命·二 [M]// 张清华, 孙晓娅. 牛汉的诗. 北京：北京师范大学出版社，2016：57.

学步,也从不在屋檐下歇翅,平地和草丛与雏鹰永远无缘。当雏鹰学习飞翔的时候,那高空密云里的风暴雷电,让这雏鹰的飞翔也变得壮美激昂。因此鹰的诞生与大自然无限契合,在它的生命里,蕴藏着天地万物的造化之能。从这个角度说,鹰的每一次飞翔,都象征了一次精神的超越和生死的历练。而牛汉对鹰的礼赞,其实就是对人类如何在优胜劣汰、物竞天择的自然法则中冲出一条生路的探询:由于恶劣艰难的环境无从选择,因此挑战生命的极限,让精神之花在高空的更高处绽放,才能圆满生命的历程。

在另一首诗《鹰如何变成星的童话》中,鹰为了解脱困住它的锁链,啄掉自己的脚爪,以换取在天空翱翔的自由。但从此以后,鹰再也不会筑巢和猎食,也再不可能降落在陡峭的悬崖或葱郁的丛林里安静地栖息。只在广阔的天空里翱翔,才是它一生的宿命。这是一种怎样的生活?鹰一边唱着自己悲壮的歌去排解胸中的郁结,一边饮几滴雨水聊解饥饿,另一边只能飘浮在风中缓解疲倦。当生命只剩下了翱翔,翱翔便是朝向死亡。作为一种自主的选择,鹰视自由高于生命,它不愿也绝无可能"坠死地上"。到最后,鹰在通往死亡的航线上,终于变成了天空中一颗永恒的星。这颗长有双翅的星,预示着鹰的精神在宇宙中升移到了更为高阔的所在。毫无疑问,鹰的这一形象正是牛汉此前不断讴歌的生命之自由,此即为鹰的向死而生。向死而生既是诗人的生命想象,也是诗人个人化的精神神话,它象征了诗人的高尚人格。

《一只跋涉的雄鹰——在天山南麓的荒原上所见》,则写到了一望无际的荒漠,那里经常数年没有雷和闪电,更没有雨水,漫漫浮尘充塞于天地之间,时空也显得沉默而混沌。而在更为辽远的高处,荒漠虽然看起来像是一团湿润的雾气,但实际上它却是"绞不出一滴水"的干热焦渴的绝地。诗人用荒漠演绎了一个长长的噩梦,森林也在其中窒息,似乎有着永远跨越不完的长度。显而易见,这样的噩梦是炼狱的舞蹈,但生命的搏击者却在险恶的火焰中矗立。就像那只乌黑庞大的草原鹰，它蛰伏在燥热的沙漠上，如山脉一般肃静，由此生成的肃穆之气，竟能隐隐震慑住沙漠的狂暴。鹰很清楚，当剧烈的风暴到来时，如果顺从风暴的话，那么不论随着风向以何种方式移动，最终都会被风力撕得粉碎。而只有逆着它搏击，才能死中求活。面向寓意着死亡的旋风，鹰久久地伏着，用它最强悍有力的翅膀围合住自己的躯体，支撑着以使自己不摇颤、不偏斜、不倾倒——坚持的每一步都是艰难的跋涉。虽然鹰也有退路，比如不远处就有草原、湖泊和沼泽，但是鹰作为战斗者，只会迎敌而上。这是因为拼搏才更贴近鹰的心灵。然而，鹰所处的自然环境又是那样的酷烈难熬。当旋风怒号而至时，山脉、峰峦和牲畜在风的吞噬中，不断地成为碎片和粉末，变成了戈壁和沙漠。旋风剧烈且持续不断，"它们一个呼应着一个／一个比一个傲岸／笔直奔突恣意肆虐。"恶风所到之处，如同奏响了一曲自然的挽歌，肆虐狂嚎、撕心裂肺，极端之处，诗人也想象出了如此奇谲瑰丽的画面："荒漠上旋风多，是因为旋风幻想着把沙漠和戈壁卷起来凝聚成新的山。"鹰就盘旋在狂风恐怖的中心处，这些"常常是荒原几百里的荒漠上／唯一的生灵"，用带钩的尖喙、利爪和锯齿，深入绝境、以死抗争。在与旋风的车轮战中，鹰被剥去了所有的羽毛，只剩下了羽翼没有被撕碎。那完整的羽翼"亘古以来都是完整的"，从草原鹰变成秃鹰，而鹰的拼杀，无疑让整首诗在混沌的时空中，愈发显示出了辉煌的壮美。

　　诗人的名作《汗血马》，以对草原精灵汗血马的抒写，向我们展现了特殊的品格精神。这里我们进入该诗的情境来具体体会：

　　生命的希望在绝望尽处，生命的绿意在荒芜边缘。人生就像穿越绝望和荒芜的过程，只有竭力绷直生命的张力才能完成。汗血马为越过千里戈壁，在七八月的"火山"里飞奔，死命飞奔，四脚腾空地飞奔，只有这样胸前才能感觉到风，才能穿越几百里闷热的浮尘，汗水全部被沉沙的焦渴吞噬，汗水结晶成马的白色斑纹。汗水流尽,胆汁随之流尽。目光的锐利、胸肌的宽阔以及从肩胛和臀股以内的内脏的汁液也逐渐流尽。生命在飞奔中被抽干。沁出血珠,世界上只有汗血马的血管与汗腺相通,与整个生命相连。世界上也只有汗血马的奔跑才是生命的穿越。汗血马自身不是飞翔的神话,它的肩胛上没有翅翼,四蹄也不能生风。它只是竭尽全力地飞奔直前,彤云似的血气蒸腾全身。生命在冰雪封冻的浩瀚云天自燃不止。生命的悲壮和豪情升腾通彻——流尽最后一滴血,用筋骨仍能飞奔一千里。驰骋的神力超越了体能。汗血马,真正的、绝对的奔腾之存在,它于不息的奔腾精神中耀动人性中的神性。而这,也正是诗人牛汉的特殊人格写照。

通过体会"鹰"和"汗血马"的精神象征抒写,我们明显可以感受到一种生命的大气。当然,这种大气的吞吐张扬,需要深厚的内质根蕴。作为一个人,牛汉是不同凡响的,他的生命,既向上奔腾着浩大的凛然正气,也向下伸延着茂盛广博的精神根须,在大地里不断吸收着无垠的生命营养。在"根"的系列诗作中,我们可以清楚地探测和感受到诗人性格底蕴的脉动。

比如《根》,诗人以第一人称介入,"我是根",不断向下生长,在长长的静默中,无法听到枝头的鸟鸣,无法感受到微风的柔软,黑暗的孤独占据所有,但是"我"仍然不惜为此穷竭毕生,并且坦然面对。因为"我相信地心有一个太阳",地心的太阳是诗人的全部心血之所在,是诗人的性命热能之旨归。当然,它也是天地之心、生民之命,是诗人坚定不移的人生信念。在孤寂深沉的黑暗里,诗人对这一信念的坚守,最终焕发出了伟岸和高贵的生命光芒,其中蕴藉的既是诗人性格的倔执和"位卑不敢忘忧国"的利世深意,也是"我"生命状态的真实写照。

至于《毛竹的根》一诗,则与《根》有着相似的诗心。诗中写道,荒山干涸,土地炙热得像坚硬的石头。但在劣质贫瘠的土壤里,斫断的毛竹根却沁出一丝清水,这如丝的清水令人惊奇——因为毛竹的根"在深深的地下，/穿透坚硬的黄土，/绕过潜伏的岩石，/越过纠结如网的草根的世界，/迂回曲折，一直探索到了/远远的山岗下面……"① 山岗的下面是碧波荡漾的湖水。这湖水有如《根》里的"地心的太阳"，是生命的希望、理想的磁铁，吸引、召唤着艰难处境中的存在。在诗中，诗人对生存困境的描写充满张力，对毛竹根和碧波荡漾的小湖潜在聚集的描述是深沉而舒展的。不断地穿透、绕过、越过、迂回曲折直到探临生命的水源，是毛竹根的根性，也是不畏艰难、不避坎坷，直抵命运顺境的人生根性。

《巨大的根块》一诗以委曲的笔意表现了生命深处的韧力。灌木丛年年生长，但年年被砍伐，挣扎数十年也无法长成一棵大树，它们只能靠树桩呼吸，憋闷和痛苦自不待言。然而，当它们选择在"深深的地底下""顽强地""凝聚成一个个巨大的根块"时，这些根块"比大树的根/还要巨大/还要坚硬"。根块聚合的生命硬能与热力互化，进而绽发出了魅人的光彩："江南阴冷的冬夜/人们把珍贵的根块/架在火塘上面/一天一夜烧不完/根块是最耐久的燃料/因为它凝聚了几十年的热力/几十年的光焰。"② 生命后劲的熔炼过程在"根块"上凸显出不竭的品质。

另一首诗《蚯蚓的血》以蚯蚓为对象，也同样表现出了诗人性格深层的底蕴。按说生存于泥土中的蚯蚓往往被人所厌恶，甚至误会蚯蚓的血液也是灰暗的泥土色，与人类的血液在实质上相差甚远。但事实上，蚯蚓的血跟人类的血一样鲜红，区别只在于一条蚯蚓仅有一两滴血。在这里，诗人所要强调的是这微量的一两滴血，竟使蚯蚓默默地在大地之下耕耘一生。蚯蚓的存在无疑是微弱的，

---

① 牛汉. 毛竹的根 [M] //张清华，孙晓娅. 牛汉的诗. 北京：北京师范大学出版社，2016：79.

② 牛汉. 巨大的根块 [M] //张清华，孙晓娅. 牛汉的诗. 北京：北京师范大学出版社，2016：101.

所拥有的也是贫乏的——仅仅是一两滴血而已。但它的精神,却在幽暗的环境里,在默默奉献的坚守中散发出了光泽。身处土层之中,蚯蚓的用处几乎无人注意,但这个被埋没的精灵,不仅有和人类一样的血,而且还在黑暗和死一样的沉寂里,凭着那颗鲜红的心,默默地耕耘着大地。蚯蚓或许因肮脏、丑陋和低贱而为人所厌弃,但它的生命精神,却真真切切地令人感到了惭愧和敬畏。从蚯蚓的意象中,诗人想要告诉读者的是,生命的价值就在于不为人知的默默奉献,它无关荣辱和得失,蚯蚓也因此成了自然万象中一种可贵的精神象征。甚至可以这样说,蚯蚓以其黑暗中微弱蠕动的生命形态,向人类展示了一部极具思想性和人文内涵的存在哲学。在经受历史的重压里,诗人"多么希望/在我的粗大的脉管里/注进一些蚯蚓的血/哪怕只是一滴"①,正是这种勇敢而无私的精神,显露出了诗人伟岸的人格形象。

二、生命境界

从某种意义上讲,人生的目的是为了抵达生命的净化境界,与纯净、祥和相遇,获得人格的完善和生命境界的圆满。这种愿望的实现因人生情境的不同而呈现出不同的人生样式和品质,反映在诗歌里,就是形态纷呈的诗歌品位(这个问题很复杂,这里不做延伸论述)。对于诗人牛汉而言,苦难是他获得生命净化的特别重要的质素。透过他的诗歌,我们可以发现一种毕生对抗苦难的人生和一种从苦难中自我酝酿生命纯净的人生智慧(或人生美学)。"苦难"的精神诗学,具有作为人类生存鉴镜的品质,它能够以感化的方式,为人们提供一种希望与理想的力量支撑,从而弘毅人生、清正国界,达到可能的大同与和谐。自古苦难可以兴邦!苦难能让我们

---

① 牛汉. 蚯蚓的血[M]//张清华,孙晓娅. 牛汉的诗. 北京:北京师范大学出版社,2016:118-119.

变得清醒和大度；苦难能让我们富于力量和智慧；苦难能让我们崇尚公正和无畏；苦难能让我们追求创新和卓越；历史从来离不开苦难，苦难也能够创造历史！苦难对于我们确实有太多启示和赠予。我们有必要和有责任对"苦难"进行多层面的分析研究，总结和提炼出富含积极性和增益性的精神质能，回报我们的人民和国家。这里仅以牛汉的部分诗歌做相应的苦难精神研究，且同时在其中获取生命净化的感知（生命的净化时常就蕴于苦难之中）。

首先，苦难铸就的生命态度。牛汉青年时期参加革命，经受过牢狱酷刑和战争年代的诸多磨难，"文化大革命"时也曾经历过政治磨砺，尤为让人难以测度的是，梦游症与他纠缠了四十余年，瘫痪的妻子也曾一度由他护理。或许苦难对于牛汉还远不止这些。这里要说的是，深刻而长久的苦难体验，使他成就了特殊的生命状态。下面通过诗歌来具体感受诗人由苦难磨砺出的生命态度。

其一，苦难养成的生活哲学。苦难的磨砺形成了诗人以苦难的视角体察生活、修养性情的习惯。在《反刍》一诗里，现实生活中母牛趴在地上的反刍，冲击了诗人的心。在诗人不安的心灵里，仿佛有着同母牛一样尖利的胃褶和熔炉般的高温，揉搓着、熔炼着、反刍着，如同一盘石磨，研碎荆棘，压榨和酿制出了苦咸的血液和疼痛。对于诗人而言，这血液也是奶汁，有着理想般的甜蜜："血液的奶汁一滴一滴哺育着我饥渴的生活和瘦弱的小诗。"人生和诗在剧烈的苦难反刍中孕生，诗人主体的内在肌理，也因此增生了一种精神岩层。诗中苦难和理想的浓度都是猛烈的，二者给予诗人的不仅是苦咸和甜蜜，也更有彼此交融酿造出的平静，即一种超脱此在的生存状态。

其二，苦难促生的超越精神和历史意识。《伤疤》一诗，讲述数百年的大树被砍去三年之后，在地面上留下消失不了的圆形伤疤。伤疤上累积着泥沙和灰尘，颜色渐渐变得跟大地一样。而大树的根却仍然留在地底下，无法猜度它有多长多深。这首诗象征的是社会历史所形成的伤痛,以及个人意义的人生苦楚。所有的这一切,都在生命的行程里,留下了难以抹去的伤疤。不过岁月会消磨一切,伤疤也终究会魂归大地。人生中一切结实的伤都会化于虚无,这当然是具有超脱意味的一首诗。面对人类的生存现实和未来,诗人葆有深省的忧患意识:"是不是/所有的伤疤下面/都有深深的根啊?"① 我们应该像诗人一样秉持深厚的人文关怀,以历史的眼光觉察、分析和化解历史问题。在这里,诗人以深邃的思想,给予我们一种睿哲的历史启示:苦难下面都有深深的根!

其三,苦难之下坚毅、倔执的人格精神。《冬天的青桐》一诗是这方面鲜明的例证。在江南的冬天里,青桐的叶子纷纷凋落,然而树干仍然以春天的碧青和秋天的光洁笔直地挺立着。枝丫光秃秃地高高举起,直捣灰蒙蒙的天空,没有丝毫的倾斜和弯曲。在呼啸的寒风中,青桐的枝丫像一个个紧攥着的拳头,不停地挥动,发出了颤颤的金属的声音。寒风中的颤音歌唱,是青桐傲骨和品格的延伸。历史上,我们的祖先都喜欢用青桐制琴。因为青桐木质敏感,纹理像心肌布满了神经一般美丽,它坚硬而具有弹性的性格,自然会凝练出音乐的歌唱之美。而青桐在严酷环境里的生存能力,则象征了中国传统文人的性格特征和灵魂样式。还有,在《虔诚的头颅》一诗里,诗人通过对向日葵的生命事迹的描写表现出坚韧不屈的生命力和人格精神。在十月的田野上,向日葵朝着天边的晚霞,深深地垂下了头颅。多日之后,当凄冷的阴雨连绵不绝时,向日葵依旧保持着这个姿态,孤独地朝着日落方向深垂其头。毫无疑问,这幅画面足以震撼人心。因为向日葵即便在凄风冷雨中低下了头颅,但它从未背离方向——永远面向太阳,终于成就了它短暂的一生。随着低垂的头颅在风雨中逐渐石化,向日葵对太阳的虔诚愈发

---

① 牛汉.伤疤[M]//张清华,孙晓娅.牛汉的诗.北京:北京师范大学出版社,2016:115-116.

显得意味深长。当头颅在冰冻的土地里被挖出时，沉重得犹如钢铁一般。那些数不清的葵花籽似乎像生命的泪滴，饱满真实、晶莹剔透，继而让向日葵已经固化的躯壳，耸立起了生命的丰碑。再有，在《硬茧颂》中，诗人通过对硬茧的颂歌式抒写塑构自己特殊的与苦难生活对抗的顽强的人格魅力。诗人对自己右肩胛骨上隆起的拳头大小的硬茧，进行了充满象征意味的书写。是苦难的岁月，造成了诗人肩头的红肿与溃烂，尤其是在榆木扁担的重压下，肩头那些深浅不一的肌痕，好像马臀上被烙下的火印，每天都汇聚着汗水和血滴。而在阳光和体温的作用下，它们又蒸晒成盐，仿如坚硬恶毒的牙齿一般啃噬着伤口，给诗人带来了痛入骨髓般的苦楚。在艰难的岁月里，浓重的血气和汗气凝滞在诗人的生命周围。对诗人而言，这样的痛苦比氧气更为重要，它们使诗人的灵魂清醒："肺叶呼吸氧气／而灵魂需要呼吸汗气和血气。"① 诗人的肩头和脖颈，常常在夜里被滚烫凸起的肿胀所困扰，辗转反侧、夜不能寐。那些弓着脊背、深垂着头颅、拽拉千斤重的板车的场景，在毒日的炙晒下不断重复的路途，以及被浸满汗渍的"板车的皮带勒在红肿未消的肩头"的感觉，等，都在诗人的生命记忆里挥之不去。即使到了冬天，当红肿的伤痕消失之后，肩胛骨还依然隐隐生疼。而每年夏天，诗人的肩头都会"蜕去不下五次枯焦的皮／和干裂的伤疤"。"肩头上的肌肉在苦难中崛起／一年比一年顽强／增加了几倍的血管／神经页变得像缆绳那么粗壮。"② 在苦难的不断磨蚀下，诗人的肩头逐渐变得跟大地同色，如岩石般耸起。到了最后，那些"苦难中崛起的茧子"，终于让诗人在精神的洗礼中重生。它是由汗水、血

---

① 牛汉. 硬茧颂 [M]//张清华，孙晓娅. 牛汉的诗. 北京：北京师范大学出版社，2016：171.
② 牛汉. 硬茧颂 [M]//张清华，孙晓娅. 牛汉的诗. 北京：北京师范大学出版社，2016：174.

液和烈火沉积与铸炼起来的生命岩石，其中布满了跳动的神经，如是方能支撑起生命的重压。而人格的神圣和不朽，便在这硬茧带来的苦难中得以血性浇铸。《我的手相》也特别能说明诗人的人格特点。诗人否定看手相者给他的论定："命中注定这苦命的老头／一生写不出一行快乐的诗。"以表明自己的诗意快活和对命运的抗争。"我"的诗在许多年以来一直写得很快活，"没有一个字垂头丧气哭哭啼啼"，每个字都挺直着"我"的精神，每个字都贮存、流淌着"我"的骨血和情感。生命中，"我"的手掌攥成拳头格巴格巴响，"我"走路攥着拳头，"我"擦汗攥着拳头，我紧紧地握着自己的手，紧紧地握着自己的命运的安排，拒斥命运，将人生的价值和权利交付在自己手中。在与命运抗争的力量里，饱存的是独立不改、无限弥满的人格独立和精神自由。

顽强、毅力、不妥协，几乎是诗人恒常的生活态度。这在《逆着风沙》一诗里具有充分见证。春天里，风沙肆虐如数千只饥饿的灰狼，嗷叫着、窜跳着猛扑而来。前路一片混沌，抬头不见天日。如此景象，要上路就无可回避，"更不能退缩"。风沙无孔不入，落满蓬头乱发，沙粒在眼中打磨火辣之疼，同时刺一般进入牙缝和喉管。鼻孔堵塞，只能张大着嘴巴呼吸——很是痛快："吸一口风沙，吐一口风沙！"风沙逼迫着用张大的嘴呼吸风沙。风沙以此狂暴地逼迫停止呼吸、逼迫停止发声（保持沉默）、逼迫垂下尊严。呼吸在风沙的逼迫下极度困难，只有呼吼，拼命地呼吼，让呼吼超过风速，让呼吼比沙粒更粗粝、更强悍也更蛮横。尽情地、拼命地呼吼，呼吼自成腔调，呼吼是呼吼的歌，呼吼在呼呼的风沙中，啸响粗粝的声浪。呼吼作为一种态度，在向前的路上不回避、不退缩、不惊慌，逆着风沙，酣畅淋漓地行走在春天里。"逆着风沙"在人生的挺进中迎击艰难险阻，行吟快意。

其四，苦难淬炼出的人生宏阔境界。比如短诗《海上蝴蝶》，诗中以微小蝴蝶的理想精神，张开了一种深远辽阔的人生境界。

"几只黄色小蝴蝶"离开渤海湾海岸,忽上忽下地在茫茫浪涛上飞翔,身形闪烁如同火苗。它们态度坦然,既不迷茫也不惊慌。它们越飞越远,渐渐消失在海的深处。虽然大海没有尽头,可是黄色的小蝴蝶依然任性向前飞翔,永不回头(它们必将在海的深处幻化为另一种生命的形式)。诗人以蝴蝶飞渡沧海的故事,显示出一种以弱搏大的精神震撼。而这蝴蝶撼动天心的梦想之歌,正是诗人自身人格和生命境界的深刻写照!对生命形态的赞颂,对理想之境的渴望,让牛汉的诗作愈发呈现出了一种大气磅礴的格局与气韵。比如《远去的帆影》。在大海中,帆船未知彼岸,只能在镶满补丁的粗麻布帆的驱动下摸索前行。只不过这看起来破旧的帆,却坚信岸的存在。很久以来,那无数沉没在海底的帆都异常坚信:海的尽头一定是岸。有了这样的目标,于是所有在波峰浪谷里挣扎的帆,都有了坚定的方向。然而,帆的旅程却总是要经历磨难——单薄的身躯,在飓风裹挟的霹雳、闪电和暴雨里,不断地被撕裂和焚烧;桅杆倾斜着叫喊出痛苦,缆索在风雨的狂暴中悲鸣;飞腾而起的海水将帆狠狠冲刷,盐粒挂满了帆身,闪闪发亮;雷电横劈竖砍,将帆砍弑得鲜血淋漓。当太阳消失之际,在那黑暗幽深的海上——帆,鲜血一样耀眼!透过闪电的丛林,人们深深感受到了帆的暴烈壮美。它就是人和大海斗争的丰碑:永远动荡不宁,永远殷红似血。大海时刻都想将帆吞没,而帆只能保持挺立的姿态,傲然屹立于浪涛的险恶之上。对帆来说,"我永远比海高/我就是不沉的岸"。

其次,寓于苦难的生命净化。前文论及的诗歌,都可以在不同角度提炼出牛汉诗歌苦难因素里的生命净化内涵。但更为难得的是,牛汉还为我们提供了一种珍贵的诗学资源——以对苦难的繁难叙写,表现出生命对"净化"的终极归依。笔者以为,关于"苦难",我们需要一种文本精细化的诗歌呈现,以广阔且细致的叙述方式表现出"苦难"。因为无论对于个人还是对于社会历史,"苦难"都具有一定的场域性和深刻性。加强关于"苦难"的诗歌创造,以"苦难精神"益化社会风尚,不失为一种有效可行的文化战略。这里将牛汉的三首长诗做深入细致的关涉"苦难/净化"的品读性论述,希望能给尊敬的读者带来一定的启发。

我们先来赏鉴长诗《梦游(第三稿)》。牛汉是有四十余年梦游症病史的患者,《梦游(第三稿)》(《梦游》一诗共三稿,历时11年修订成为第三稿)深入细致地揭开了牛汉经受梦游症的状态。白天里"我"是一个堂堂彪形大汉,体魄顽强健壮近乎粗野,力量过人,具有超常的生存能力。但是在深夜里"我"却因梦游症而时常不能自控。常常在深更半夜不可预测的瞬间,猛然一声长长的呼吼,从床上蹦起、飞跃起或升腾而起,全然不顾亲人的援救手臂。心脏失去正常的跳动体征,更像是胸腔内埋藏很久的雷管爆裂体躯,连同体躯内繁茂的苦难和暂时安息的人生也一起粉碎。一切,都在瞬间爆裂、粉碎和消陨。"我"呐喊永别,永别,在此时具有全部的生命之能和彻底的精神之力。然而粉碎的只是生命的前奏(或者只是生命的一个阶段),"我并没有毁灭"!"我"进入了生命的新境:"我"由蛹变成蝴蝶,由岩石变成火焰,由凋枯的花中放射出浓浓的香气。如同经历涅槃,生命变得异常轻松。曾压在胸口的庞大而狰狞的岩石被"我"摔掉,它碎裂的呻吟声在很远处响起。这块苦难的镇心石,以数十年的时间挤压之力把"我"的肺叶压成血红的"片页岩",同时还把"我"的呐喊、"我"的歌、"我"的笑、"我"的叹息、"我"的哭诉以及"我"的所有一切喜怒哀乐都统统彻底地挤压干净。真正的苦难,是压碎一切私欲(小我)的精神存在,当它的能量全部释放,它的承受者便获得新生,其中甘和苦的熔冶当然也是异常严重的。压在胸口的不只是大而凶险的岩石,还有恶毒的"兽",它浑身的毛发如同坚硬的铁叉,它更像是魔鬼——比黑夜还黑的无比生动之黑,以其长长的牙齿和利爪刺透"我"的躯体。"兽"的杀伤力具有漫长的延续性,在每次梦游之后的很长时间里,"我"的生命内部都遗留着深深的隐痛。

雷管、岩石以及"兽"以其形态迥异的苦难储存方式，将"我"爆裂、挤压和刺透。"我"在痛苦的极限处，不顾一切地寻求突围："光着脚板/裸着心胸"，像风，冲击家门，"如果墙面上没有门/我会撞出一个门"，"如果墙壁上没有窗口/我也会撞出一个窗口"，不管是遍地冰雪、狂风暴雨、荆棘泥泞，还是深深的峡谷，"我"都拼命与支离破碎的躯体做诀别，一往直前地追求生命的完整：灵魂自由。坠落、摔倒、撞击、焚烧都不再能够产生恐惧，"挣脱"（更像是化解）贮蓄血泪苦涩的脏腑，"我"成为空洞的人形，成为带血的风，成为"一团飞腾的火光"，无论是在白昼还是在黑夜，这"火光"都在广阔无垠的天地间耀动着令人震撼的光热，它自然将一切心酸悲苦焚化尽烬，生命的内涵在澎湃不息的飞腾燃烧状态中得到诠释。

在梦游症的情境里"黑夜沉沉/天地间一片混沌"，潜入深深的浑浊河流，"我"学会了鲤鱼在恶浪与恶浪的隙缝中呼吸，"我"不停地游走着，昏暗的四周像月亮透露着朦胧的光——正如困顿的梦魂所渴望：将生命埋没又将生命滋长的希望世界。浑浊、黑暗、困顿的世界里，生命力的向度和速度最深刻地投射于光明。在许多次深度的黑暗前，"我"望见竖立着的一架梯子，雪亮雪亮的，由光线凝聚而成的梯子。它神奇地竖立着，"我信赖它"。我风暴般呼喊着向它扑去，希望通过梯子攀登翻越至光明之境，可是梯子总出现在并不遥远的前方。有时候黑暗中闪现的"雪白的亮光"在黑暗的远处深深地插入夜的胸腔，如同黑夜流出的血，白天在其中受孕。曙光在黑暗中孕育。而光到底从何而来？它来自"我的灵魂"。光明是灵魂的光明，是穿透坚实黑夜的火焰，是抵达生命圣境的牵引力，是流动却无声的大河，如同光的奔腾一束。灵魂进入自由之境，"我想唱歌/一边游走一边唱歌/像风像河流"，但歌唱的是希声的大音，只响在遥远的白天的记忆里（此时是梦游之境。诗人当然依稀能够感觉到现实世界里承受的苦难：久不封口的伤疤/进化成会唱歌的嘴唇/血管成为发声的琴弦,在"我"深深的生命里隐隐地回响着歌声)。"我"轻飘飘地游走着,黑暗由曾经的侵袭"我"变成回避"我","我像峭厉的风",凸起着、高昂着胸膛和头颅(连同着面部和胸口上深深的伤痕);"我"飘飘荡荡地游走着,任意自在,遇到障碍物会自然避过,但不走看得见的路,因为陷阱都在路上,"我"对已存的路不信任,"我"坚决地涉险未知、探测灵魂的入口,相信光明,执迷于向黑暗远处游走,我相信前方,相信远在远方的远是一片广阔的平原,有港口、有光的湖泊。诗的结尾处写道"可我从来没有走到过尽头"。诗中饱满的精神转折和具有光明属性的游走,交织穿错出一个梦游的情境网络世界,它也极像现实的人生。"走到尽头",获得某种结果,看似是一种归属的渴望,却往往不一定是生命的本真或深刻完整的抵达,生命更像是一场邂逅,"尽头"之前的历程往往富含人生况味。

再来看极具梦幻风格的《三危山下一片梦境》。该诗在三至八节描写了"我"与三危山之间隔着的梦境。梦境里三危山似乎随时可以倾倒,但又屹立着永恒而不朽的庄严,"我"孑然歪斜地朝向它,走在险峭的斜坡上。自以为生命空空如也心胸坦荡清白,只拖带着渺小的身影。然而影子连着人的一生,仿佛黑暗中粗重而深厚的根。带着影子,每走一步都艰难异常。走了很久,还没有遇到没有水的河,没有水的河因为没有波浪的撞击和拍打所以比有水的河还难以泅渡。生命在没有水的河里因为缺少流动和激荡所以缺少激情和快慰。河道上卵石遍布,无法辨别岸在何处。可四面八方有神秘的流水淙淙作响,且声音愈渐强大。忽然间感到有波浪如激动的鱼群冲浴躯体,躯体在不知不觉间被看不见的河水深深淹没。"这无法回避的使生命陷溺的就是人的命运"。生命在陷溺中,逐渐抵达湮灭的深刻。对此,"我"洞察明白而心境坦然地沉底在涌动的河水里。恍惚间,"我"的"陷溺",被岸然耸立着三危山、莫高窟和洞穴里的千万尊神佛发现。隆起的鸣沙山向我显示它是沉沦的生命重生的河岸，一个古老而熟悉的声音呼唤我——"回头是岸"。而"我"是走路绝不回头的"河流性格"的人，岸和岸上美丽的传说，我绝不相信，大海无边，连海都不相信自己有岸。就连小河也知道，岸只是呆立在流水两边，河水的前方永远是前方，永远不会有岸。"我"是波浪，"我"永远憎恶岸，永远企图冲垮岸。"在三危山下没有岸没有水的河道里，我艰难地行走了好久好久，仿佛走过了一生。"没有山没有水的命运河道，是"我"少年起就苦苦跋涉幻想进入的梦境，是一个对心灵不朽的诱惑。三危山上寸草不生，没有庙宇也没有通向庙宇的朝拜之路，三危山永远赤裸永远无牵无挂。永远的空旷，像一个内在生命的传说——三危山能在七月天自行升云起雨，并在日落之后燃起霞光，如此美丽的奇特幻象只在绝对虚空和沉实的生命体之上蒸腾。这当然是诗人自足的生命状态。澄明中假象毕现，无须拜神祈佛，只是凝视当下。在被河水的冲击中溶解呼吸，生命在污浊的瘀血、回忆的苦汁和白净而宁静的灵气的吐纳中，渐渐变轻、变淡，成为梦境般的空。在超脱生与死的陷溺、跋涉和抗争之后，生命进入净化之境。

梦境中升起了诗人"流动"（河流的冲击）的人生中倔强执着的性格、奇特的生命精神和个体存在究竟的宇宙内涵。此诗题记中"纯净/浩大，/不可再居留"的诗性哲言与诗中"梦境"恰如其分地吻合，巧妙地寓含和解释了生命的本质和意义。

《发生在胸腔内的奇迹——有一首诗是这样诞生的》一诗中，沉重黑暗的梦魇夜一般，伏盖而下，"一千只不分指的蹼一般的巨掌"将胸腔封死（胸腔内搏动着生命仅有的音符），只剩下一丝呼吸。胸腔和梦魇之间的屈辱密约难以废除，"祈望最后一次舒畅的呼吸"，留下一句平淡的遗言，但是竭力张大嘴巴，却没有空气，无法喊出声音、无法呻吟，更无法发出任何旋律的悲壮。睁大的双眼，无法替代嘴巴去言说，眼球变得柔弱。挤压和绝望陷落到头颅内的褶皱深处。苍白而呆滞地仰望世界，世界失去神色和知觉，似乎一切已真正死亡。梦魇一般的冰冷巨掌,仍然给生命施以挤压。梦魇不相信生命和死亡,但其无形的存在却有难以消灭的无限生命。梦魇极力挤压心脏,心脏在血管的网上悬挂,丧失自由。憋闷中心脏不断地练习幻想变形术。幻想变成充血的大钟或者飞翔的雄鹰。然而,受难的心脏只能在牢固的血管网上摇颤,发不出呼救的声音。胸腔终于被梦魇压得扁平,心脏在里面失去弹力和节奏,偶尔的心跳声也是扁平状的绝望。悲苦和渴望在呼吸和心跳被压碎之后无法形成咏叹和哭泣,它们凝结成灵魂的因子,坚贞地聚集在越来越少的被压扁的胸腔空间里。最深的和最后的声音,被逼退在最狭窄的空旷处紧捏着誓言静待生机,梦魇以强大的魔力获胜以后纷纷入睡。漫长的时间消耗中,一种力量或一种生命正在蓄积和孕育。安静的胸腔内,浓重而灼热的云团强劲地流荡,冲荡着胸壁,在不息的活动中混沌如创世纪以前的原初宇宙。这是一个灵魂的雏形正在形成,它在坍塌的人体骨骼建筑上企图建立复活的奇迹,摩擦尚未长出羽翼的背部,骨骼(肋骨和脊椎)本性属坚贞的岩石,辉煌的碑文应当刻于其上传于后人以一部新的文字(或心灵传奇)。血热的云团,在骨骼的岩石上不停摩擦,摩出连续的电火,摩出雷诞生时的哭泣声,胸腔内充满声色、充满复活的梦的律动和气息,仿似一个无可比拟的原始奇迹正在被创造,仿似一个婴儿刚出世的生命震裂。这一胸腔内的复活和重生的源,来自"伤疤",它们提前布满在胸腔内外,乌黑、坚强富有重铁的捶打力。"伤疤"在精神和肉体上,塑造成生命中最壮丽的景观和最可信赖的甲胄,它们在血的体验中升华出智慧,永远坦然而宁静地承受和化解灾难。"伤疤"让胸腔保持一定的完整,令扁平的胸腔渐渐涨圆。"伤疤"是生命复活和延续的无限动力储存。胸腔内闪电和雷鸣,正穿透苍白的骨骼、正潜入长而弯曲的血管(闪电和雷鸣飞向天空的形象就像弯曲的血管浸染着血迹)。据说,人体的血管粗细连接在一起与地球赤道的长短相近。因此,原始力量(雷)的震动在躯体里艰难曲折地循环，不止息。雷鸣和闪电，在身躯的所有部位震开阡陌般昏迷已久的知觉，温暖不断扩张。雷电在躯体里驱使生命重新开始。胸腔不断地鼓胀、不断地躁动，生命重新开始。"胸腔内深深的蠕动和声响/预示着一个星球正在凝聚/它将同雷鸣闪电一起/轰开梦魇的阴影/从胸腔内升起//胸腔内外/酣畅的暴雷雨久久不息//一首诗诞生/在生命复活的瞬间。"①

第三节　昌耀：理想与浪漫的诗之风度

诗的一个可贵之处，是能够在语境的开阔中拓生出特殊的格调风度，让人们在审美化育的过程中获得人格完善和生命圆满。优越的诗歌风度，必定是时代气魄和人文精神的高度融合。作为一种文学宏观意义上的品格风范，诗歌风度，显然具有不可估量的历史性价值意义。幸运的是，新时期以来，诸多诗人的无畏、忘我创造，奉献出了足以令世人惊叹和震撼的诗之风度的宝贵资源，其内涵当然是丰富而深刻的。将其进行深入研究和阐扬推广，回馈祖国和人民，既是对诗人的尊重、对诗歌的感恩，也是对民族的责任。笔者以为，在这里将诗歌风度予以讨论是庄严而神圣的！

这里仅以当代诗坛的重要诗人昌耀（也是当代世界性的大诗人）的诗歌艺术为个案研究，从时代惊异和疆域精神两个维度上做诗歌风度的相关考察和呈现，以在诗歌层面凸显新时期的文化自信和时代风度。

一、时代惊异

伟大的时代，必然产生伟大的精神震撼。"时代惊异"，便是在

---

① 牛汉. 发生在胸腔内的奇迹：有一首诗是这样诞生的 [M]//张清华，孙晓娅. 牛汉的诗. 北京：北京师范大学出版社，2016：239.

特定时代的宏观场域下形成的审美惊异,且往往具有社会化和个人性的感受共鸣。昌耀新时期初的诗歌创作,涵容着博大的时代气象和剧烈的精神摇撼,在充分表达个人时代惊异的同时,恰当地反映出具有广泛意义的社会共感,并在一定程度上,鲜明地呈现和推动了全民族积极的精神自振和信仰重构。

昌耀诗歌的"时代惊异",具有时代恢宏格局和宏伟气象下个人的感慨情绪、强烈的报国用世之心和生命与灵魂的升腾等诸多丰富的内涵,极有力地凸显出一种诗歌形态的品格风度。下面,通过对昌耀新时期初的部分诗歌的品读和论述,便可一见其风貌。

新时期的历史帷幕揭开,乾坤朗照,四海翻腾。诗人昌耀于斯时文思勃发、诗情激奋,胸中慷慨如火山的万丈熔浆急待喷发。

在《昌耀诗文总集(增编版)》里,收录昌耀新时期以来最早的诗作《秋之声(二章)》,诗人写道:"今天,大道载我以高蹈。/明日,晴空任我以徜徉。"[①] 在诗里,诗人还精妙地展开了富于诗性美的心灵怀想。如今"我"终于尝到成熟之秋色,而明春的艳阳"我"也定将幸遇。往昔中,一江秋水、枫林红叶经过多番淘沙的筛择和数度风霜的寒炼,以及朝云暮雨、热风白露的洗礼,"我"的心田已经熟化为丰茂的原野,"我"的情愫也如喷发香气的坛酒。"我"周身透亮如同春蚕,"我"胸中灵府犹如精巧的蜂房,为大地和人民吐丝和酿蜜是"我"内心深处的秘藏。在23年西域放逐生涯结束的时刻,"我又重来生活的大海沐浴",重新感受人间的温暖。毫无疑问,"我"应重研朱墨恣意文章,再握诗笔昂首放歌(其一)。更为强烈的是,诗人认为新时代的降临,是金风下壮阔的欣喜和自由,犹如万千红叶的畅响和雁翼在空中的云回。此中自然景象映存的是普天之下万民谐和自然的现实社会印象,它以正向的民

---

① 昌耀. 秋之声(二章)[M]//燎原,班果. 昌耀诗文总集. 增编版. 北京:作家出版社,2010:67.

心巨力，荡尽胸中局限，激发出豪情和壮思，将精神升腾至理想化的希望之境："我更何求？但愿我的心胸作长街，/驰过肥马轩车，/拥去铜鼓旌旗，/多留下些明快的节奏，/生活的彩絮。……//君不见江河赴海、寒来暑往、时不我待，/转眼又是春绿！秋风有意，使人焦急。"（其二）①

作于1979年底中国文学艺术界联合会代表大会（简称"文代会"）期间的《一九七九年岁杪途次北京吟作》，诗人在相对忧郁的环境中采取了具有热烈澎湃色彩的特殊生活视角。我们应该知道，新时期初文代会的举行是一件历史盛事，对于长期困于边陲的昌耀而言，晋京参与这次盛会更是一大人生幸事。诗人在诗中鼓荡出的情绪惊欣而饱满。诗人形容"湿湿的西苑路"是"湿湿的红、湿湿的蓝、湿湿的黄"②。红黄蓝三原色，是调和万重色彩的基本色，它渲染出人生的丰富感，其内在的复杂性不言而喻。而浸润在西苑路的夜雨中，诗人的情思却是高调的："湿湿的夜雨，在我眼里是新婚式上湿湿的彩絮"③，就像青年樵夫与仙女的合卺礼，就像快乐王子与快乐公主的良缘缔结。"湿湿的夜雨"，在此刻不粘带任何复杂琐碎的情愫，它只喷泉式激起希望和希望之间的欢合。在"湿湿的夜雨"里，漫漶出的是诗人全部精神世界的遇合（个人与时代精神的相遇）的幸福快感。诗人的情绪和精神进入蓬勃高涨的层境："我却听说时代巨人与时代女神于携手间达成默契。我听到原野上路枕随着巨轮荡起旋风般的波幅。我已听到东风1980型独一无二的火车头冲决扩展的波幅正迅疾而来。"④ 时代潮流的壮观和迅疾令诗人欣喜、震惊、无法拒绝，它不容停留地销尽诗人深刻

---

① 昌耀. 秋之声（二章）[M]//燎原，班果. 昌耀诗文总集. 增编版. 北京：作家出版社，2010：68.

②③④ 昌耀. 一九七九年岁杪途次北京吟作[M]//燎原，班果. 昌耀诗文总集. 增编版. 北京：作家出版社，2010：96.

的边塞孤独和沉默:

> 而今夜,我牵一匹吉祥的光羽也追逐着去了——
> 一辆辆诗人的轿车。
> 一乘乘狂客的宝马。①

以祥和的羽翼追逐浩荡昌平的盛世,驰骋、纵情在诗的时代旷境,是此时诗人的精神主调。此诗强烈地喷发出诗人对新时代的认同、赞美以及对于未来的极大信心。在该诗的第二章,诗人借观音大士的艺术陶瓷塑像,更为鲜明地表达出自己内心对于时代的祈望:"——生长吧,一缕春晖,你们和大地同时复苏!"②

时代鲜明的社会特征,常常催动诗人的情感腾跃和精神想象。《京华诗稿(二首)》之一:《在地铁:五分钟的地下航行》里,诗人透过精省简洁的语言,涌荡起浩浩不竭的人民力量和超凡奇特的时代气象:

> 在底层。
> 在被人生顽强掘进的最底层
> 是三千万年冲积扇之惰性淤积,
> 是八百岁皇城风水之所在。
> 铁的十字镐难得支起了这处光明的港口。
>
> 怀着开拓者最初于深井屈曲掘进的记忆,

---

① 昌耀. 一九七九年岁杪途次北京吟作 [M]//燎原,班果. 昌耀诗文总集. 增编版. 北京: 作家出版社,2010: 96.
② 昌耀. 一九七九年岁杪途次北京吟作 [M]//燎原,班果. 昌耀诗文总集. 增编版. 北京: 作家出版社,2010: 97.

>　　希望的潜艇才这样一路雷霆
>　　呼叫着新的地平线？①

　　1979年的北京，地铁是新鲜的存在，更是历史前进的社会象征，它凝聚着一个民族长远的历史瞩望、广大人民的执着与智慧以及当下时代的超越精神。地铁在诗人眼中是时代前潮的骄傲：它是珍稀的港口，散发出新的光明；它是新的希望之潜艇，以一路雷霆捣向更新的人类生存域境。这首不足百字的短诗里，纵横着历史、时代和社会的关联，迸发出诗人面对时代巨力张扬时惊猛的情绪感，看似简单的精神内核中蕴涵着深邃的理想和浪漫，它源自诗歌创作主体更为精绝的精神觉察畛域，它更为淋漓彻底地洞开并指向个人对时代真切的渴望。还有写于1980年1月的《车轮》一诗。改革开放初期穿梭不息的城市"车阵"景观，流动着新时期的生活气息，它关系着社会大众的生存现实，也激发着诗人敏锐的怀想。诗人感觉晨曦中的车轮仿若自太阳分裂的个体，"旋转着健美的圆弧，灼耀着生命的光斑"②。它的态势泼辣如同耳边掠过的旋风，酷似群群飞鱼跃向港湾之外——"去追逐深海的舵叶，／去追逐蓝天的帆影，／去追逐未知的世界……"③ 车群奔流出的对于未来世界的趋向力，美化了现实中的交通场景，绽放出社会群体追求优越生活的理想光芒。这首诗如果写于改革开放近四十年的当下，似乎不足为奇。然而，它的创作时间却是"文革"结束的第四年、改革开放的最初。在当时的历史情境里，这首诗的写作必定潜藏着个人巨大的精神内力，诗人在诗的结尾写道："曾长久地沤渍于死

---

① 昌耀. 在地铁：五分钟的地下航行 [M] //燎原，班果. 昌耀诗文总集. 增编版. 北京：作家出版社，2010：98.
②③ 昌耀. 车轮 [M] //燎原，班果. 昌耀诗文总集. 增编版. 北京：作家出版社，2010：103.

水的理想/该是如何狂恋于这线条明快的旋律!"① 诚然,长期沤渍于死水的理想,定然在改革开放奏响的光明旋律中重新展开,绽出强烈的时代审美惊异。这首诗容存着新时期社会潮流中涌现的历史畅想和理想力量,反映出改革开放经济形势中的社会景象和个人化的精神世界。

  强烈而直观地彰显出时代惊异的,还有反映新时期环境下诗人慷慨激昂的生命状态的相关诗作。比如作于 1985 年元宵节的《雄辩》一诗。诗中的"雄辩"应该直接萌发于元宵节的爆竹、舞龙等欢庆盛况。当然"雄辩"的深层驱动力,仍是家国情怀和往还天地的圣者精神。"雄辩"在此更恰切的是为一种精神状态,而非浅显的语言之辩。对于经受过历史磨难和人生晦暗的昌耀而言,改革开放过后太平之世里的元宵佳节,自然有着尤为特殊的惊喜和震撼:

> 你听:一记记干牛皮的砰砰砰……
> 乃如土地之呼吸,
> 乃如晴空之吐纳,
> 乃如众心之同声一搏。
> 在中国之春的狂欢节,
> 许多古人在许多行走着的高桩上浪游,
> 好像从云端投给你微笑。投给你节日调味的
> 五色盐,投给你五色的天雨花。
> 复活的龙族在火的爆裂中追戏自己的尾巴。
> 大头娃娃乐呵呵,
> 乃是你们少年期之再现。②

---

  ① 昌耀. 车轮 [M] //燎原, 班果. 昌耀诗文总集. 增编版. 北京:作家出版社, 2010:103.
  ② 昌耀. 雄辩 [M] //燎原, 班果. 昌耀诗文总集. 增编版. 北京:作家出版社, 2010:266-267.

诗中的一切盛况，欢腾"在中国之春"。中国之春里狂欢节的莅临，伴随着太多令人咀嚼不尽的历史况味，令人悲欣交集、情不自已，以至于诗人写出"在最不容流泪的日子，/有人泪流如注"。"有人"必定是走过历史烟云的诸多同运者。当然！祖国发展的新形势，更令诗人热泪盈眶和激情澎湃："有亟亟于报国用世之心，/有切切于求贤问聘之思，/有信息断绝的忧愁、悔恨、狂怒，/在履险临危之无惧，/有开路建碑筑亭之歆羡，/有金元拜物之可疑，/有精力渴待挥霍净尽之傻念，/有蒙诟病之虞。//有雄辩之欲望。/呀呀呼——/到处是人欲情声。"① 广博的人欲情声，呼喊时代正音，"乃有雄辩之欲望"。此中急切的报国情绪鲜明可见。诗人还写道："新世纪的曙光，/将国产轻骑的投影/投上180度幅广的环形山壁作牛兽游走。/作牛兽游走之大特写，/作慷慨悲歌，/作慷慨悲歌……/牛阵越过栏架，/地面响起巨大的轰隆……/昆仑摩崖，/无韵之诗。"② 国产的科技工业作慷慨悲歌，在新时期的上空奏为绝响。这首诗在元宵节的爆竹中绽放诗者的道德精神和知识分子的济世情怀，并萦带着广大的人民力量，显示出祖国之春的强大国势，它寓示了个人在历史盛境里激进的入世劲力，更展示了祖国以强盛的姿态进入世界民族之林的伟力。诗最后"昆仑摩崖，无韵之诗"八字意味允当绵长地道出了该诗的精神核心：个人价值和国家尊严有机统一的实现乃是不争之雄辩。"昆仑"耸立的是个人的济世之心和祖国尊严之神圣，如同不辩之雄辩（"有雄辩之欲望"），如同永恒之无韵之诗。

二、疆域精神

拥有江河源头和世界屋脊美誉的西部，在其独有的自然景观和

---

① 昌耀. 雄辩 [M] //燎原，班果. 昌耀诗文总集. 增编版. 北京：作家出版社，2010：266.
② 昌耀. 雄辩 [M] //燎原，班果. 昌耀诗文总集. 增编版. 北京：作家出版社，2010：267-268.

文化氛围与时代的社会转型发生碰撞时，苏醒了昌耀诗歌世界中的西部精神。"西部精神"是一种具有苍莽、悲凉、圣洁等特质的富于历史想象力的诗歌审美精神。它"有着不尚粉饰的拙朴基调与峻急品格。有着义无反顾的道德操守。有着充满宗教感的善的隆重。有着基于死亡意识的人性悲壮。有着面对现代文明冲击的内心困惑。有着感于文化滞距的历史反思。有着实现理想人格的恣情追求。……"① 显然，这是一种具有丰赡而醇厚的审美享受，也是一种膨胀着阳刚之气和开拓风度的诗歌追求。作为一种诗歌精神，"西部精神"的品质更在于它是基于西部文化心理结构的对于中华民族精神文化、人民创造力、祖国观念、自然规律和历史法则的一种信仰，这本身也是一种具有高度特殊性的品格风度。笔者以为这样的"西部精神"已经超越西部地域上的空间限制，从而深化为一种具有无限诗性精神的大国风范。所以，它更恰切于是一种"疆域精神"。下面对其展开具体讨论。

其一，疆域精神首先突出表现为一种生命豪情。高旷的精神背景，必定激荡生命以豪壮，更必定振作人生以宏正。开掘疆域精神，张扬生命豪情，不失为一种激化社会风尚的品格张力和有效的文化策略。昌耀的《雄风》一诗，是典型的充满豪情壮志的诗作。诗中充分体现出诗人吹山沉海、驾控长空的激烈壮怀和超越意志：

> 吹山沉海，为有牧者的雄风。
> 浑噩中，但见大河一线如云中白电
> 向东方折道。如骢马鼓气望空长嘶。
> 高原雄风何其威风乃尔！
> 是大自然的慷慨赐与？

---

① 昌耀. 西部诗的热门话［M］//燎原，班果. 昌耀诗文总集. 增编版 北京：作家出版社，2010：845.

是壮丽河山的博大抒情?
是一种道德精神伟力正君临天下?
在风靡的旷原迎风伫立
一个个虎背熊腰、披银冠金,只有风的牧者。
扫却愁怀万古,笑视冷眼旁观的过客,
窃喜自己也是放牧雄风的一个热诚精灵。
我独爱这一天红尘。我深信
只有在此无涯浩荡方得舒展我爱情宏廓的轮翼。

夜晚我仍驰骋风中而不耐壮怀激烈,
袒裸胸襟付与风涛冲刷。①

  立于巍峨的西部高原,于苍茫溟濛中,见浩天一线的大河如同云中闪电向东方迅驰,如同烈马竭力嘶断长空。这迅猛壮烈的"自然大在"何其威风乃尔!"高原雄风"——它是玄黄天地的慷慨宏赐,是壮丽山河的博大抒情,是道德精神伟力的巍然降临,它是神奇之物,它是雄强浩荡的象征。它的"超能"令泛庸者望之莫测,唯有奇异之士——"风的牧者"才能在风靡的旷原将其驾驭。放牧雄风是超越"高原雄风"的更强大的精神伟力,它荡尽万古愁情,笑视冷对尘俗的白云苍狗,以赤诚的襟怀涵养宇宙的至精至灵。诗人自幸也是放牧雄风的牧者,能够在风涛中冲荡胸怀、驰骋激烈,能够在无涯的浩荡之中,舒放对宇宙万有的宏廓爱情。
  高原牧者秉承通天彻地的自然伟力,驭风而驭己,升绽出本我的精神自尊,达到解脱凡情、金石不随波、大爱无私的人性道德品格。这是西部高原情境中孕生的具有人类性的"疆域精神",它容

---

① 昌耀. 雄风 [M] //燎原,班果. 昌耀诗文总集. 增编版. 北京:作家出版社,2010:70.

存着芸芸众生的心灵理想。

其二，疆域精神的重要品质，是在对历史文化的追寻中实现人文精神的复归。我们优秀的历史文化传统富含的人文精神，是我们中华民族最为纯正的传统性格；作为炎黄子孙，我们的责任和信念是对祖宗品格做最彻底的智慧性承续、优化和弘扬。昌耀的民族性格执着倔强，他在诗歌中常有体现。比如《寻找黄河正源卡日曲：铜色河——〈青藏高原的形体〉之六》。"卡日曲：水名。藏语原义为铜色河，是黄河正源。"寻找铜色河、寻找卡日曲、寻找诗人所谓的"那条根"，是世袭后代与种族根源的血缘融合，是洪荒母乳与大地赤子的育合，是心灵与万象的深层冥合。寻"根"（铜色河），在种族世系中绵延不绝，且愈加放射出神圣的光芒。"我们一代代走着／走向五光十色与十二道白虹流照的西界。"天光灿烂的西域高原景象，在族群的历史寻觅中显露出神性（在自然物象的绝美投射里反射出寻根者内心世界的圣境）。在"我们"寻觅的前方，流动着前人寻找黄河正源的身影：乾隆年间乾清门侍卫阿弥达身着河源专使的华衮，康熙朝僧人楚尔沁藏布手捧《皇舆全览图》，元朝女真族人都是佩戴着金虎符……为了寻找那条脐带，我们世世代代，以朝觐的姿态膜拜和实地勘寻。种族的漫漫衍续和客观自然的进化在演变中古老化了历史："西羌人的营地之上已栽种了吐蕃人的火种，而在吐谷浑人的／水罐旁边留下了蒙古骑士的侧影……"而眼前探索自然的现代物，也在空中箭翎般飘落。可是各姿各雅美丽山（山名，藏语原义为雄壮美丽的山。这里代表的象喻意义是美之源、生命之源、种族之源）的泉水，依然不变——依然日夜不息地为天籁之章增添冰山珠玉，遥与大荒铜铃、铁锚海月相呼应，牵动起高原之山、无垠荒漠、沧海明月象征的"华夏格局"在五千年的时间中升起的悬念（华夏子孙对母系的心念）。寻找"铜色河"的过程是艰难的。高原的特殊环境熔炉般熔炼寻根的"我们"，而"我们"心肠灼热，不改初衷。"我们"在探寻的进程里"美似20

世纪浇铸的青铜人"，"我们"寻觅的坚韧和朝拜的圣洁，含寓了整个20世纪的溯源品格。"我们"的脚步不曾停歇，一路度过沐浴节、吃酸奶节、望果节……直向云间堂奥莫测的化境深入，最后终于看到黄河正源的灵性之美——一株盘龙虬枝的水晶树。树的曲茎"有我们鸟窠般的家室……河曲/马……游荡的裸鲤……""源"的神秘在探寻的尽头被解开和呈现。"水晶树"周围的峰峦以其奇特的形状熠熠生辉，令人敬畏，就像水晶树永恒的守护神。许多侏儒植物与灵光相互感应，充盈着饱满的生命气息。而"我们"作为探索者（当然更是华夏子孙），当发现黄河正源时，"我们"的脚踵已经在大地经纬的交接点上触觉到了我们华夏民族绵延不绝、升腾飞扬的生命精神。铜色河是养育华夏九州的无尽藏，它在民族的精神延伸中逐渐成就庄严和肃穆！

再如，在短诗《夷》里，诗人在西部情境的审美心理结构中，塑造和展现了东方巨人的风度。夷，东方之人也，古东方之勇武者。腰间缠绕蟒蛇一盘，肩上背着劲弓一张。作为炎黄一脉的原始力量。他们的出现是人类的伟大降临。他们从大海岸诞生，大海岸是"砥砺黎明以锐气的东方海岸"，是"磨制黎明若于硎石之上的东方海岸"。他们具有人类远古原初的神性，他们以玩蛇者、背弓之射手的东方人的夷的形象，自"神的时代远征而下"，在时代巨轮的当下深化人们的审美精神和历史人文关怀。虽然他是一去不复实存的人类形象，但是他所张扬出的力量和勇武精神却能激励人心，却能震涌、催动华夏自信体发生新的民族生命力。他以静态的历史形象和美学存在将民族精神动态化，有力地彰显出我们东方民族的性格风度。

其三，疆域精神的气度主要体现为疆域想象。西部作为昌耀诗歌精神场域的背景、基础和依归，它在文化地理学的角度自然地构造出关于疆域的诗歌想象。前文已经论及疆域精神的品质，在此可以通过具体的诗歌做实际印证。最有代表性的是《巨灵》等诗。现在我们来仔细体会《巨灵》。在西部静度岁月,边塞的景物在光阴的轮回中变幻。关塞令人醉心,祁连山冰峰的高洁如同恒永的雪晶,令人神往。那里印存着古老民族不息的生存影痕,那里肯定有更为丰富的精神存在。诗人与之血通心连,从不曾与之分离。在美丽的高原之梦里,诗人永远是一个准备开垦理想的具有冰峰晶体的"磨镰人"。当时间的烟云疾速退去,诗人的独立纯粹和深邃洁净,在人群中显得陌生甚至怪异。人们在繁复无限的外在世界中的心灵异化,使得人们对人类性的"根源情感"莫衷一是。作为至情之人,诗人自然垂心万仞、坚贞不渝,以深湛而精诚的生命形态,在时间的遥远处荡起"古史"的回声。诗人的精神涵泳与土地深层冥合,诗人的品质更是"土地"中的特殊矿质。宇宙规律启示人们保存鲜活的存在气息,恒常和变化中存在着美和生命。周流不息的宇宙信息显示着大道如虹,显示着生命存在的壮观和自信的豪光。"照耀吧,红缎子覆盖的接天旷原,/在你黄河神的圣殿,是巨灵的手/创造了这些被膜拜的饕餮兽、凤鸟、夔龙……/唯化育了故国神明的卵壳配享如许的尊崇。"① 宇宙的辉煌存在与"我"的生命内蕴守恒着共振的频率,一种精神的"大摇撼"被剧烈感知。历史演化的作用力总会打破灵魂思索者的宁静。以殷墟的龟甲和圣贤的典籍为表征的文化遗产,传达着历史的久远和变迁。历史在历史中被校准,不断成为历史。当我们领略"历史"的全部悲壮时,一种强大的历史使命感便不可控制地訇然爆发,这是民族精神的涌力,是诗人所谓的"巨灵的召唤"。

我以为,这首诗反映的特立品格、大地之情、宇宙共振、民族精神之依归和历史使命都是巨灵的化身,都需要生命精神的深刻投入才能秉持和固守。而诗人在诗的结尾千金一诺——"没有后悔/

---

① 昌耀. 巨灵 [M] // 昌耀. 昌耀诗选. 北京:人民文学出版社,2009:105.

直到最后一分钟"！诚然，这是一种智慧和气魄，生命的晶体必因之璀璨于深远。《巨灵》一诗的创作，是诗人经历的一次特殊的诗歌艺术经验，他在《〈巨灵〉的创作》中透露，《巨灵》一诗是郁勃之作，甚至直接说明"请问这土地谁爱得最深"的发问，是自己胸中长期郁结的意气和义愤，他热衷于"红缎子覆盖的接天旷原……黄河神的圣殿"的无上神圣，倾心于"庄重肃穆的'红缎子'土地与'黄河神'偶像"作为多情者的灵肉依归。他无限地沉醉于自然和历史法则中的民族精神、传统文化以及祖国和人民，他沉泳其中"无法自拔"，并不求解脱——因为这是他全部生命最深刻的信仰和灵魂。

再来看"《青藏高原的形体》系列"里的《河床》一诗。该诗通过对河床的想象，在摹画出现实而抽象的高原境界的同时，展现出高邈绚烂的疆域想象。我们来展开诗中的体会。河床自巴颜喀拉山脉依势而下；疯癫的灵兽，目送伟大的旅程伸向远方。唐古特人的马车在老远处移动出声响，他们沿着河床的起伏鱼贯而行，车轮与床体的摩擦声像演奏的迎神喇叭，他们行驶跳动的速律在床体上盛放和弦荡。世代穿梭在河床上的唐古特人认为，河床是巨人般延展着、屹立着的巨型存在，是更值得骄傲的、理想化的神物——它在滋润、干枯、浩荡的不断反复的生命演绎中，彰显雄壮，获得如雷贯耳的令名。在诗人笔下，"河床"是阴阳和合、雌雄同体的圣灵！她坚实宽厚、壮阔的躯体是完好的母体。她无私，顷刻不止地向东方大海输送奔腾不息的精力；她包容，存纳高贵精致的多元人类记忆；她坚韧，在年复一年的风霜之冷峻中不易体魄；她博大仁爱，将万山洞开，让钟情的众水在流荡的襟怀里自由奔腾。这一切都体现出她的智慧、她的宏伟孕育和创造。她原始朴素的野性，更像是伟岸的雄体。他的灵肉生命异常饱满，他执情于秃鹰的长唳之高绝；他漫渍于关于性的不竭渴望；左右双侧展开的阳性之舞，能让雪流翻滚沸腾；他激赏、赞誉生命的坚韧和向往（猎人为捕获食物潜伏达旦在隘口的深雪,残缺之躯的母狼在长夏的每次黄昏跋向天边的彤云);他自豪并怀念自己远先的辉煌和灿烂(消逝了的"黄河象")。在这种具有直性和突兀感的性格张力里,凸显着雄性的钢骨。她阴阳相生的灵体,在每个瞬间洞观万象,也在每个瞬间表现出大千众相:"屈曲绵延的峰峦、深度下陷的断层、直切而开的地峡、疾速眩晕的飓风,纵深着、横亘着'总谱'的主旋律",弥漫着华贵之气的身姿(锦缎满身、珠宝满身、黄金满身),紧张的张弛之弓,开拓蛮荒的自然之力,时间和时间中遗留的古迹,宇宙洪荒中的原始化石,人类历史记忆里的始皇帝神权,排列成阵的帆樯,广场,通都大邑,展开的景观,不可测度的深渊,结构力,驰道,不可克的球门……如此盎然不息的生命体在我们的想象力中,似乎可以自然趋化为我们的民族象征——龙的形象,诗人将之"重新推上世界的前台",让华夏的伟大尊荣和自信在世界的面前屹立。

关于昌耀诗歌中的疆域想象,还有其他表现类型,比如《午间热风》和《一百头雄牛》为代表的简练而直接的艺术风格。《午间热风》以纵情神驰的笔意,有力地畅写出西部边塞的自然风情,它极为真实和敏捷地表现出诗人的艺术直觉和"西部"感受:

  总是金野牛。
  总是午间热风。
  总是铺盖而来。总是席卷而去。
  总是波浪线。
  总是拓殖的土地。总是以阅兵式横队前进的拓殖者的波浪线。
  总是十字镐。总是锹头。总是砍刀。
  总是蓄水池。
  总是营地。总是轮翼。总是西去。

> 在金野牛后面，梦觉的拓殖者执弓挟矢以猎。
> 总是后浪推前浪。
> 总是灿然西去。
> 在每一层波浪线最先消失之前总是举旗者。
> 总是紧追不舍。①

这首诗以短暂的时空存在"午间热风"为描写对象，朴素地描述出西部高原午间的现实生存景观，其中当然漾溢着广阔自然力的蒸腾。这首诗里的每一句诗行，都是对真实存在的直接描述，没有一个字是主旨意义的伸展，但是在迅捷繁复的铺排的潜在或背后，却是西部高原的真实风貌和诗人身处其中的精神状态。透过全诗的诗情感受，我们可以在阅读的感悟处生起同诗人一样的力或生命激情。与此诗风格相近的《一百头雄牛》，也以直接化的叙写和审美方式描绘了"西部"的丰富性。《一百头雄牛》以雄牛集群式物象的雄武生命状态，折照出新时代的雄强之力。"一百头雄牛噌噌的步伐"是"一个时代上升的摩擦"，其威武的雄姿似彤云垂天，如火红之帷幕——血洒一样悲壮。"犄角扬起，／遗世而独立。"②犄角扬起，一百头雄牛扬起一百九十九种威猛，立起在垂天彤云飞行的西部高原，在不绝的号角声里——血洒一样悲壮。一百头雄牛垂悬的生命原力，散布在大地和天宇之间，一百种雄性基因缓缓渗入广袤的泥土，在沉静和肃穆的情境里——升起血洒一样悲壮。"血洒一样悲壮"是一个时代的雄伟之力，是一个时代盎然的存在状态。"一百头雄牛"当然是为西部高原独有的奇特景象，它雄武地

---

① 昌耀. 午间热风 [M] //燎原，班果. 昌耀诗文总集. 增编版. 北京：作家出版社，2010：288.

② 昌耀. 一百头雄牛 [M] //燎原，班果. 昌耀诗文总集. 增编版. 北京：人民文学出版社，2010：321.

傲起威武不屈的精神伟力。"一百头雄牛"是高度象征化和理想化的高原性格或新时代的、民族的雄伟品性。

其四，疆域精神的深度和妙处，是在审美中进入灵魂圣境，达到生命的圆融。诗歌作为一种精神信仰，她的可贵在于让人获取灵魂的安放和自由。昌耀在疆域精神的掘进和深入中，涵养出一种解脱自我的、自然的、平静的、具有灵性之美的灵魂圣境。具体看他执笔于新疆的《旷原之野——西疆描述》一诗。该诗从文化地理学、历史人类学、宇宙的时空观念等多重向度相当整体和深入地"描述"（实际上是深刻的诗意升华）了西疆。诗人写作这首诗的初始情态有着近乎桀骜的庄重和铿锵玉振的果敢，开头一句便是霹雳一呼："看我旷原之野！"旷原之野热情，旷原之野啸傲，旷原之野娇媚——在西疆苍野的旷原里，古堡前的金鼓永远震响着辽阔空旷的热烈；胡杨砥立风沙的长啸和孤傲（据说胡杨生长千年、干枯千年、腐化千年）；红氍毹上的旋舞者的蹁跹与婀娜。它们构成西疆的风情特征，筑起本土的疆域自信，并吸荡着西疆追慕者的心潮。西疆的原野和天空是古老的存在——西疆的原野由十二肖兽恪守，族群的繁衍在原上自古及今；西疆的天空曾被古占卜家所描述，久远的宇宙信息在其中永存——原野和天空在不息的族群繁衍和漫长的时间迁移中，化为精神图腾，也在人文历史的洗礼中实现独特的自信与辉煌。西疆的躯体，承受和容纳着佛经东渡和丝绸西迁两大人类文化交流的历史事件。佛教文化因此为华夏增添了祥瑞和生机，"丝绸之路"因此让外族领略到中土的风度！西疆，也因此享有华夏大族赐予的盛荣，且在西域烈风、天马与九部乐的边疆自然秩序中成为混茫大化的存在。往西疆史海的更深处溯入，可以发现"高邈的一幕：/豪族。雪山北。旷原之野。/人们去玉河掘取羊脂玉。/神祇半狮半鹰，眼膜半垂，示以阴柔之美态。/武士与公牛搏斗,小袖长衫,折腰挂剑。/遍地有古碑刻、卜骨……汉五铢钱。"① ——被细致传神地刻入历史的西疆还有更多的内容,它们仍然在人类记忆的远处弥存着迷人的风采和魅力:

>那时,博格达万世冰封的城垣
>高踞于旷原之野蒙蒙蒸腾的雾带,
>是天上的城,洞察千里之外投来的行客。
>那时,旷原之野西行的列车如漂泊大海的鼓桴。
>如载于玻片的一株杆菌。如一游弋天涯的苍龙。
>
>那时我们的街衢在铁轨上驰骋——
>是穆天子西行驻跸的地方。
>是匈奴日逐王牧马的地方。
>是汉家宜禾都尉屯田的地方。……
>沿途没看到过第三只乌鸦。
>也未见到第二只草狐。
>四周是辉煌的地貌。风。烧黑的砾石。
>是自然力对自然力的战争。是败北的河流。
>　是大山的粉屑。是烤红的河床。无人区。
>　　是峥嵘不测之深渊。……
>是有待收获的沃土。
>是倔强的精灵。
>
>……②

---

① 昌耀. 旷原之野:西疆描述[M]//昌耀. 昌耀诗选. 北京:人民文学出版社,2009:89.

② 昌耀. 旷原之野:西疆描述[M]//昌耀. 昌耀诗选. 北京:人民文学出版社,2009:90.

透过诗人的诗歌幻想，可以看到，在朝代更替的历史之力、自然世界中竞争的自然之力中搏击与角逐的"西疆"，伸展着自己的灵肉空间。这一切在深邃的时间回廊里丧失恐惧、丧失伤感、丧失一切情绪；这一切，也同时"为时间所建树、所湮没、所证明"。一切存在，必将在时空中留下痕迹；凡已失去的必将留下永久的信息："不必抱憾陶片秘藏的城郭。/未得吐艳的蓓蕾无可凋谢。/刹那已成永恒。/一切可被理解。一切可被感应。"① 诗人灵妙地置身时间之侧，洞察西疆的千年浩瀚；智性的宽容在此升起生命境界的超脱——诗人沉浸在西疆祥和的宁静中："晚照中的卧牛正以一轮弯弯的犄角/装饰于雪山之麓。靓女的/乔其纱筒裙行行止止……花灯般凝止。/绿洲匍伏的晚祷者以沙土净沐周身——。"② 在这"自化"的境界中，诗人"听到"的除了时间的飞逝，还有更多的象征。这当然是在西疆的时空情境中，诗人特殊的理性体察和灵性感受。在诗人看来，"一切是时间"，时间是可雕刻的具象，时间具有感觉，"时间使万物纵横沟通"，"时间是相称画"，在时间的直线上，相对地行驶着人最根本的敏感意识：生和死亡。生与死也终将成为曾经的"倏恍"，这不是奥秘的奥秘迷惑人类以长久，诗人在"觉悟"的精神领地推开"玛纳斯河西岸甜美的绿城堡"，享受其中无尽的想象之美——而置"生死"于不顾。最后，诗人在西疆悠久的人文历史、广阔的地理实存、深邃的宇宙洞察以及绵远情感的徜徉中，消歇高扬的热烈和澎湃炙灼的情思，进入一种自然与平静的庄重之境：

庄重的美：
　　爬上来的半边月。

---

①② 昌耀. 旷原之野：西疆描述［M］//昌耀. 昌耀诗选. 北京：人民文学出版社，2009：91.

骏马的披肩长发。
僵持中的摔跤手。壁毯。攀树的羱羊。
下野地农垦兵团沙漠前沿的雄强丈夫。
雄辩的《蘑菇湖课题》。
……紫泥泉。①

  这更贴近于非传奇化的现实生活情境,事实上,时间里的雕刻和镶嵌也多由此构成。似乎可以说,诗人在尽情展现西疆的人文辽阔和宇宙之思之时,也给予了我们平常、安静的审美趣味或存在态度。诗人总是充满玄性的浪漫,在此诗甬长的语境回廊尽头,诗人表达出绵邈、清旷的诗情"我们走向开花的时间。/走向夕雾半遮的旷原之野"②。当然,这也给西疆的旷原之野增添了更多生动的诗性情趣。

---

①② 昌耀. 旷原之野:西疆描述[M]//昌耀. 昌耀诗选. 北京:人民文学出版社,2009:93.

第二章

新时期诗歌的浪漫之境与理想之源(下)

理想与浪漫作为一种精神生命，它必须具有价值和意义的重量：以历史和人民作为根本源泉和目的依归；它必须是生与死的涅槃：最深刻的理性和"美"的统一。本章主要以具体案例分析理想与浪漫作为一种精神生命的诗性熔炼过程和价值意义。

第一节　西川：理想与浪漫的精神熔炼

对于人类而言，理想和浪漫是一方心灵的净土或自由王国。栖息其中，享受物我和谐的"自在"之美，是人们普遍的生命依归和精神愿望。实现这一美好的人生愿景，需要经历一番人格精神的完善和圆满过程，其中充满着心灵和精神的魂魄铸炼。诗歌作为一种灵魂的高度象征，它无疑是抵达"净土"与理想、浪漫相遇的绝佳方式。事实上，正有无数诗人执情于此道，不顾一切地以全生命的精神之力，通过诗的方式追求、探索精神性的理想和浪漫。这恰如其分地反映出一种追求生命精神深度熔炼的高尚品格，20世纪80年代中国新诗的主流诗歌精神就是这种品格的最有力、最鲜明的彰显。如所周知，开掘个人情志空间，极力升化社会憧憬，引领时代风尚；追求生命深刻与灵魂场域的拓展，提升价值高度和人生可能性；包容史诗般的恢宏格局和历史文化的传统深度，塑显民族魅力和国度风范，是80年代诗歌寓含和展示的极具优越性地体现时代精神的诗歌品质。当然，这不啻为一种理想与浪漫精神的伟大铸就。诗人西川，是这一代诗人中的重要代表，在80年代，他以非凡的创造力迅速推出具有时代意义的"伟大"诗歌，成为具有重要诗歌史地位的诗人。下面主要通过西川诗歌历程中的个案分析，来探讨西川诗歌的理想与浪漫精神，以期进入"理想与浪漫的精神熔炼"这一宏大命题。

一、诗歌朝圣

诗歌朝圣作为一种文化现象，其内涵和目的是通过诗歌的艺术跋涉来解决关于"真理"的根本阐释，进而获得精神信仰，实现心灵自由。这种自我的解脱哲学，实质上是一种富于理想与浪漫色彩的行动诗学。西川是这类诗歌虔诚者的典范。

青年时期，西川对诗歌满怀敬仰、对未来充满憧憬、对人类充盈着关爱，积极敏锐地体认社会现实和历史文化。他注重诗歌作品的经典性，希望"每一句话都是真理"。这是典型的理想主义诗人品质，这里可以通过诗人早期诗歌一探其实。在《需要》中，西川以冷静而炙热的语调，发出对于诗歌的豪壮情怀：如同剧场里/需要一个人的低语/黎明的树林/需要一只老虎的咆哮//伟大的诗歌/需要伟大的读者/伟大的国家/需要伟大的人民/……/窗户需要窗外的/阳光或阴霾/我心灵的天空/需要一片冬天的云彩。这里，爱国主义情怀在强烈的表达意志中透析出诗人的诗歌愿望。他希望自己的满腹才华，能以诗歌的喉嗓咆哮出来，并且相信伟大的国家必定会有，也必定需要伟大的诗歌。诗歌的价值和地位在社会转型中发生改变时，西川毅然在冷峻的文化边缘坚守希望和诗的"云彩"。诗歌中的词语是诗人的心声，"咆哮"一词，能令人感受到西川近乎震裂般的诗歌愿望，"伟大的"三字，更是充分地体现出诗歌在西川内心的神圣地位。

以诗歌作为感受世界和体验人生的方式，并以此不断向理想与浪漫的人生境界行进。在《面对一架摄影机》一文里，诗人特别以《诗歌是我感受世界的一种方式》为小节标题，写道："……真正能满足我的精神需要，满足我的智力需要的东西，我觉得还是诗歌……比如博尔赫斯在诗歌里说：'我富足和贫困中的日夜/与上帝和所有人的日夜相等。'他一下让你进入一个状态……那种对于生命本身的透视力是我在读别的东西时所感觉不到的。所以诗歌对我来讲,已经变成我感受世界的一种方式,是我观察世界感受世界的一种方式和角度。"将诗融进生活,让现实的人生在灵性的光辉律动中,闪耀和熔冶理想与浪漫的精神境界。西川在诗歌创作中实现了这一诗学理念。比如著名的抒情短诗《在哈尔盖仰望星空》:

> 有一种神秘你无法驾驭/你只能充当旁观者的角色/听凭那神秘的力量/从遥远的地方发出信号/射出光来,穿透你的心/像今夜,在哈尔盖/在这个远离城市的荒凉的/地方,在这青藏高原上的/一个蚕豆般大小的火车站旁/我抬起头来眺望星空/这时河汉无声,鸟翼稀薄/青草向群星疯狂地生长/马群忘记了飞翔/风吹着空旷的夜也吹着我/风吹着未来也吹着过去/我成为某个人,某间/点着油灯的陋室/而这陋室冰凉的屋顶/被群星的亿万只脚踩成祭坛/我像一个领取圣餐的孩子/放大了胆子,但屏住呼吸

诗人在生命情境的和谐状态中,描绘了一幅富于诗意又饱含生活气息的画面:在青藏高原上一个蚕豆般大小的火车站旁,抬头仰望星空,发觉星空中河汉无声、鸟翼稀薄,茫茫草原和星空之间微风轻抚,令西川对宇宙大道似有所感,若有所悟。显然,这是兼具理想性和浪漫化的诗歌和声。这首诗是西川在大学毕业之年游历大西北,经过哈尔盖(地名)时所写。西川在诗歌朝圣的心路历程里进行过数次远游。远游的目的是脱离熟知、局限的生活情境,进入陌生、辽阔的生命感知环境中,达到自我灵魂与宇宙大道的互融与契合。这种状态在《在哈尔盖仰望星空》里非常明显:"我像一个领取圣餐的孩子,放大了胆子,但屏住呼吸。"(其实整首诗都蕴含着外在世界与内心的默契感)

诗人在宏伟理想的追求中,不断深化理想与浪漫的精神质地。西川的内心具有一个宏大的理想世界。他希望自己能以诗歌为媒

介,抵达思想的高处,与天地精神相往还;他希望能以诗歌为事业,创造"美"的力量给人类,使人类趋步于理想社会。具有宏大内心世界的人,会因理想的力量而获取一种超越精神,进而完成"大我"的塑造。在与古代诗人进行精神对话的诗作《李白》《杜甫》中,诗人写道:"王者的呼唤、一颗大星、高山的太阳、大海、漫游世界、全是另一个世界的灰尘、辽阔秋天、一行大雁、玉宇琼楼、骑鲸而去、敲击明月、深仁大爱、无数个秋天指向今夜、两条大河之间、磅礴、在一个晦暗的时代、吹亮了山巅的明月、伟大的艺术不是刀枪、所谓未来不过是往昔、所谓希望不过是命运"。透过这些词句,不难看出西川雄阔、宏伟的"大我"精神与胸怀。同时,西川频繁扩大的游历空间,也可以反映出他的人生格局。比如《南疆笔记》、《曼哈顿乱想》、《访北岛于美国伊利诺伊州伯洛伊特小镇》(2002年9月)等大量诗歌,都表明西川的足迹遍及国内外的广阔区域。在《答谭克修问》中,他讲道"我的世界足够宽广"。这个世界是他现实的人生格局和无穷的精神世界。有时候,西川甚至以"大我"直接行文,比如在《通过解放过去而解放未来》一文中:"如果我们把超越血肉的理性之我称作'大我',那么,他们是以'大我'狙击'大我'。"在诗歌中,这种"大我"情结更深处的部分是其对人世的爱,对伦理道德的诉求,以及对时代前景的期望。因此,西川的诗歌往往萦绕着一种"为天地立心,为万世开太平"的圣者情怀。下面做一些关联性论述。

其一,以道德理想主义为基础的社会理想。比如,在《上帝的村庄》中,西川阐明了对于由爱情、美、自由构成的精神梦想的期待,并为人类设置了具有宁静氛围和自由秩序的"村庄"。在《应当回到》一诗中,阐明了当前社会存在的精神困乏和感情异化,并以此怀念人间真情引发的情绪悸动,表达出一种对纯正的人伦道德理想的期待。社会性存在的精神困境,令诗人产生回归原初、回归本真、回归自然、回归纯正的"生命价值观"(关乎生命精神和人生价值的诗性坚守）的冲动。期望自然、朴实、美好的存在状态，"在清风、月光之下展书而读，要聆听大自然的雷声，在溪水边聆听溪水声，在油菜花中感受自然的芬芳"。这种对自然田园风情、乡土生活的描绘，是富有生态意识的诗人为人类构想的理想王国和圆融世界。再如，在《我跟随一位少女穿过城市》里，诗人以"啊，多少玫瑰花枯萎在花店里！"喻示爱情的贬值，反映出物质时代社会价值观的沦落，进而表达出对于社会伦理的期望。在《青年人的晚会》一诗里，西川书写了青年人的现实生存状态，尤其是对他们情感世界的描写。诗中阐明了西川对爱情的态度：尘世间的爱情是不可得的。这首诗贯穿着人世间情感具有生灭性的哲理，描摹出青年群体对爱情向往的心理活动和心理特征。其中西川关于青年人爱情问题的思考和忠告，则折射出他以理性的爱情观关爱青年群体的道德风范。在《最初的工业》里，西川认为，工业社会中的有些成就是"人类的看得见的胜利"，这些表象遮蔽了"一个空心的老太婆"。"老太婆"象征的是原始人性的完美，喻指没有"围墙"时相互间充满爱的人类世界。然而在工业时代被扭曲的经济价值观里，这个象征着人性美的"老太婆"不仅被物质主义的冷漠掏空了心灵，更被围墙般冰冷的现实迅速淘汰出局。在这首诗里，诗人批判拜金主义侵蚀人性的同时，强烈地表明了自己的生态意识，体现出高度的知识分子的良知和担当。在《野地里的荷花》这首诗中，西川一方面表露出对古老朴素生活的向往和对"本始教育"的仰慕；另一方面，面对现代科技进步带动社会各方面迅猛发展的现实境况，诗人敏锐地发现，这种迅猛发展在推动社会文明进步的同时也产生了各种问题。最突出的即是人们在思想与精神上发生裂变，从而导致出现了过分注重发展速度带来的不良后果，对此，西川发出质疑和反讽式批评的声音（"从牧猪女郎到省城太太，多好的文明史！"）。从"野地里的荷花"这个微小意象出发，展开有关人类社会的思考，可见诗人胸襟之阔大。

其二，是对"高原境域"的精神向往。比如《高原》这首诗，表现了西川对高原这一寂远寥廓世界的热衷。在短短十四行诗节中，诗人用到了多种修辞手法，其中简单的有拟人、比喻、夸张，这些修辞手法在诗中的运用不着声色、不露痕迹，体现了诗人在语言文字上高深的功力。如"而升空的星宿毫不介意/大地上竟有如许的生物"两句，用拟人之法表现诗人之眼观照出的奇异景象，可谓是西川的高明之处。同时，他运用语言已到出神入化之境，对意象的组合与运用也从心所欲。对于心向往之的"高原"生活，西川一方面进行大量精心细致的描画，另一方面却"保持着一种独特的默契/形成了午后三点的宁静"，与之保持距离。从"这就是那一年窗外的风景"后分为第一节，余下部分是第二节。第一节写的是物理意义与地理意义上的高原，是实在的高原。在这一段中，诗人运用一虚一实的奇异描写，虚实相生，合和为美，美在矛盾而统一的意象中生发出来。在该诗中，诗人以"旷地、马匹、草根、野兽、星宿、云层、大雁"这些实物与"梦中的行人、高空"这类虚有的人和物，相互联想、交叉勾画，从而托起了一个美化的高原，而这个美化的高原是诗人心中的高原。在这里，诗人是以眼中之高原写心中之高原，以实际高原的旷远辽阔与自己心意上的高远辽阔达成契合，表达出诗人的内心世界。因此这个高原是已经被神化的、诗化的、美化了的高原，不再是物理意义上的、现实中的高原，而是心灵上的高原，是充满了神性色彩的地方，是个乌托邦，也可能是个世外桃源。毫无疑问，这种对"高原境域"的精神向往，正是西川"大我"情怀惯有的道德设想。

其三，灵魂深处的"大我"情结促使西川采取"蒙面人"抒情的策略。所谓蒙面人，是指诗歌中通过目的性置换隐藏的抒情人（或者说是将抒情者置于某种意义的诗歌更深处）。"自我的缺失"是这种诗歌策略的手段。西川曾有相关论述："真正迫使我们写作的却是这个身份不明的人。他代表宇宙万物、历史、人类和我们个人身上那股盲目的力量,那股死亡和生长的力量,那股歌唱和沉默的力量。他遮住他的面孔,出现在我们身旁,搞得我们六神无主,手足无措。为了安静下来,我们只有摊开稿纸","从诗歌本身来讲,我要求它多层次展出,在情感表达方面有所节制,在修辞方面达到一种透明、纯粹和高贵的质地,在面对生活时采取一种既投入又远离的独立姿态。诗歌是飞翔的动物。诗歌是精神运作的过程和结果。它当然热爱真理,但以怀疑为前提;它通过分辨事物的真相,以达到塑造灵魂的目的"。西川"沉浸在一种精神氛围里",将"我"高度精神化,让世俗小我成为高贵的、纯粹的、精神化的"大我",故而在诗歌处理上,表现出以精神驾驭诗歌的创作境界。如《我的声音》一诗:

> 这是花朵开放的声音/伴随着石头起立的声音/这是众鸟归林的声音/伴随着星星陨灭的声音——//黄昏悄悄进门,门外/有人喝水。他喝水的声音/越来越大,终于/被雨的声音所代替——//潮湿的夏季已经到来/嘹亮的歌声怎能再次重温?/一场大雨下到深夜/黑暗里,这是雨的声音——//像青春一样消逝的人呵/今夜你将在哪里安身?/在毒蛇躲过了马灯的地方/你会摸到草丛中腐烂的天使——//而哪一片沼泽的上空/会有你神秘的笑声传过?/或许你偶然回身向我/我看到烛焰升高了一寸——。

这首诗中西川将"我"分解成三部分,即"他""你""我"。"喝水"发出"声音"的"他"和"消逝""青春"的"你"以及"使我难眠今夜"的"我",都是"我",只是西川将"他""你"投入到现实中,而把"我"置于远离生活的位置。通过分析,我们可以知道诗中的"蒙面人"既是西川,又不是西川。"蒙面人"是西川在诗歌中所创建的理想王国的守卫者,是西川精神上的象征,在这个意义上来讲，诗中的"蒙面人"实际上是西川；但另一方面，从西川对"诗歌圣坛"的景仰和追逐来看，西川诗歌中的"蒙面人"是其精神世界的映射，是他刻意规避或隐匿的真实自我。西川在早期诗歌中的抒情主体形象是隐匿了诗人自我的，他甚至排除了个人生活的具体经验，所以我们在阅读西川这一时期的诗作时，是无法从中分辨出诗人的自我形象的，他躲在面具之下，教给我们怎样触动灵魂的那根弦、怎样在荒芜的日常生活中给心灵以休憩、怎样呼吸自然的新鲜空气、与万物同在。

在上面分析的道德理想主义关怀、高原精神的浪漫以及个我与他者的关系处理中，不乏诗人精神层面的冲突与矛盾：个人与社会异化的对抗、私人情感与人伦世界的纠缠、理想精神与客观现实的冲突。这些都可以看出西川在经历诗歌精神熔铸时的特殊状态。

二、冶炼本真

诗歌，是一种探索宇宙、人生的方式，一种"我"与世界交流的通道。对于诗歌的探寻，是一种关乎生命本真的冶炼，在这里寓指为关于理想与浪漫精神的冶炼。下面通过西川诗歌的"变革"做具体分析。

在20世纪80年代中后期，西川经历了尤为噬心刻骨的精神炼狱，主要反映在个人诗学的构建和面对诗歌友人的非正常死亡上。为深入了解诗歌发展的历史潮流，准确把握个人诗歌的创作方向，西川博览群书，在经过深思熟虑后，写下30节洋洋数万言的诗歌简史《鸟瞰世界诗歌一千年》。除此之外，他还写了多篇诗学论文，如《汉语作为有邻语言》《传统在此时此刻》《诗人观念和诗歌观念的历史性落差》《语言·时代·创造力》《诗学中的九个问题之我见》等。在这些文章里，很容易发现西川在诗歌发展潮流中探寻诗歌走向问题时的苦闷和挣扎，他坦言，"也许错的是我"，这说明诗人即使在创作与思索中确定了新的方向，但他思维层面所抵达的高度,使其与目前中国新诗的发展产生了"龃龉",诗人在诗歌创作和诗学理论上的思考价值,在当前只得到了少数人的认可。这样一种残酷的现实,显然给西川带来了不少苦闷。20 世纪 80 年代末至 90 年代初,中国有 14 位诗人先后离世,最先是西川的两个朋友去世,1989 年 3 月 26 日海子卧轨山海关,同年 5 月 31 日骆一禾因脑溢血于北京天坛医院去世。紧接着,1991 年 9 月诗人戈麦在失踪几天后被人发现自沉于北京西郊万泉河,1992 年秋天西川接到电话:他在北大期间认识的诗友张凤华在深圳跳楼自杀,1993 年诗人顾城在新西兰杀妻后自缢身亡……面对挚友的死亡,西川经受了难以想象的精神刺激和煎熬。死亡想象和生命意识在他的思考中明显增强。在《生命的故事》中,西川谈道:"美国女诗人西尔维娅·普拉斯生前说过:'死亡是一门艺术。'对于一个像普拉斯那样的自杀者,死亡可能的确是一门艺术,可对于生者,对于不得不面对死亡的人来说,死亡,作为一个事实,太残酷了,这其中不包含任何人们想象的诗意,甚至哲学也派不上用场;任何人的安慰都无用,任何你对死亡的猜测都失效。措手不及。哑口无言。头发倒竖。为时已晚。你只能接受一切,体验一切,并且回溯死者的一生,从中收获悲哀、痛苦、焦虑、无奈、荒诞,以及真理。"在《命中注定的迟到者》中,他这样说道:"我不愿意写有关自己的散文还在于,我觉得有众多的灵魂生活在我身上,我该说哪一个呢?"这里"众多的灵魂"不仅涵盖西川与之神交已久的历史人物,更包括他逝去的挚友们。他们曾经分享着一个共同的诗歌理想,当这座诗歌"圣坛"遭遇现实社会的冲击而行将崩塌之际,那些死去的灵魂,对这个承载了他们一生梦想的尘世又能否轻易放弃呢?在谈论诗人朋友自杀时西川讲道:"再譬如说我的朋友的自杀,如果从精神上讲,我可以理解这种事。自杀,可以了结和这个世界的一切关系,但是必然会留下一具尸体,这具尸体是自杀者所控制不住的,它会腐烂,会变得难看,而自杀中所有的精神意义全被消解掉了。所以作为生命的两难,这种东西是极其尖锐的。我脑子里充满了这种乱七八糟的东西,这些问题提出了,怎么办?我只能面对它,我没有答案。"

经历过诗歌理念的变化和死亡意识的纠结,西川从青春式的理想化写作退出,进入社会历史文化、灵魂深层和真理的核心,探索诗歌写作对于人类的有效性,提出诗歌与时代对称的诗学理念,坚持诗歌理性与诗性自由的统一。诗歌与时代生活对称的实质,是希望诗歌在反映时代现象的基础上,更加全面、深入地在时代可能性与"现实之重"间取得平衡。反映在诗歌文本中,其内涵特征丰富而深刻,这里简单地做三点论述。

首先是深沉感。诗歌的深沉感是指在创作诗歌作品时,注重思想的深刻、情感的深切、观察的深邃,并恰当地反映到诗歌中,从而形成深沉的感受。西川崇尚杜甫的沉郁,在写作初期就有意识地将一些深刻的哲理、真切的情感和敏锐的观察灌注在诗歌中。他改变诗歌意象和诗歌情感单一化的写法,注意拉长诗歌叙事的长度,表现出意境的深渊宏阔和情感的深沉。比如《母亲时代的洪水》一诗中,诗人从自然界、生活场域、内心变化等诸多方面,极力铺排母亲时代的镜像:"盘滞于山间林木上的云块/有着夏天的矢车菊的色彩/从集市上空漂流而过的云块/用阴影将你起伏的家乡遮盖——/你还从未见过那么多的人,在集市上/他们有如一枚枚黑色的花朵/……/他们无法将你藏匿在高粱地里。"完整地体会此诗,能够感受到诗人对于那段特殊历史的深沉情感。

其次是复杂性。复杂性是以立体、多向度的观察方法,全面把握问题的可能性,增强诗歌的延展性。实际上,西川本身就是一个"真正具有复杂思维的人",并且他也认为"没有复杂艰深思想的人玩不转'繁复'",关于这一点,他曾有过如下详尽的表述:"在任何大诗人的作品中都有透明的部分和不透明的部分,这不透明的部分比复杂更复杂,比隐晦更隐晦,比独在更独在,有时甚至完全拒绝分析，与此同时，又表现得准确无误。……面对这样一个转折和问题如山的时代以及这样一个时代中的'我'，直截了当应该将'繁复'成为一种重要的写作品质"，"与此同时我要求自己保持一种充满问题意识的复杂性"。事实也正是如此。比如在《芳名·现在我的精神》里，西川以简单的情思为基点，进行多维度的转化、纵深和扩散，形成极为复杂化的联想（问题意识的推进）。在《小老儿》里，诗人以扑朔迷离的情思网络贯穿一个人的哭、笑、怒、骂、打人、打喷嚏、绊倒、跟着死人走、去银行等繁复的生活琐碎，在错综的语言秩序中给人造成混乱复杂的感觉。

最后是厚重感。厚重感是深沉感和复杂性交融时产生的诗歌感受，映射着社会与历史的重量和精神的吨位。诗人注重以立体、多维的观察方式，深入生活，反映"现实之重"。比如在《小老儿》一诗中，诗人全景式描写了"小老儿"的生活实况，在语言的运动感中汹涌出时代潮流的力量：

> 小老儿看见有人去拜神佛。小老儿看见有人拧走全城的电灯泡。小老儿接到情报：有人冒充小老儿在饭店里白吃白喝。小老儿碰上比他更坏的人。小老儿来了劲。小老儿发现了发财的机会。其实小老儿发财也没用。小老儿偷走超市里的面包和方便面。小老儿编造关于小老儿的电视连续剧。小老儿给慌里慌张的人们发奖状。小老儿给姑娘们写情书。但很快小老儿就厌烦了。小老儿发现许多人戴上墨镜，假装看不见小老儿。小老儿不高兴。小老儿对付墨镜，见一个摘一个，或要求两个戴墨镜的人相互用眼神儿表达他们的爱憎。①

---

① 西川. 深浅：西川诗文录［M］. 北京：中国和平出版社，2006：77.

诗歌理性与诗性自由的统一，主要是指西川通过诗歌理念和诗歌策略的理性选择，从而实现精神解脱与心灵自由的诗观。体现在诗歌创作上，主要是对写作常规的遵循和个人化文本结构的运用。

西川在创作时注意诗歌的基本要素的运用，诸如："传统的诗行、诗节、音步、韵式，以及修辞、语速、象征、想象等"①，重视"文字在强度、密度、转折、空白感、意外、可能性"，和"词本身的音乐性"，恪守"诗言志"，并特别强调对诗歌艺术的精度加工。在文本结构上，西川一直坚持严格的建筑美塑构。比如在早期诗作《你的声音》、八首《十四行》等相当一部分诗，在开首一节中都勾勒出鲜明的空间，诗歌的具体内容，都在设定好的时间和空间中展开。这种常规理性的写作，很难实现个人风格特殊化的建立。所以西川将个人诗学进行延展，把"伪理性""荒谬""虚无""流亡""尴尬""黑暗""玄性"等具有某些现实意义且难以定义的特殊状态（或境界）融入诗中。

关于"伪理性"，西川在《面对一架摄像机》一文中有清楚的论述："我自己发明的一种理性，假的理性。……《近景和远景》。我写到很多名词，比如说火焰、阴影等。我是用一种非常理性的方式来解释火焰。……这个东西我写出来全是假理性的，全是歪理。这种歪理对我来说，有思维的用处。实际上就是让我自己从另外的角度看这个问题。比如像我刚才说的一个人要绕到自己身子背后，这是不可能的。但我可以非常理性地谈论我要绕到我身子背后去，虽然这是不可能的，我称之为伪理性，假理性"②，"……写完《近景和远景》和《致敬》以后，我有了一种成精的感觉。……生活中的很多东西都可以写了……"③ 显然，可以推论出"伪理性"是

---

① 西川. 深浅：西川诗文录 [M]. 北京：中国和平出版社，2006：220.
② 西川. 深浅：西川诗文录 [M]. 北京：中国和平出版社，2006：270.
③ 西川. 深浅：西川诗文录 [M]. 北京：中国和平出版社，2006：274.

诗人在现实悖论中混生出的诗歌异化体——逻辑裂变。比如：

  火焰不能照亮火焰，被火焰照亮的不是火焰。
  这所有的火焰是一个火焰——元素，激情——先于逻辑而存在。①

  西川认为复杂变幻的世界促使人在逻辑上产生裂缝——思维的荒谬。西川讲过："首先我对荒谬有兴趣，我觉得整个世界都是非常荒谬的。这倒不是从存在主义角度所说的荒谬，就是你的现实经验。不需要读任何理论书，你就感觉到这个东西很荒谬。当然这个荒谬要往深处挖，很有意思，它实际上是思维的荒谬，因为这个世界是我们人的意志使它变成了这个样子。思维本身有荒谬的一面，比如说逻辑，为什么有的人总是犯逻辑错误？他一旦犯逻辑错误，就意味着逻辑并不能解决世界上的所有问题。我把人的'我'分为三部分：除了逻辑我之外，还有经验我和梦我，逻辑出现裂缝的时候，就是经验我和梦我在作怪。人不可能抛弃掉经验我和梦我，必须这三部分合在一块才构成一个完整的我。"② 这里的"经验我"和"梦我"其实就是现实中"人"的分解和异变。西川对"荒谬"的描写，可谓极具神采："太正确了，一切，所以荒谬；太荒谬了，一切，所以真实。所以让正确的更正确，让荒谬的更荒谬，乃是令真实呈现的不二法门"③，"他小学不曾学会随地小便，他中学不曾学会藏起日记。他从历史中学会了望梅止渴，他用心灵之风来调节四季。当他难过到极点他就让声明中断，他就倒在会场上、广场上或办公室里。他以招之即来的疾病作武器赢得一生无愧于良心。他

---

 ① 西川. 深浅：西川诗文录 [M]. 北京：中国和平出版社，2006：65.
 ② 西川. 深浅：西川诗文录 [M]. 北京：中国和平出版社，2006：278.
 ③ 西川. 深浅：西川诗文录 [M]. 北京：中国和平出版社，2006：62.

以父母所给的躯体小心潜泳于生活的汪洋只偶尔到水面换口气。全世界都在下雨,全世界的阴谋家都摆好了照相的姿势。晚年,喜鹊落在他的阳台上歌唱了一星期。他久无音讯的叔父变成一笔丰厚的遗产渡海穿山找到他家里。这足够他在苍蝇的嗡嗡声中独善其身,这迫使他反复察看门窗是否关紧。六十岁,他开始研读各民族的医药经典。七十岁,他关心永恒和灵魂诸问题"①。

"虚无"对于西川而言是现实的游离感(或是宇宙中的玄奥状态)。他在《面对一架摄像机》里这样谈道关于"虚无"的理解:"诗歌是我感受世界的一种方式","获得了对生命的基本观察或基本的洞察力,这个时候加上你对一些形而上问题的基本思考,你就发现这个世界对我们来讲还是有点意义的。当我们说生活没有意义的时候,当然就是虚无感。我想我也有足够的虚无感。你问我生命有没有意义?我就会说,生命是没有意义的。但是我们为什么还会谈到意义这个问题呢?是因为我们追问生活的意义或生命的意义,不是说它本来就有,它本来没有。生命就是虚无,从生到死"。可见,生命的虚无感是西川的灵魂煎熬,是追求生命意义过程中的心灵纠结,通过《海市蜃楼》可窥一斑:

> 大气中由于光线的折射作用而形成海市蜃楼。那是物质变精神的最好例证:看那精神的房屋、精神的广场、精神的野百合、一百零八条好汉、贾宝玉的三十六个女朋友,等等等等。那是另一种生活,好似一段往事被我们偶然忆及,好似大路尽头一座孤城被我们偶然望见。海市蜃楼——换一种说法:空中楼阁——置世俗律令于不顾,置人类于被挑选的境地。它既不属于现在,也不属于过去,

---

① 西川. 深浅:西川诗文录[M]. 北京:中国和平出版社,2006:25-26.

也不属于未来。作为我们关于家园和乌托邦的隐喻，它游离于时间之外。①

流亡意识在西川诗歌里很明显，他这样谈到"流亡"："我想所谓流亡，如果从经验的角度看，又可区分为主动的流亡和被动的流亡；如果从精神的角度看，又可区分为身体的流亡和内心的流亡"，"流亡主要是政治历史的产物，由此刺激出新的文学意识形态和文学语言"。"流亡，就是成为异乡人，……就是疏离感和孤独感的表达，而这种疏离感和孤独感，往往加深了流亡者对于生存的理解"②。不难看出，"流亡"是一种具有苦难性的处理诗歌内部结构的方式。

在《答吕布布问：作为读者，作为译者》中，西川通过对"现代性"的论述，解说了自己长期存在的人生体验——尴尬。"一百多年来，中国人对'现代性'的追索是被动的而不是主动的。在历史条件、地理条件、外部环境等因素的共同作用下，中国人的种种实践倾向于紧张和严峻，缺乏包含退路、游离的空间感。所以这被动行为产生的问题不同于主动行为产生的问题。当整个社会被动地追索现代性，置身其中的人便会产生种种不适应。他会觉得无比尴尬：社会政治实践与经济实践接不上茬；政治、经济实践与古老的道德法则接不上茬；古老的道德法则与社会文化样貌接不上茬；文化样貌与我们内心所理解的文化接不上茬；我们内心的文化观所塑造出来的我们自认的文化身份与社会对这种文化身份的接受接不上茬。于是，我们一方面愤怒于竖子横行，另一方面又深感无力，同时对有些人甚至是一些朋友的高调主张，觉得好听而不在理，在理而不现实，缺乏对中国历史现实的深入理解。……这一切

---

① 西川. 深浅：西川诗文录 [M]. 北京：中国和平出版社，2006：72.
② 西川. 大河拐大弯 [M]. 北京：北京大学出版社，2012：276.

造就了我所说的尴尬。"① 以此可知，"尴尬"是社会宏观环境中，客观存在的某些"落差"造成的一种特殊尴尬处境（身份的、意识形态的、心理的，等），它造成一种精神折磨，有着鲁迅《野草》中精神挣扎的意味。《大雪十四行》《黑蝙蝠》就是这类代表。

西川还注意到鲁迅《野草》里的"黑暗"。他认为："鲁迅……是个敢于和魔鬼打交道的人，他作品中的黑暗似乎没有人能够将其化解。"实际上，鲁迅作品中的黑暗很大程度上，是指涉历史曙光出现之前的社会黑暗和国民精神的暗淡。对于西川而言，"黑暗"主要指的是，在未进入生命澄明之前，特有的一种心理和思想精神的状态。西川在一首诗里表达到，"黑暗""是我生命中的小零碎，/是我保存至今的东西"②，将"黑暗"保存，可见"黑暗"在生命中的深刻性。诗中还接着写道："这只铁矛，曾经在怎样的月光下闪烁。像一块拒绝融化的冰，执著于内心的迷信。多少亡魂走过枪尖？血。黑暗。义和团。它的钝；它的经历。我时常将它小心擦洗。"③ 可以断定，"黑暗"与西川的纠缠由来已久。

"玄性"的注入，体现了西川诗歌抗争此在、追求超越的精神内涵。擅长于思维术的他，习惯将意象奇特化，力求"以衷（表达、暗示）天地自然之理"。比如在《鸟》中：

　　鸟是天空的语言/歌唱中蕴含寂静/黑色的鸟群会突然出现/这并不妨碍/负伤而孤独的鸟/会向一处靠拢//出现在日光下的鸟/出现在月光下的鸟/飞翔的泥巴/记忆的水晶/火焰高不过翅膀/天空不能更低/……但是每天清晨/总有一只大鸟/在我的头顶盘桓/这是盛装披挂的天使//这是

---

① 西川. 大河拐大弯［M］. 北京：北京大学出版社，2012：278.
②③ 西川. 深浅：西川诗文录［M］. 北京：中国和平出版社，2006：97.

我梦见的鸟/它的工作是瞭望大地/通过它，星星涌来/一个人的世界/相邻一个神的世界/我们的狂喜就是迷失。①

诗中的"鸟"显然具有"人"的相关性：语言、寂静、孤独、记忆。"鸟"是"人"的某种部分。而诗人将自然之"鸟"圣化和神化，认为"鸟"是一种与"神"相通的媒介。这种梦幻和遥想的叙述内部，是诗人与现实的抗争力，是个人生命斗争的史诗。在另一首以《鸟》为题的诗中，还可以看出诗人通过诗歌玄性体现出的对形而上和宇宙性的探索：

鸟是我们凭肉眼所能望见的最高出的生物，有时歌唱，有时诅咒，有时沉默。对于鸟之上的天空，我们一无所知：那里是非理性的王国，巨大无边的虚无；因此鸟是我们理性的边界，是宇宙秩序的支点。据说鸟能望日，至少鹰，作为鸟类之王，能够做到这一点；而假如我们斗胆窥日，一秒钟之后我们便会头晕目眩，六秒钟之后我们便会双目失明。传说宙斯化作一只天鹅与丽达成欢，上帝化作一只鸽子与玛丽亚交配。……因此鸟是大地与天空的中介，是横隔在人神之间的桌子，是阶梯，是通道，是半神。鸭嘴兽模仿鸟的外观，蝙蝠模仿鸟的飞翔，而笨重的家禽则堪称"堕落的天使"。我们所歌唱的鸟——它绚丽的羽毛，它轻盈的骨骼——仅仅是鸟的一半。鸟：神秘的生物，形而上的种子。②

对于宇宙性的圆满体认，表明了西川生命世界的圆融和诗歌艺

---

① 西川. 西川的诗 [M]. 北京：人民文学出版社，1999：89.
② 西川. 深浅：西川诗文录 [M]. 北京：中国和平出版社，2006：65.

术的纯熟。《垃圾吟》《皮肤颂》《蚊子志》《南疆笔记》《曼哈顿乱想》等诗体现出的宇宙混沌感和生命澄明性，说明了西川生命精神熔炼的有效完成。

第二节　翟永明等：女性诗人的理想情怀与浪漫抒写

一、爱情理想的浪漫书写

中国文学史上的诗人，往往以先锋的姿态，贴近生活的心脏，聆听悸动的声音，继而借由诗歌载体，抒写思之所想，情之所及。早在"文化大革命"时期，当中国思想界还处于冰冻状态，"×诗社""太阳纵队"等诗歌团体已经悄然发出不满、反抗的声音，及至"朦胧诗"的出现，才如惊雷般给社会各界带来了极大的震动，因为其不仅体现了青年诗人们对社会现实、人生命运的思考，更表现了他们对于沉滞社会的坚决反抗和对人性的呼唤。在这群热血青年中，不少有才华的女性青年脱颖而出，如舒婷、王小妮、傅天琳等。在继五四新文化运动后的又一次思想解放中，女性不甘心以思想解放的现成享有者自居，而更愿意做一名先锋战士，奋斗在为整个社会思想解放的战线上。

在现有"人类精神文明史"中，被载入史册的女性作家屈指可数。在文学史脉络的梳理中，女性作家旷日持久地受到男权话语的排斥和挤压，处于被轻视和忽略的边缘化地位。女性作家在文学史中的"失语"现象充分显示了传统父权制度对女性意识的遏制。但吊诡的是，在遵循男性主义逻辑话语的文学史中，作家并无意将女性群体置于绝对对立的一面，刻意丑化女性形象，反而倾心塑造贤良淑德、温柔贤惠的女性形象，并对其持欣赏肯定的态度。这两种看似悖论式的现象，却不谋而合地反映出了父权制对女性意识的压抑：一方面，男性话语强制性地剥夺了女性发声的权利；另一方面，女性一直以男性的"他者"形象出现，呈现被建构的状态。文学不断遵照男权话语应然性原则创设规约的女性面貌，而无视女性自身真实的主体意识、感性存在和心理体验，文学的真实性原则融于男权社会的意识形态原则，男性社会通过压制、贬抑、排除女性话语，从而实现了父权话语的绝对统治。

女性群体若想改变此现状，首先需唤醒所有女性争取作为人的权利和自由，"女人在文学中通常成为被描写的客体，而不是创作的主体。要实现进入世界和历史的愿望，女人必须重构属于她自己的、独特的、迥异于男性的、显示自身价值和创造性的女性话语，打破'菲逻各斯中心'（男权话语中心），解构'男权至上'论"，要达成这一目标，不仅需要女性自身意识的觉醒，也需要男性的理解和支持。女性意识的觉醒，实际上打破了中国传统纲常伦理规约下的男女两性秩序，女性试图颠覆父权制度象征秩序的革命策略，不仅践踏了男性高高在上的尊严，也危害到了男权社会统治阶级的既得利益。男性权利无从保障只能加剧男女两性的矛盾，而无益于女性在男权社会中取得合法性地位。纵观女性意识的发展历程，在漫长的封建社会王朝，女性未能如愿获取女性权利；但伴随着新文化运动的展开，"妇女解放"的口号在社会上得到广泛推广，中国女性也渐渐从层层禁锢中解放出来，五四时期一大批女性作家的出现即是其成果之一。但此时的妇女解放运动，却仅仅是社会革命运动的副产品。女性的解放，裹挟在"人"的解放浪潮之下，女性作为封建社会压迫的对象，才被作家们关注，女性意识仅仅借由"人"的名义初次亮相。然而，时隔数年，在事关中华民族存亡的关键时刻，面对中华民族遭受的浩劫，中国女性作家们又一次扮演了"花木兰"似的英雄角色，对下层劳动者抱以深切的同情，手书战争年代百姓的悲惨境遇，吹响抗日统一战线的号角，女性作家的性别意识再次消弭于人民解放、救亡图存的事业之中，消融在宏大的意识形态之下。

女性意识的觉醒由此推迟到朦胧诗潮的出现，舒婷的《致橡树》作为朦胧诗潮的代表作之一，在当时广为流传，感动了无数青年男女，被认为是一首经典的爱情诗。笔者认为，舒婷的《致橡树》等一系列早期诗歌可看作是诗人女性意识自觉觉醒的产物，主要体现在她的爱情观、对女性地位的重新定位以及对男性宽容关怀的态度上。舒婷不仅呼应了五四时期新女性要求男女平等、自由、解放等内容，同时也在顺应时代发展的前提下，为新时期以来的女性树立了一种独立、自由的女性主义爱情观，表达了理想化的女性诉求。

《致橡树》是一首深情、优美的爱情诗，它所表达的不仅有纯真热烈的两性之爱，还包含了一种伟大高尚的情怀，消解了传统男性作家传达的女性忠贞的爱情观，彻底颠覆了女性以往的娇羞、深情形象，而塑造出一种与尔比肩、英姿飒爽的女性形象。在此，舒婷展现了其独立、平等的爱情观。她一再强调爱情中的男女双方应处于同等地位，拥有平等的对话权利。在诗中，植物不再仅仅是生物学意义上的对象，而是诗人理想的情人化身。诗人将男性比作高大的"橡树"，而女性化身站在男性近旁的一株"木棉"，一同承担生活中的风风雨雨。诗人通过树的形象生动地阐发了自己对于爱情的信仰和坚持。

舒婷的爱情观映射出诗人内心深处对于爱情以及对女性定位的新思考：一直以来，中国传统女性秉承"妇以夫荣""母凭子贵""未嫁从父，既嫁从夫，夫死从子"的传统伦理观念，长期依附于男性，甘愿臣服于男性霸权，为男性主体服务，而丧失了女性为人之主体的自由与思考能力。对于这种不平等、不自主的爱情观，舒婷进行了坚决的抵制。她呼吁女性不要再选择这种附庸的爱情，不做趋炎附势的凌霄花，依附橡树的高枝而沾沾自喜；不要奉献施舍的爱情，不做整日为绿荫歌唱的小鸟，不做一厢情愿的泉源，不做盲目支撑橡树的高大山峰。诗人追求两人比肩站立、风雨同舟的爱情，其前提是女性自我意识的觉醒，女性具有不因爱情迷失自我的清醒、豁达的爱情观。

在舒婷所赞扬的这种平等、独立的爱情观中，我们需要注意的是，舒婷的这种思考是为了将女性从传统观念中解脱出来，使女性不再成为男人的奴隶和依附，而成为拥有独立的思想、感情、权利和自由的人，与男子拥有平等的地位。如是，我们已经不能简单地把《致橡树》看作一首歌颂爱情的诗歌了，它的内涵远不止这些。舒婷在歌颂爱情的同时，激励社会女性群体：为了获得平等地位和独立人格，女性首先要争取人权，将女性从中国传统封建枷锁下解放出来。

虽然几千年来，中国传统女性过着压抑的非人化生活，但舒婷并未轻易将男性视为造成女性生存困境的罪魁祸首，她对两性关系采取了一种宽容的态度，对男性同样待以母性的关怀和抚慰。这在当时以及后来相当一段时间都让不少女性主义作家不解，并据此对舒婷的女性主义意识予以否定，认为舒婷的诗歌创作仍然是男权制度下的产物。著名女性主义诗人翟永明对舒婷诗歌中的女性意识持质疑态度，翟永明认为舒婷的女性意识呈现一种不自觉的状态。笔者对此不敢苟同，"女性争取权利首先是把男性当成了假想敌，以为是男人褫夺了她们的权利。所谓父权符码统治、男性话语霸权等，常是脱口而出的术语。女权的旗帜下聚集着愤怒的女人，要求从男人那里讨回公道，讨回尊严，讨回被剥夺的一切。其实，女人向男人要权利，男人又向谁要权利呢？"① 回溯文学史，自 20 世纪 80 年代女性主义思潮传入中国，引发了文坛女性主义诗歌创作热潮，在这种强势的女性主义思潮影响下，两性关系顿时呈现出剑拔弩张的对立状态：女性受到西方女权主义思想的影响，激进地将男性置于女性的对立面，将仇视、憎恨男性视为张扬女性自觉立场的

---

① 艾云. 用身体思想［M］. 南京：江苏人民出版社，2003：120.

方式之一。然而,面对这一颠覆性的秩序重建,男性同样会表现得手足无措:应该承认,数千年权力集中的父权制社会制定了一整套严谨有序、不容置疑的道德律令,对于男女两性具有同等的法律效力。父权制不断通过对社会个体的压制保证秩序的持续运作,当女性群体以追求妇女解放,挑战男性话语作为对这一体制的反抗,男性却只能无奈地做困兽之斗,不断以"弑父"的方式维持统治的平衡,保证男性的合法地位。男性始终无法正视挣脱羁绊的女性话语,更难以接受权威话语的失落和权力意识的丧失。

如此思量,女权主义激进的行为就不过是徒劳:不仅在争取女性权利的过程中劳心劳力,还平白招来了男性的敌视和戒备,最后也不过是竹篮打水一场空。相反,舒婷对待男性的态度与受西方女权主义思潮影响的女诗人们不同,在笔者看来,舒婷从一开始就未将男性作为女人的大敌,她在意识到女人首先具有"人"应当享有的权利时,不是第一时间摆出与男性开战的姿态,而是用一种暧昧的态度把女人从两性的附庸关系中解放出来,不仅没有引起男性的戒备,反而获得了同情和欣赏,也因此,舒婷的诗歌备受广大读者喜爱,并获得了主流文坛的认可。下面笔者将从《致橡树》《神女峰》这两首诗中尝试分析舒婷的抒情策略。

在《致橡树》一诗中,舒婷以"树"象征女性爱慕的对象,一方面,符合传统审美观念中"高大伟岸"的男性形象,满足了男性的期待视野;另一方面,以"木棉"这一高大的形象激励女性读者,强调女性应该自立自强,在爱情中既尊重对方,又珍惜自身价值。同时,为了避免两性关系的紧张,舒婷以爱情的名义为这两株树冠名,《致橡树》成功地被社会上广泛的读者群体所接受,旁证了舒婷叙事策略的有效性。

在她另一首诗歌《神女峰》中,舒婷更多地表达了对传统爱情婚姻"正统"道德的反思与批判。神女峰位于巫山,在宋玉的《高唐赋》《神女峰》两赋中写楚怀王梦中亲幸了巫山神女,神女便树立了永远忠贞于怀王的志节。怀王死后,他的儿子襄王和宋玉游览巫山，神女对宋玉又产生了爱意，同时被襄王追求，但最终神女的理性战胜了情欲，决定要为怀王守贞到底。而后，民间传说又补充神女日夜凝望怀王，日久化为石柱，成了人们万世景仰的偶像等内容。于是，神女峰便成了不嫁二男、贞节重于生命的文化标本。舒婷在诗中对这种苦守贞节的做法提出了质疑："心，真能变成石头吗？"舒婷在传统道德的强大磁场下和人们顽固的思维惯性中，始终保持着清醒。她没有屈从传统道德淫威，揭露了所谓苦守贞节这种不道德的"道德理法"带给女性的伤害。在这首诗中，舒婷在呼吁女性为自己的幸福权利而奋斗，努力把贞节观这副压抑妇女几千年的沉重十字架彻底打碎的同时，把女性的不幸归结于几千年来的社会制度和道德观念，认为男性只是父权制的傀儡，充当着隐形刽子手的角色。

作为新时期朦胧诗代表之一的女诗人，舒婷在女性主义思潮传入中国之前，已经自觉地意识到：作为女性，特别是经历过五四新文化运动的中国女性，应该从僵化腐朽的思想文化、道德观念中解放出来。她呼吁女性应该自觉地意识到女性之为人的权利，具体来说就是女性作为社会的一部分，应同男性一样，拥有独立的身份和权利。舒婷通过呼吁一种全新的、平等的、独立的爱情观，要求女性对自身价值进行重新判断，对自身的不平等现状保持清醒认识。另外，笔者认为，舒婷女性意识的觉醒促使她在处理两性关系时，不仅能从实际出发，客观宽容地看待女性长期处于被压迫地位的事实，同时也以一种平等的态度对待男性。在笔者看来，正是舒婷超然阔达的心态使她得以从容跨过女性意识的"雷区"。

二、理想生活的诗意回归

女性诗人时常表现出特殊的生活旨趣和人生理想，她们追寻生活与生命的诗意回归，且不期然而然地在生命哲学、社会理想和历史想象等宏观问题上，展现出她们的道德风范和诗性魅力。下面主要以翟永明等女性诗人的诗歌做具体分析。

长诗《随黄公望游富春山》是翟永明21世纪以来最重要的诗歌代表作。这里主要以第二部分为例探讨翟永明21世纪以来的人生观和处世态度。在第十节,诗人依据《富春山居图》的图景营造了清虚散宕的诗境,诗人同黄公望于精神内乘画游心:

黄昏降下来,小路时隐时现:/一棵树、一身孤、一叶轻,/一窟鱼、一溪绿、一石脆,/一只鸟懂得一种沉默,/高士出现了,虚步跨过石桥/我与他一擦肩/行过数千年/同一座山,同一条路/同一布置,拜自然/拜丹青之峥嵘/大树小树,一偃一仰/古人今人,一前一后……

"拜自然、拜丹青之峥嵘",体现出诗人心灵与笔墨丹青和自然造化的无上契合,这是诗人以画为媒介与古人穿越时空的一段精神之旅,也是诗人新的美学趣味的写照。在第十一节,诗人想象式地从日常现实中逃亡,向缥缈之境隐去。诗人希望推开崇山峻岭:

面如绿色悠然行在画中/跨深潭、走幽涧、飞危壁/绢衣拖动着侠骨一列/穿林海、履云气、嚼松果/记忆托付给一根香草/问长者、息水边、听落叶/在一颗千年古樟树下昏昏欲睡/还有什么野兽没有来到我的身边?

这是诗人在画中美妙的性灵历程,诗人认为这是绝上的美。或许,对于诗人而言,"到画中去,做画中人,自徜徉"是生活在别处的享受,是从俗世人间升入仙逸之境。在此节结尾处,诗人从画中的虚无处逃脱,"向植物隐去/遁形术输给进化论/一物降一物/时间降住所有",现实世界的进化规律与画中的缥缈自由截然迥异,但是终归容纳于时间之中,时间像一个更大的画境,"日常现实"

与"虚无徜徉"都在其中。在第十二节,诗人写到个人生命真实与虚假的繁杂变化:

> 每天,上千句话语中/有一百句谎言/我们拥有的四十三块肌肉/可以激起脸上的上万种表情//这是我成年后读到的科学数据/"每天",你是我的测谎仪//坐在人工湖边,意识却远遁/肉身扎进地气 与它贯通/红嘴黑天鹅飘然来去……

继而宕开一笔,将这幅山水画跌宕起伏的命运史娓娓道来:它在王朝更替中遭遇烽火、流入王侯公卿的私囊,成为权势之物,不幸断成两截,沦落东、西之地,后经万般辛苦完成合璧的命运史。诗人认为,一幅画在现实艰难辗转中留存的骨相气韵,是比创造者更有力的命运存在,它的命运演进过程(画内的移步换景)与诗人的人生过程具有某种相似性:"中年走过,老年走过/生涩走过,劲气走过/老辣之心与老迈一同走过",悲怆苍茫感立见。在第十三节中,诗人通过"读西川译《盖瑞·施耐德诗选》"知道南宋画僧牧溪擅作龙虎、人物、芦雁、枯淡山野,遗留大量画作于日本,成为日本画道大恩人,并感叹盖瑞·施耐德知牧溪不知有富春山,进而袒露"山即是心,心即是无"的心灵契言。山为物,山即心则心物不二;无乃宇宙,心即无则万象同在。此种禅理透露出诗人虚空、澄明的心境。在第十四节,诗人仍旧如前诗做日常现实的遁隐。遁作一只蚌,外表厚实,内里浅薄明净,心灵呼吸自由,不发无用之言;遁作一条河流,万千涟漪犹如前世因果,兜起的云朵爬满全身,但通身清澈;遁作一间草堂,过隐士生活,游弋于素清、空荡之野,居于榻上,品茶香茶冷,端看参天古松下纳入的晚凉;遁作一枚月亮,蓄满浩然之气,与千古相互辉映,并一路潜行。这些想象化的遁隐无疑是诗人内心的追寻,然而虚幻的遁隐术只会输给物质进化论:蚌被大网捞走,河流被石子击中,草堂被狂风吹走,月亮被乌云撕破。"一物降一物,时间降一切"是诗人对遁隐术与物质世界角逐的评判。诗人明了真理,将自身置于时间场域之外,视现实中的多元世界如同侧影。

这里可以看出翟永明淡雅平和的美学趣味,中庸自然的生存哲学和真如澄明的心灵境界。这与诗人早期追求生命深刻所体现出的痈结滞涩绝然不同。可以说,这是新的翟永明,她在更高的层面上看待现实人生和世界,也寓示着诗人明朗澄澈的个人化理想之境生成。

自20世纪90年代以来,翟永明作品中出现了优秀的"歌""韵"体,数量可观,在四本诗集中居然有数十首之多。直接以"歌""韵"涉题的诗歌就有《咖啡馆之歌》《十四首素歌——致母亲》《三美人之歌》《时间美人之歌》《编织和行为之歌》《儿童的点滴之歌》《宽窄韵》。这类诗歌削弱甚至摒弃了诗人以《女人(组诗)》为代表的早期诗歌拘谨、纠葛、摩擦、内在深掘的诗歌话语方式,向敞开、洒脱、任性自由的诗风转变,进入了更为广阔的诗歌原野。它思通千古、当下和将来,它畅游江山、云海和世界,它视收人生百态和社会的多变,它心追缥缈灵逸的仙境,体现出开张奇逸的逍遥诗性。此时,诗人惯用的戏剧化、小说化和口语化的修辞方法将诗歌域界无限洞开,任情感在语言的彩翼上自由滑翔、盘旋和徜徉,从而生发诗歌风水学的多姿烂漫。

比如在《浇——与克非、周瓒、孙怡在酒吧共饮》中,以与友人共饮的生活情景表现内心丘壑和人间幻变,营造酣畅达观的浪漫氛围。限于篇幅原因,这里仅录全诗第一节作为参照:

古人云:浇/便是浇心中的不快/心的不快　便是块垒/中医称为郁积//她们喝　我浇/她们舒服　我痛快/喝酒到五点　四个女人/十杯酒　两个酒家//浇胸中块垒　思远遁

之人/听四面摇滚　闻八方噪音/我取一江饮//江，是江洋，是江湖/是五大洋铺开在地球上的水/形成的那些个江/是划出江山、隔断视线的大水/是勾勒版图、割开人心的汪洋/望洋叹：三杯酒中我搁浅/喝酒到五点/双脚就套上了风火轮/身体就凭空而起　去蹈江湖之恶/风波来了　风波在杯中/醉酒的人一掌摁它下去到阑珊//她们在笑　在舞蹈/红粉佳人和青草蜢/什么都不知道/托起她们在酒中摇//窗外是人世　天边是江湖/或颓丧、或逍遥都需要/拿出心来浇//我的身体不够装了/这些酒因此溢了出来/浇在地上　浇出图案/浇出文字　浇出大片大片天/她们都看不懂/唯我独知、独笑、独骄傲/想你在远方　独行、独坐还独卧/一个独字开出了两朵花//喝酒到五点　四个女人/听一首歌　无字无词/七个音符　配成大好旋律/闭上眼　就魂飞魄散/闭上眼　风火轮就到了地球的对面//一杯酒，要浇九九八十一难/浇完了冬天再浇夏天

诗中第一节第一、二两段，以"浇""我浇"起兴，引出浇胸中块垒、思远遁之人，听四面八方之音的遐思；引出江湖地理学的浩瀚和江湖险恶的人心隔阂；引出窗外芸芸众生（当然，也包含自己）的颓丧和逍遥；引出"我"内心的"独"，此"独"或苦或乐，或杂陈五味，化成文字内辽阔的天宇；引出岁月中人生历经的种种磨难。诗中语言灵动活泼，韵脚整齐婉转，节奏错落有致。"浇""我浇""浇""拿出心来浇""浇在……""浇出……""要浇……浇完了……"形成了惟妙的音乐节拍，读来朗朗上口、清新流转、明白晓畅。如果通读全诗，语言的畅快和意趣的烂漫感会更加明显。

诗人在《在古代》中将现在与古代对比，衬托出人与人之间的心灵距离。诗人认为，在全球化和信息化的快捷时代，信息沟通更

加便捷,然而心灵之间却存在隔阂和断裂。诗人心向往之古典化的心灵默契:

> 在古代,我只能这样/给你写信并不知道/我们下一次/会在哪里见面//……在古代,青山严格地存在/当绿水醉倒在他的脚下/我们只不过抱一抱拳彼此/就知道后会有期//……在古代,人们要写多少首诗?/才能变成崂山道士/穿过墙/穿过空气再穿过一杯竹叶青/抓住你更多的时候/他们头破血流倒地不起//……在古代,我们并不这样/我们只是并肩策马走几十里地/当耳环叮当作响你微微一笑/低头间我们又走了几十里地。

显然,这种情绪化的浪漫是身之此在对精神彼岸的追逐,是心灵韵歌的唱响,更是一种浪漫化的生活向往。类似的诗还有《菊花灯笼飘过来》《我策马扬鞭》《周末与几位忙人共饮》《我醉,你不喝》《唐朝书生》《对影成三人》《在春天》《哀书生》《前朝遗信》《大街上传来的旋律》等等。

统观翟永明的诗歌创作,不难发现她对生命奥秘的深刻探寻,对浪漫趣味的美学诉求。除此以外,翟永明还有大量关注民生疾苦的诗作。《老家》一诗,就是最典型的例证,诗中以深度的艺术感染力表现出了经济化时代乡村人民的现实苦难,进而体现关于社会生存理想的人道主义关怀。《老家》结构运思的精妙之处是将"伤"作为话语中介,叙写利欲社会里农民巨大劳动力创造的微薄价值而形成的"伤"。"伤"遍布广泛且痛苦深重,但迎来的不是怜悯而是全世界拜金主义者的嘲笑。这里不妨细解全诗,以体会其中更深的意旨。第一节,通过朋友口中谚语引出河北河南关于"吃饭"的温饱困境,进而在第二节点明自己的老家就在河南,"整个身体"喻指老家河南的整体农村局域,它盛产粮食(小米),这预示农耕经济的富足,然而在市场经济膨胀、社会急剧转型的时期,这种农耕文明的优势相对减弱,伴随而来的是经济价值剥削,导致老家的"伤"的产生。在第三节,诗人将"老家"泛化,泛指整个世界的农业基础,如同养育人类的一条大河,当它干涸时全世界都为它悲伤。在接下来的第四、五节中,诗人进一步将"伤"深化和扩散:从事农业劳动的"手臂",布满密密麻麻的小孔。"老家"转喻处于弱势的乡村,以"渗出血点、血丝和血的恐慌"暗指集体恐惧症。在第六、七两节中,青筋暴露的双腿和经久劳作的双手预示农民群体别无出路,只能仍旧依存在农村,"干"农事,指出了所有农民的困境。而对于生存困境,农民只能痛苦隐忍,任"伤"在动脉里强烈起落。这一切迎来的不是同情和援助,反而是所有人的远离。在诗最后的三节里,诗人写出以物质主义立场为代表的"全世界"对"老家"的嘲笑嘴脸和悖论式的"清洁"(城市文明逐渐兴起,显示一种前卫的洁净,然而却无法也不可能清除掉城市文明乃至整个世界赖以生存的物质基础,而这基础却恰为"全世界"代表的享乐主义者所遗弃),也写出了现代社会农村发展的局限。对"老家"固守农业经济,并由此带来经济贫苦根源、乡土文化与全球化文化的距离(方言)和自然灾害面前的无力抗拒等种种局限进行了激烈的批判。然而耐人寻味的是,诗结尾处括号内的内容:他们甚至不会饮泣,因为他们对于伤还有一种莫名的感知,因为他们始终固守自己的生存营地,毕生付出的血汗延续着合乎传统的"干净",无论对于什么都理所当然,可是——"为什么变成现在这样?"这个简单的结尾包含了无穷的乡村想象和当代社会转型带来的深远的人类社会学命题,或许,它似隐而发的信息还远远不止这些。

这首诗写于 2011 年 10 月,其时正值全球化迅袭、市场经济繁盛、城市乡村急剧转化的历史阶段。在这种利益扩大化、拜金主义和物质主义盛行的时代背景里,农村共同体在经济、文化等多方面处于弱势地位，其生存命运显得尤为艰难，而它却与整个国家大众的生存处境息息相关。它承载着整个民族的历史性伤痛，使每个有良知的生命生起"伤"的感受，而诗人对此体会尤深。通读全诗，可在细腻、缜密的文字中体会出诗人悲天悯人的圣者情怀，在这里，我们似乎可以体会到沉郁深邃的杜甫式忧国忧民的赤子之心。对于一首好诗的评判，不在于给它冠以何种名目，而在于其自身是否容纳和传达出关乎人类生存的心灵普泛互通的美。这首诗做到了。

与乡村精神内涵相关的还有组诗《静安庄》。陈超认为，这组诗是诗人经由个人经验延展到整体生存和历史记忆的成功范例。在另一种意义上，也可以认为这组诗是在历史情境下个人化生存价值和意义的探索（一种关于生活理想可能的涉险）。静安庄是诗人在"文化大革命"时期作为知青插队落户的村庄，因为有亲身的在场生存经验，所以在揭示高度个人化的生命体验时，诗人将个人的生存置于静安庄的整体环境中。实际上，诗人在勘测个体生命深刻意义的同时，也探察了个体的生存环境和其中幽秘的苦难。对静安庄劳动人民群像的"苦难"（尤其是"第三月"里全节对"疫"的描写）的着重描写，渲染出诗人对广大人民生存困境的精神反刍。在《女人》组诗里可以看到，诗人在处理女性生命与世界的关系时，表现出了人类的存在意义、女性生命尊严和精神身份的申说以及诗人对女性人道主义的体察。诗人在此诗的序言里称自己注定成为女性的信念、思想和情感的承担者，事实上，她确实名副其实。从"女性诗歌"角度来看，诗人20世纪90年代以后的诗歌，在保持早期强烈自我意识和潜意识的同时，还明显地关注到女性群体生命存在的现实境况和历史可能。重要代表诗作有《十四首素歌——致母亲》《三美人之歌》《编织和行为之歌》《时间美人之歌》等。

杜涯《秋天的银杏树》展现了银杏树光华绚烂的景象与诗人希望之心的律动。诗人将银杏树枝叶的灿烂辉煌和枝干的明亮喻为世界的旗帜和大地的灯光,照亮希望的原野,诗人在璀璨的辉映下沉醉:"不想再歌唱,不想再醒来,不愿再盛开,只想凋谢,……"银杏树如同宁静、灿烂的宫殿给人无尽奇妙的诱惑,诗人愿意放下世俗的"歌唱",愿意似"银杏树"一样自由而宁静。在银杏树生生不息的生命感召下,诗人内心漾起理想主义色彩的浪涛。即使尘世万物湮灭于银杏树的绚烂和辉煌,诗人依然坚定地相信"河流""声音""光辉"所象征的精神仍旧存在。银杏树伫立在秋天的坡冈,犹如奇幻的世界,给诗人无穷的想象:爱情、故乡和繁荣昌盛的祖国。这首诗以银杏树意象为精神写照,表达了诗人对人生的无限憧憬。在《远行》里,诗人迷恋于远方,远方永远是神秘的希望之物,给人心灵的慰藉。《遗忘之歌》奏响"遗忘"的绝唱:生活、记忆、未来、激情、宁静、春天、前生、爱情、寂寞、桃花、梨花、栗树、杨树、琴声、夏天、时光、疼痛、命运都被纳入唱词之列。"遗忘"作为一场个人化的战争,在诗人的精神场域彻底爆发,去除了个体心灵的遮蔽,粉碎了外在世界的种种假象,进入了全新的、本真的生命状态。在智性光芒普照的内里,隐藏着诗人更深刻的生命精神和人生理想的追求。在《春天——献给父亲》里,洁净、温馨、绚烂、清凉的春天,可以融化泪水、伤痛、黑暗……诗人愿意纵情在春天:噢,满目的春天。我奔跑。噢,满目的/春天。茂盛的节日。无边的庆典。

池凌云的《流动的火》以蒲公英在风中的自由飞舞和在湖畔的静谧声色喻示生命高峰和低谷、激越和冷漠碰撞出的热能——流动的火,"以灼热的口吻叙述一生的寒冷/孤独的旅行中/一片金色的阳光/温暖酷爱生命的人"。这首十六行的简洁小诗,透露出诗人对人生的觉照,闪耀着生命的暖意。

"70后"诗人李小洛的《省下我》在人类诗歌史上必须具有合法席位。它简洁的语言、简短的叙述意象,渗溢出了人类最深沉的情感关怀,它的道德感染性产生了绵邈的感化效应:

省下我吃的蔬菜、粮食和水果/省下我用的书本、稿纸和笔墨。/省下我穿的丝绸，我用的口红、香水/省下我拨打的电话，佩戴的首饰。/省下我坐的车辆，让道路宽畅/省下我住的房子，收留父亲。/省下我的恋爱，节省玫瑰和戒指/省下我的泪水，去浇灌麦子和中国//省下我对这个世界无休无止的愿望和要求吧//省下我对这个世界一切的罪罚和折磨。//然后，请把我拿走。/拿走一个多余的人，一个/这样多余的活着/多余的用着姓名的人。

在同样具有悲悯情怀的《要原谅》里，诗人以"要原谅"的语气诉说：在"你、我、他们"的世界里，要互相原谅，同时也需原谅世间万有。这首诗同样具有人类意义，原谅的品格将诗人个体的人生境界无限拓展。人与人、人与物、人与时光乃至生命内外的一切关系都在原谅的语境里和谐存在。诗人在悲悯的精神底蕴下，显露出对美好生活的迷恋："一年四季，满面红光，精力旺盛，欣欣向荣/花园里那些洁白的玉兰、金黄的迎春/高的芭蕉、矮的紫苏/也春意盎然，蓬勃向上，和我一样/有着一双含笑的眼睛//花朵和青草，均以春天的名义/向人世传送芳菲/天空和大地，也向人类暗示非凡。"(《某年某月某一天》)

王小妮20世纪80年代的诗歌具有阳光、爽朗的浪漫气息，洋溢着青春的激情。在《我感到了阳光》《风在响》里，浪漫主义与理想主义的典型化，映衬了青年时期"我"的精神景象："啊……我和阳光站在一起！……全宇宙的光都在这里集聚……我冲下楼梯，冲下门，奔走在春天的阳光里……""风，在我头顶的天空中响。……风，在我耳鼓的四壁里响。……我说不出的高兴，——我的黑发，随着风在飘，随着风在唱。"

第三节　吉狄马加：理想境域与浪漫之维

2007年8月由人民文学出版社出版的《吉狄马加的诗与文》和2016年11月由长江文艺出版社出版的《从雪豹到马雅可夫斯基》是当代著名诗人吉狄马加目前为止最为重要的两部诗集，前者代表了诗人民族身份认知下的彝族书写（当然也包括对祖国的深厚感情）和具有国际视野的诗歌写作初探，后者则体现了诗人世界性诗人身份的确认。二者反映了吉狄马加诗歌生命进化论的过程，也蕴藏着广阔生活画面组成的风俗民情与古老而弥新的精神传统所构成的当代彝族史诗，尊重华夏文化、捍卫祖国统一的爱国主义特质，以及呼吁和平、崇尚共生的诗歌内能。这毋庸置疑地凸显出"文以载道"的中国传统文学精神、"为人民而歌"的中国新诗风格以及与世界优秀文学精华（尤其是当下西方盛行的"生态文学精神"）深度交融的体征。充满着使命意识、责任感和担当精神的诗性正义以及由深挚情感和理性精神涵养构成的美学趣味，为吉狄马加打开了更为广阔深邃的诗学空间，同时也形成了吉狄马加品质纯正的诗歌底色。

诗歌介入现实，在吉狄马加中期以后的作品里表现得特别明显。事实上，纵观中国新诗的百年史，从胡适介入、推动白话运动而著《尝试集》的新诗诞生，到以郭沫若、闻一多为代表创作的反帝诗歌，到以田间、艾青、贺敬之、臧克家为代表创作的抗战诗歌，再到以食指和北岛为代表的朦胧诗派早期创作的反映时代生活愿望的诗歌，无不体现出诗歌在人类历史进程中的关键时刻总能发挥出重要的力量。这一类诗歌也名副其实地增加了新诗库存的有效重量，并使得诗歌的精神畛域更加地灿烂辉煌。自20世纪90年代尤其是21世纪以来，很多诗人趋向于日常化琐碎写作，满足于小资化的唯美遣兴,得意于智性思维的炫技,绝少考虑与时代相平衡、引领社会风尚的大诗写作。这里所谓的大诗,并非关乎诗的长短,而是在于诗的精神普世向度及其干预社会的积极性和效能。这是横亘在诗人面前的一座极难逾越的大山,它要求诗人具备胸纳万物、洞察幽微的心量智慧和弘毅的济世情怀。"社会担当的缺失已经成为当代诗人的痼疾",是谢冕所指出的当代诗歌的整体脉象。与此相反,吉狄马加的诗歌创作则始终保持着高度的诗性正义:强烈的诗歌使命感、诗歌责任感和诗歌担当精神。诗人在《一种声音——我的创作谈》中坦言:"我写诗,是因为我天生就有一种使命感",并且"从来没有为这一点而感到不幸",显然,对诗歌的使命感是诗人的先天基因。在《诗人的个体写作与人类今天所面临的共同责任》中诗人"强调":"诗歌作为一种真正意义上的精神存在","从未停止过给人类饥渴的心灵输出长久弥新的甘泉和营养","无论对于人类而言,还是对于写作诗歌的诗人个体,它都是存活在人类精神领域里的一种生命形式,它是光明的引领者,它代表着正义和良知"。在"人类伟大的诗歌史中","诗人更像是精神的代言人""良心的化身""甚至还是道德的化身","在我们这个危机和希望并存的时代,诗人不应该是沉沦在自己的内心中,他应该成为或者必须成为这个时代的良心和所有生命的代言人","诗歌应该在提高和增进人类精神重构方面有所作为"。在《诗歌,通往神话与乌托邦的途径》中,诗人指出:"作为生活在二十一世纪的当下诗人,我们不能不想到诗歌应该承担的责任,以及它所应当发挥的作用","诗歌作为一种精神象征,它将引领人类从物欲横流的世界,走向一个更为光明的高地"。吉狄马加的诗文里,这种高度的诗歌责任感也常常有所反映。诗人的诗歌担当精神,一方面直接体现在面向公众的宣言中,如"我们将以诗的名义反对暴力和战争,扼制灾难和死亡,缔造人类多样化的和谐生存,从而维护人的尊严。我们将致力于构建人与自然、人与社会、人与文化、人与人之间的诗意和谐。这无疑是诗的责任，同样也是诗的使命","我们将以诗的名义，把敬畏还给自然，把自由还给生命，把尊严还给文明，让诗歌重返人类生活"(《青海湖诗歌宣言》)。另一方面则反映在诗歌创作中，比如《克洛西姆斗兽场》中，诗人以犀利尖刻的语气质问："人类啊，原谅我，我听不清这是你们的声音？还是野兽的吼叫？"以此来批判人间"亘古以来就从未消亡"的"杀戮"，进而表现出尊重生命的人道主义精神。在《想念青春》里诗人写道："诗歌代表着良心／为此我曾大声地告诉这个世界／'我是彝人'／命运让我选择了崇尚自由／懂得了为什么要捍卫生命和人的权利／我相信，一个民族深沉的悲伤／注定要让我的诗歌成为人民的记忆。"以诗之铁肩担负道义在吉狄马加这里成为实在，这古今未变的大诗人气质，也是吉狄马加近年来备受关注的主要原因。下文将主要从理想境域的营造与浪漫情思的抒发两个向度来分析吉狄马加诗歌的价值所在。

一、理想境域的营造

在诗歌作品中蕴含高强度的理想性，以升华出超越现实的文化愿望，达到引领社会风尚的预期，是吉狄马加进行诗歌创作的主要特征和精神诉求。整体而言，吉狄马加的诗与诗之间的理想性关联构成了具有社会伦理意识、人类意识以及美学意蕴的理想境域。

纵观吉狄马加的写作生涯，其开始诗歌写作之时恰逢我国改革开放肇始。在全球化语境下，世界政治、经济、文化等多方面都呈现出空前融合之态，人类的生活水平和认知方式也随之得到了迅速的转变和巨大的提升。但不容忽视的是，全球化也无可避免地产生了一系列问题，诸如文化全球化进程中少数民族文化的保留和传承问题，经济高速发展和知识不断更新的背景下人类价值观和精神安放的问题，以及后工业时代工业的过分发展所造成的自然生态（人类生存的基础条件）问题等。这些，都为吉狄马加的写作提供了客观的环境依托和精神的熔炼场。吉狄马加的诗心是圣洁的,在近四十年的诗歌写作时间里诞生的数百首诗歌作品无不充溢着至"真"至"情"的甘泉。他的"真"是理想的星光高绽,智性、热烈且光芒万丈;他的"情"是浪漫的碧海涌动,感性、饱满且能量莫测。

  彝族、祖国、世界是吉狄马加诗歌中各具独特意义又相互含容的三个维度,这在精神和物理的双重角度上都自然地形成了诗歌的伦理空间,筑造了可令读者视探的"理想境域"范围。吉狄马加是一位注重根性意识的诗人,他认为诗歌必须具有自己本民族历史文化的营养,必须饱含根性,否则诗歌作品就是"无根之木,无源之水",不能获得艺术生命的长存,对于民族也毫无现实意义,因此他一直强调要写出反映民族生活的民族史诗。吉狄马加早期的诗歌主要是以彝族为书写营地来展开的。对于本民族相当全面深入的认知和人类学意义上的理性观察,加上长期以来积累的诗歌作品数量,使得一套完善的道德伦理建构体系自然而然地映现在吉狄马加的诗歌中。事实上,与彝族文化载体几乎对等的巨型彝族历史文化记忆和彝族特殊的审美经验,在吉狄马加有关彝族的诗歌作品中都有所反映。宏阔至彝人世代繁衍生存的古老土地和群山,微小至鹰爪杯、獐哨、项链等现实生活内容都被一一纳入诗人的写作视野。更为可观的是诗人以民歌、史诗、天文律法、传统生存技能(如狩猎)、毕摩、图腾、英雄结、火神等为介体,展现了彝族的民俗风情与文化传统。另外,诗人还将森林、山羊、猎狗、湖泊、河流作为表述对象,为我们再现了彝族先民们在天人合一、天人相感的自然价值观支配下所形成的自然崇拜体系,也就是彝族流传至今的万物自然共存的世界伦理观。实际上,吉狄马加有关彝族的诗歌作品加起来就是一部厚重的彝族史诗,它反映着彝族的当代境况,承载着彝族巨大根系和繁茂枝叶的生命动能。无论是对于整个彝族诗歌史还是彝族当代诗坛,吉狄马加的贡献都是巨大的。关于其写作动机,最恰当的解释是诗人对本民族彻底而完整的价值认同和精神崇拜,从本质上来说,彝族在吉狄马加的世界里是一个高度理想化的存在。

吉狄马加认为诗人无法离开他自己的祖国和人民,无法拒绝且必须深系于祖国的根脉,伟大的诗人一定与他的祖国和人民息息相连。祖国、山河大地深藏的博爱灵魂,华夏子孙创造的东方文明智慧,以及同时代芸芸众生的存在,无不"乳泉"般哺育和催生了吉狄马加的诗歌生命。在吉狄马加的早期作品《我的歌》里,诗人以"上"(蓝色的天空、飘动的云)、"中"(多情的风、缠绵的雨、高山)、"下"(长江、黄河、平原、远方的地平线)三个层次构成了祖国母亲的形象诗歌空间,并表明"我"的诗歌是献给养育了"我"的土地(祖国)的最深沉的思念和最崇高的爱情。该诗境界宏朗高畅,意切情真,是一首对祖国母亲最沉实的颂歌。在结集出版早期作品时,诗人将此诗置于所有诗歌的最前列,以起到提纲挈领的作用,这充分体现了祖国在诗人心中的神圣地位。在《长城》里,诗人以絮语对话的叙事方式表达出自己与祖国母亲的精神交互。诗人认为长城是超越了时间的启示,是一个集体的精神象征,一个民族的符号,在所有中国人心里它甚至比生命更重要,这其中流露出诗人对祖国彻入生命的崇敬。在近期作品《致祖国》中,诗人歌颂了祖国穿越黎明进入新中国这一历史的伟大辉煌,强烈肯定了统一之下由多民族共同创造的历史文化,强调民族成员个体与祖国之间的绝对信任与忠诚,最终明确了个体生命之中最宝贵的便是能为国家和大众服务的牺牲精神这一点,进而延伸到对祖国绝对的交托:"我们对你的忠诚,就像/血管里的每一滴鲜血/都来自于正在跳动的心脏/而永远不会是其他!"① 这首诗在内容上含涉了祖国

---

① 吉狄马加. 致祖国 [M] //吉狄马加. 从雪豹到马雅可夫斯基:汉英对照. 梅丹理,黄少政,译. 武汉:长江文艺出版社,2016:28.

数千年辉煌和苦难共存的历史实迹,在精神上则容纳了祖国母系文化精神、彝族精神传统和个人精神。这首诗更重要的是它的精神指向,语言叙事之下潜藏着对祖国强烈的热爱和崇拜。事实上,祖国也是吉狄马加理想化了的精神场域。

吉狄马加一直注意诗歌与人类世界的关系,他认为真正的诗蕴藏在人类生命的本源之中。在吉狄马加早期的诗歌作品里,世界往往作为精神的归属和抒情的对象而存在。当诗人的知识储备、人生经历和情感内能突破以往的局限,诗人的写作便逐渐与世界形成一种广泛的联系。吉狄马加认为诗人必须具备人类良知,必须更多地关注人类的命运,应该时刻把人民大众的命运放在第一位,唯有如此,才能继承、纯洁和再构建人类伟大的精神生活传统,并推动人类精神文明的进步。吉狄马加还表示在自己20多年的写作生涯中,他一直将写出人类命运的诗篇作为自己追求的写作方向,甚至借哲人的格言指出:"诗歌是人类最后的净土。"事实上,在吉狄马加的诗歌中,世界性诗歌的写作现象非常明显。在他早期的作品中,罗马、意大利、地中海、南非、威尼斯、印第安等世界性名称以及暴力、饥饿等世界性人类现象,以深入或点缀的方式频繁出现。而在吉狄马加近期的诗歌中,诗人将多年的国外游历见闻和对世界文化的体认化入诗歌,创作了大量书信体诗歌,呈现了与重要国际人物的精神对话和世界风云变幻的诗歌景观,显现出创作主体与世界客体已经浑然一体的特征。此时,诗人的世界格局已趋完善。在此基础上,诗人表现出更为非凡的诗歌勇气,进入到关于世界命运、人类信仰与生存的重大思想命题的写作,这类题材的代表作主要见于《从雪豹到马雅可夫斯基》一书。在这些近期诗歌中,"世界"成为吉狄马加重要的诗歌源质存在,诗人与世界的精神往还已经达到超越种族、国家和意识形态的层次,汇入了理想之境。

时间叙事在吉狄马加的诗歌里占有比较大的比重。强烈的时间意识以或隐或现的姿态出现在诗歌中,拓展了诗歌的思维限度和理性体察意识，同时，诗歌假以"时间"为介质负载、吸纳、升华出包含历史想象力和伦理色彩的主客观世界，在一定程度上型构了抽象意义上的诗歌空间。因此，时间在吉狄马加的个人诗歌史中除了呈现简明的线性逻辑之外，还秉承着更为复杂的内容和意义。时间这一特征直接而深刻地反映了吉狄马加作为创作者的主体意识的高度成熟和完善，也在间接上透露出诗人所经营的诗歌理想境域的特征。从整体上看，《从雪豹到马雅可夫斯基》里的诗歌作品所体现出的思想精度、情感成熟度、观察视阈的广泛度、文体使用的娴熟度以及尤其重要的精神世界的深化程度，都比相对早期的《吉狄马加的诗与文》中的诗歌作品有了明显的"腾"化（这实际上也是吉狄马加诗歌理想境域的变化过程）。吉狄马加在诗歌中由时间叙事拓展出理想空间，如《在这样的时刻》里，诗人以时间节点"这样的时刻"为承载体，引纳摄入由芦苇的绿叶、米兰花丛、格外柔软的阳光、西西里的海、中部的艾米利亚人所构成的想象环境，并渴望能在其中睡个好觉，聆听海螺优美的声音，欣赏美丽少女的舞蹈，这是繁杂紧张生活罅隙中精神自由、惬意的理想空间。《回望二十世纪》里，诗人用与纳尔逊·曼德拉对话辨析的形式，阐述意识形态、生存方式、国际格局与战争、科技文明、自然灾害等存在于20世纪整整一百年里的客观内容，批判性地说明"20世纪"这个时间段是一把锋利的双刃剑，有意无意地在历史中留下了屠戮、毁灭、欺凌、威胁和具有时间延续性的痛苦，诗人从而在精神的领地、诗歌语言的侧面托展出个人对人类幸福生存环境的需求。《追念》中诗人站在现代化城市的阴影中，被时间分割成两半。一半是肉体，站在繁华的现实环境中，另一半却是在象征传统民族文化的"口弦"失去后的迷惘心境，这是现实与传统的割裂在诗人心灵中产生的断崖，这种阵痛比单个个体被刺杀的痛感更为剧烈，因为它是现实生命和理想生命的双重煎熬、剥蚀与挣扎。其间流露出的与彝族传统文化的血肉亲情和守护民族传统的无限热望，正说明了诗人在时间叙事中表达出的精神理想之境。《致祖国》里诗人阐述祖国历史的辉煌和苦难,赞颂各个朝代开辟疆域的伟大功业和超凡气度,歌颂文字的力量与宋词……以此来表达对祖国历史的尊崇,从而彰显对祖国历史中理想内容的追慕之情。

　　童真世界和青春理想也是吉狄马加诗歌中理想境域的重要组成部分。在《这个世界的欢迎词》里诗人表明,生命或许是一个偶然,也或许是造物主神奇的结晶,然而这一切并不重要,甚至于人类的欢乐和苦难也并不重要,重要的是真诚,重要的是这个世界诞生的生命是一切美好事物的化身,我们只需要在生命中留下一句话:"孩子,要热爱人。"① 这句话是一个叫吉克金斯嫫的彝族妇女历经一生磨难,在生命的最后说出的人生箴言。诗人认为吉克金斯嫫是具有伟大灵魂的最善良的人,并把她的这句话视为人类心性的导言。《孩子与森林》里,诗人铺展出一幅由平原尽头、小小房屋、青蛙、老虎、蛐蛐、小鸟、猎狗、小溪、森林树梢上的月亮所组成的属于儿童的美丽图画,在诗中叙写纯粹的童年生活。在吉狄马加的童真诗歌系列里,《一个猎人孩子的自白》展现出儿童视角的生态伦理意识,该诗的前半部分描绘了人与动植物共处的极为美妙亲和的森林图景,后半部分中,孩子对猎人爸爸申明:"如果你真的要我开枪,除非有一天遇见狼,我才会瞄准它的心脏,在没有遇见威胁生命的动物时,我——不——能——开——枪。""我"要保护好"安徒生为我构思的森林童话"②。《自画像》中诗人依托彝族流传千年的精神传统和历史神话,以雄强的心音呐喊出确认民族身份的"我是彝人"。这首吉狄马加早期的诗歌代表作旗帜鲜明地反

---

　　① 吉狄马加. 这个世界的欢迎词 [M] //吉狄马加. 吉狄马加的诗与文. 北京:人民文学出版社,2007:271.
　　② 吉狄马加. 一个猎人孩子的自白 [M] //吉狄马加. 吉狄马加的诗与文. 北京:人民文学出版社,2007:157.

映出诗人浓烈的青春理想色彩,表达出绝对的民族自信和对民族尊严的忠诚护卫,这是彝子对彝族母亲的精神幻想,更是诗人个人生命的彝性归属。这种融化在内心世界的彝性理想认同影响了吉狄马加的整个青春世界,吉狄马加早期大量有关彝族的诗歌就是在这样的精神动力下完成的。《日子》中,诗人展现了青春时期生活和情感世界的律动:"我"与山里的布谷、岩石上的蜜蜂、荞麦和蝉儿都保持着幻梦式的感知关系,对少女的思念之情也自然朦胧地潜涌。诗人与动植物和谐共处的生存状态呈现出彝族传统的理想生存观念下彝族少年生活的趣味空间,其中的青春爱恋关系也在一定程度上体现了彝族化的情感处理方式。类似于这种青春理想的诗歌在此不一一列举。

从早期的家国(彝族、祖国)书写到近期的世界性书写,诗人都表现出了对人类生存的幸福环境的渴求,为此诗人在早期营造了具有理想性的彝人世界,在近期诗歌里则指出了理想社会的构成元素,摹画了秩序健全的人类社会图景。在《我们的父亲——献给纳尔逊·曼德拉》一诗中,诗人描述了承受镣铐、酷刑,经历漫长流放和囚禁生涯,不顾个人生死,为人类的自由与平等奋战,九死不悔的纳尔逊·曼德拉的一生。这是令诗人满含泪水的一生,也是令所有人哽咽的一生。正如诗人在结尾处所说的那样,人们会从地球的四面八方去进谒名字叫作库努的村落,因为这个村落安葬着纳尔逊·曼德拉的肉体,也安放着人类的良心——自由、平等——永远是也必须是人类社会的基石和围墙。这是一首写于纳尔逊·曼德拉逝世之时的悼亡诗,但它体现出诗人与纳尔逊·曼德拉共同的精神使命,所以它更是诗人对自由与平等的一首宣言诗。在《无题——致诺尔德》中,诗人通过叙述自己与诺尔德的童年经过和写作经历,推演出"生命如同燃烧的灯盏"转瞬即逝的生命哲思和"唯有精神和信仰创造的世界才能让生命获得不朽"① 的价值观。精神和信仰如同灯盏,灼照人类走向光明之境,人类社会由于精神和信仰的存在而不至于迷茫。在《寻找费德里科·加西亚·洛尔加》里,诗人寻找费德里科·加西亚·洛尔加是因为这是一位真正的诗歌通灵者。洛尔加粉碎词语的虚假修辞,将诗引入泉水、鸟语、蜥蜴、田园、月亮、雪地等自然存在的幽谧处,引入生与死的多重方向和灵魂的旷野,所以他的诗是血与泪的结晶,是所有人内心深处最柔软、最易碎也最美好的部分。可以说这样的诗在灵魂普遍萎靡的当下,无疑为人类燃起了一盏希望之灯。《致尤若夫·阿蒂拉》中,饥饿是诗歌的叙事主题,生理饥饿与精神饥饿如同魔鬼和幽灵困扰着人类,人类因之惶惑不安,缺少生命基本的安全感,这相对应地引申出富裕是构建人类有序社会的条件之一。与以上体裁相同的书信体诗歌序列,还反映出生态伦理、守卫传统文化等理想社会的构成元素。《我,雪豹……——献给乔治·夏勒》和《致马雅可夫斯基》这两首诗在诗坛产生了广泛的影响。两者在思想上具有同质性,都反映出诗人与资本造成的隐形战争相对抗的精神。《我,雪豹……——献给乔治·夏勒》以人类贪欲日益膨胀、残害生存于雪山高域的世界稀有物种——雪豹的行为为基本素材,通过对雪豹的生活习惯、生存传统的描写和由此引出的生命哲思,彰显出人与动物间存在的宇宙环链关系。对雪豹的伸展性叙述和无限的精神外延,有力地说明诗中的"雪豹",不仅仅是雪豹,更是一种象征,是诗人写作该诗所要传达的象外之音,即人类与自然必须保持和谐的生态环境,"因为这个地球全部生命的延续,已经证实/任何一种

---

① 吉狄马加. 无题:致诺尔德 [M] //吉狄马加. 从雪豹到马雅可夫斯基:汉英对照. 梅丹理,黄少政,译. 武汉:长江文艺出版社,2016:14.

动物和植物的消亡/都是我们共同的灾难和梦魇"①。这体现了人类理想社会的秩序性,即在满足人类的欲求时,不伤及其他物种,不破坏宇宙关系。在《致马雅可夫斯基》中,诗人通过对俄罗斯白银时代文学巨匠马雅可夫斯基归来的呼唤,重申了语言的价值、诗歌的尊严和灵魂的重量。对马雅可夫斯基的呼唤实际上是对人类精神的呼唤,诗中对当前社会异化现象的揭示,诸如物质主义、各种领域的强权、精神的堕落、对生命的践踏等,无疑是在批判地重构合理的社会价值体系。诗中隐喻的光明、善良、公理、道德和富裕无疑是诗人认可和倡导的理想社会要素,而诗中批判视阈下的种种非正常现象的反向空间正是诗人摹画的诗意和谐的社会图景。对于吉狄马加而言,诗歌更像是一种权利和行动,它能够介入社会并直陈利弊,且对启迪人心、化导社会风尚有着积极作用。

吉狄马加以国际性视野审察全人类生存的历史与现实,智慧地揭示出"当今时代普遍流行的拜金主义、物质主义、享乐主义,工业化进程的空前加剧以及与之相关的土地与田园的大面积沦丧,价值标准的跌落,启蒙主义的颓败,人道主义的扭曲,文明、正义与公理的异化,国际强权政治的横行泛滥,世界范围之内强势文化对弱势文化的无情吞并"②等诸多非正常社会现象,并在此批判基础上理性地以诗歌的方式构建和谐共生的人类世界。这个世界尊重道德、尊重生命、尊重人权,这个世界崇尚文明、崇尚真善美、崇尚和平,这个世界主张政治经济法律存在于合理之中,这个世界能够达到物质文明和精神文明的和谐。毋庸置疑,这是一个人类和万物能够长久共生共荣的美好世界。具有人性要素和道德因子的诗歌生

---

① 吉狄马加. 我,雪豹……:献给乔治·夏勒 [M] //吉狄马加. 从雪豹到马雅可夫斯基:汉英对照. 梅丹理, 黄少政, 译. 武汉:长江文艺出版社, 2016: 140.

② 谭五昌. 以诗歌信仰名义呈现的时代宣言书与精神启示录:对吉狄马加长诗《致马雅可夫斯基》的一种解读 [J]. 当代文坛, 2016 (4): 44 - 48.

命原力灌注在诗歌关怀领域并智慧地构建出诗性的理想人类家园，这是吉狄马加诗歌艺术世界的一大特征。

二、浪漫情思的抒发

浪漫，是吉狄马加诗歌的重要维度，且多元地存在于其早期和近期的诗歌里。早期诗歌中纯清的浪漫具体体现为思想的纯净和感情的如一，这是青春写作的自然规律，也符合吉狄马加至情、纯洁的秉性。依然以《自画像》和《我的歌》为例，在《自画像》的行文运思中，诗人摒弃正常的肖像刻画描写，让思绪驶入千年的传统，以承接"我——是——彝——人——"① 的生命呼喊。这在生命态度上是超脱的（从历史的角度看待个体生命），在诗情上是超然浪漫的，在主题表达上也是单一直接的（仅为说明"我"是彝人）。在《我的歌》里，诗人的情感虽融荡在长江与黄河、高山与平原、天空与远山幽谷、风还有暴雨的自然物象中，但他所要袒露的只是专一的、献给祖国母亲最崇高的爱情。此二诗也在简洁的语言策略上反映出浪漫的纯清感，因为繁复的语言往往情思复杂，会弱化或者偏离纯清的感觉。

咏唱的浪漫在吉狄马加早期诗歌里也很常见，这主要源于诗人浓烈深沉的彝族情怀和真诚的心性，在表现上则主要继承传统抒情诗歌和彝族民间谣曲一唱三叹、反复吟咏的方式（这也是与纯清浪漫的不同之处）。在《唱给母亲的歌》里，百字的诗歌语言里，五次使用"啊，母亲"的形式，递进升华出对母亲的爱；在《龙之图腾》中诗人以五节的体例建构全诗，每节以"我不知道"的内容起兴，以"但我却知道"来表现自己对本民族龙之图腾的崇拜。《告别大凉山》诗中每节末尾处写道："大凉山，我走了，我悄悄

---

① 吉狄马加. 自画像 [M] //吉狄马加. 吉狄马加的诗与文. 北京：人民文学出版社，2007：7.

地走了",诗人对故乡大凉山的感情便深沉地涵泳其中。在《列车在凉山的土地上》中,诗人多次以"轻轻地摇晃,轻轻地摇晃,列车在凉山的土地上"为起首句,引出火车经过故乡凉山时心海的微波音弦。此类诗歌在吉狄马加的创作中还有很多。

吉狄马加是注重语言的诗人,他的语言常常具有浪漫色彩,这里姑且称为语言的浪漫。在早期,这种浪漫主要表现为语言在比较单一的题旨范围内的自由驰骋。相较于咏歌系列简单的排比修辞,这些诗歌在语言的驾驭上难度更大,代表作品有《南方》《但是……》《黑色狂想曲》等。在近期,语言的浪漫则表现得千变万化、诡谲莫测,熔思想转折、意象转换、情感起伏等主客观元素于一炉。在《致尤若夫·阿蒂拉》里,诗人对饥饿进行多维的拓展:"你为什么能把人类的饥饿写到极致?/你的饥饿,不是你干瘪的胃吞噬的饥饿/不是那只饿得咯咯叫着的母鸡/你的饥饿,不是一个人的饥饿/不是反射性的饥饿,是没有记忆的饥饿/你的饥饿,是分成两半的饥饿/是胜利者的饥饿,也是被征服者的饥饿/是过去、现在和将来的饥饿/你的饥饿,是另一种生命的饥饿/没有饥饿能去证明,饥饿存在的本身/你的饥饿,是全世界的饥饿/它不分种族,超越了所有的国界/你的饥饿,是饿死了的饥饿/是发疯的铁勺的饥饿,是被饥饿折磨的饥饿。"[1] 可以看出这里思想的递进式转折:从"你为什么能把人类的饥饿写到极致?"的发问,转为对"你的饥饿"的引申——不是生理饥饿、不是个人的饥饿,是长期的饥饿、胜利者和被征服者的饥饿、过去现在将来的饥饿、另一种生命的饥饿等有关饥饿的思考和命名,并且展现了"没有饥饿能去证明,饥饿存在的本身"的形而上思考。在《寻找费德里科·加西亚·洛尔加》里,诗人将"你的诗"演化为暝色的颅骨、蜥蜴的麦穗等多

---

[1] 吉狄马加. 致尤若夫·阿蒂拉 [M] //吉狄马加. 从雪豹到马雅可夫斯基:汉英对照. 梅丹理,黄少政,译. 武汉:长江文艺出版社,2016:56,58.

种意象,意象的迅忽多变增加了语言的神驰风度:"你的诗是天空的嘴唇/是泉水的渴望,是暝色的颅骨/是鸟语编的星星,是幽暗的思维/是蜥蜴的麦穗,是田园的杯子/是月桂的铃铛,是月亮的弱音器/是凄厉的晕光,是雪地上的磷火/是刺进利剑的心,是骷髅的睡眠/是舌尖的苦胆,是垂死的手鼓/是燃烧的喉咙,是被切开的血管/是死亡的前方,是红色的悲风/是固执的血,是死亡的技能。"①情感的变化在这两首诗中也是明显的。在《致尤若夫·阿蒂拉》里,情感随着思想的深进而灼热升腾;在《寻找费德里科·加西亚·洛尔加》里,意象由恬然的泉水、鸟语、田园、月亮变为舌尖的苦胆、燃烧的喉咙、切开的血管、红色的北风,体现出情感的逐渐炽烈。语言的浪漫在吉狄马加早期、中期、近期诗歌中展现着不同的风采,在其近期诗歌同时也是其最富代表性的长诗力作《我,雪豹……——献给乔治·夏勒》和《致马雅可夫斯基》中展现得最为动人。前者,语言简洁流畅且清幻多变,更为可贵的是它阐妙理于万象、发深情于自然。后者,言辞趋于繁复,意象浓密,通篇文字有着汹涌澎湃之势能。然而语言的魅力更在于感受,无论何种角度或何种深度的语言阐释,都难以体现语言真正绝对意义上的美,只有通读这两首长诗才可能最大限度地体会吉狄马加诗歌语言的浪漫。

与纯清的浪漫、咏唱的浪漫、语言的浪漫不同的是,吉狄马加诗歌中还存在着浪漫生境——物象、情感、思想甚至语言融汇的诗境里漫溻着浑整的生机,体现着朴素的自然存在论思想。在《圣地和乐土》里,诗人蜕化掉激情浪漫,代之以全息化书写,抵达酣沈勃发的浪漫境界。该诗分为两节,第二节仅为一句,暂不对其做过

---

① 吉狄马加. 寻找费德里科·加西亚·洛尔加[M]//吉狄马加. 从雪豹到马雅可夫斯基:汉英对照. 梅丹理,黄少政,译. 武汉:长江文艺出版社,2016:54.

多论析。这里要讨论的是第一节四十多行诗句里物象与物象之间存在的相互含射的吸力，它们雾化氤氲了时间和空间，还原了宇宙原初的状态。诗人以"在那青海湖的东边"为场域基点，引发与之相关的整体性书写：

> 在那青海湖的东边
> 风一遍遍，吹过了
> 被四季装点的节日。
> 尽管我找不到鸟儿飞行的方向，
> 但我却能从不同的地方，
> 远远地眺望到
> 那些星罗棋布的庄廓。
> 并且我还能看见，两只雪白的鸽子，
> 如同一对情侣般的天使，
> 一次又一次消失在时间的深处！
> 在那里——天空是最初的创造，
> 布满了彩陶云霓一样的纹路，
> 以及踩高跷人的影子，这样的庆典，
> 已经成为千年的仪式！
> 谁是这里的主人？野牦牛喉管里
> 喷射的鲜血，见证了公正无私的太阳，
> 是如何照亮了这片土地。
> 在那里。星月升起的时间已经很久，
> 传说净化成透明的物体。
> 这是人类在高处选择的
> 圣地和乐土。在这里——
> 河流的光影上涌动着不朽者
> 轮回的名字。这里不是宿命的开始，

而是一曲光明和诞生的颂歌。
无数的部族居住在这里,
把生和死雕刻成了神话。
在那里。在高原与高原的过渡地带,
为了生命的延续,颂辞穿越了
虚无的城池,最终抵达了
生殖力最强的流域。在那里——
小麦的清香从远处传来,温暖的
灶炕里烘烤着金黄的土豆。
在那里——花儿与少年,从生唱到死,
从死唱到生,它是这个世界
最为动人心魄的声音!
不知有多少爱情的故事,
在他(她)们的对唱中,潜入了
万物的灵魂和骨髓。①

  这里的风具有时间感,它吹过青海湖的东边、虚无的城池、高原与高原的过渡地带,是从生到死的时间长度。由飞行的鸟儿、我、星散的村庄、纯洁的情侣构成的生活景观同样具有时间性,它们消失在时间的深处,不是一次而是反复一次又一次,具有族群世袭性质。天空也非瞬间的直观之物,它仍然布满时间的纹路。空间所载的一切,在漫长的时间里似乎都成为一种仪式而具有柔和的美感。太阳、星月和土地存在的时间已经久远地成为传说,成为明净纯洁之物。这一切构成了诗人所指的"圣地和乐土"的动态空间。物种繁衍意义上的生与死成为神话,因为生与死同样意味着光明与

---

  ① 吉狄马加. 圣地和乐土 [M] //吉狄马加. 从雪豹到马雅可夫斯基:汉英对照. 梅丹理, 黄少政, 译. 武汉: 长江文艺出版社, 2016: 2, 4.

不朽。这是真实的理念世界，这之外或这其中也有着生存的希望："小麦的清香从远处传来"，爱情故事在无数的对唱中，在万物的灵魂和骨髓深处潜化。诗里的话语场似浩阔漫漫的海洋，透露着无限的生机，显现着"那青海湖的东边"的生命力所在。这里的情感，是柔和、富有弹性的成熟的情感。这里的智思，是圆融无碍的哲化思想。这里的意象，是无限衍生和无限延续的具有超然意义的意象。可见，对于青海湖的东边，诗人不是直观意义上的简单呈现，而是为我们留下了无穷尽的可感知、可想象的活性空间。这就是浪漫生境。浪漫生境在诗歌中还有多种存在形态，比如在长诗《致马雅可夫斯基》里，诗人以马雅可夫斯基为原点对象，扩散蓬勃的诗歌想象力，在冗长的诗行中以灵动的语言涌化出浩然的浪漫之境。《我，雪豹……——献给乔治·夏勒》里，诗人将"我""雪豹"以及"……"代表的多重所指进行可能的知性纵深探索，牵荡出绵长的诗歌情感空间。在吉狄马加近期的书信体诗歌中，无论是长篇还是短篇，也都寓藏着浪漫生境。在这些诗中，诗人与对象保持着思想上、情感上甚至灵魂上的深沉对话和互动，所以不仅是每一句诗，而是每一个词语甚至每一个字都散发着灵性的光泽——体现着时间与空间的无限可能。《不朽者》一诗共分为一百零三节，其中短者一节两行，长者五行，这种章节构造容易造成诗性的碎化，然而诗中所体现的人类与自然万物、思想与感情等诸多复杂关系却处理得极为融透和畅。这首诗旨在写"不朽者"，生命力自然萌动其中。因而这首长诗中，也存在着吉狄马加独特的浪漫生境。

吉狄马加对浪漫一直青睐有加，在写作早期他极为注重诗歌的节奏和韵律，几乎无韵不成诗；重视情感，几乎无诗不容情。他近期的写作依然如此，且更加深化，将个人的情、思以及诗韵都推向了更高的层次，最终达到上述浪漫生境的诗艺化境。

吉狄马加的诗歌一直融含着理想与浪漫的元质要素。他从20世纪80年代中期创作至今的大量诗歌作品中，对彝族的膜拜式书写、对祖国的忠诚颂歌以及对全人类的人道主义关怀等无不体现出其诗歌的理想化色彩,其中多向度的深化现象体现在不同的境域之中。而情思咏唱、语言修辞的浪漫化、自然物象的描画和浪漫生境则构成了吉狄马加诗歌浪漫的多维存在。这一切源自吉狄马加心灵深处对世界的爱,体现着诗人对人类以及自然万物和谐共存境域的执着理想和诗性诉求。从吉狄马加个人的诗学修养上来看,他洞悉整个世界诗歌史,并掌握多种诗歌技能,具备同时代大多数诗人不具备的特殊人生阅历,他完全可以选择与当下诗坛苟合的诗风。然而,他并未如此,他追求的只是理想和浪漫。其理想关乎人类命运和整个时空的秩序存在,其浪漫含涉人性化的美学意蕴,二者在很多时候具有本质的同化性。在中国的伟大诗人里,吉狄马加对屈原情有独钟。因为屈原毕生尽忠天下、志情幻逸,是理想与浪漫的化身。在《谁也不能高过你的头颅——献给屈原》中,诗人认为屈原在志向上始终紧握真理和道德的权杖,捍卫公正和自由;在性灵上永远与日月星辰、山川大地以及众神同心往还,只有"纯粹"和"诗人"能为屈原命名,因为屈原的意义已经超越生和死的界限,是任何力量都不能高过的"头颅",因为他是对一切生命存在的歌唱。这无疑与吉狄马加本人的心性相合,也是他诗歌艺术的最高追求。

第三章

当代小说的浪漫与理想（上）

本章以 20 世纪 80 年代小说的浪漫主义思潮为线索，通过对迟子建、韩少功等经典浪漫主义作家创作的分析，尝试厘定这一文学思潮的话语嬗变。在此嬗变过程中，新时期小说家的家国情怀与存在之思，不仅拓宽了经典浪漫主义的思想与美学内涵，也为道德理想主义和文化激进主义的形成奠定了基础。本章旨在分析经典浪漫主义在不同时代语境、不同作家笔下，是如何被诠释的。

第一节　理性宽容与理想重塑

在经历了十年"文化大革命"的动荡与浩劫之后，知识分子的作家群体在舔舐历史伤口、控诉社会罪恶的同时，也在想象中探索、建构与表达着理想的精神世界和价值观念。在经历了十年"文化大革命"造神运动中人性的扭曲与观念的混乱、迷茫之后，如同让人窒息的黑夜里射进了一缕新鲜的阳光，政治乌云笼罩着的中国社会慢慢被真理大讨论的利剑撕扯出一道口子，在政治、经济、思想与文化领域开展的广泛大讨论使这道口子越来越大，也激发了作家内心的创作热情。在久违的阳光照射与和煦春风的吹拂下，暗藏在作家们灵魂深处的对扭曲历史的审视和对美好生活的渴望，终于化成作家笔下一首首或愤激或哀怨或悲痛或沉郁的诗歌，化成一个个血肉鲜明、形象可感的人物。在"大跃进"和"文化大革命"中被严重歪曲的浪漫主义，在新时期作家笔下又得以慢慢修复和正名，结构出了新的话语空间。新时期作家对理想人性、理想家园和理想社会的探索与思考，成为新时期浪漫主义文学创作的集中表现。

一、人道主义与浪漫抒情

在 20 世纪 80 年代，人道主义成为文学创作的主要"话语资源",因此新时期的浪漫主义具有了更多人道主义的内容。这种饱含人道主义思想的浪漫抒情,在作品中表现为创作主体在乱世之中对作恶者的谅解,对美好爱情、亲情与友情的渴望,以及对美好未来的憧憬。

在深厚文化底蕴和良好家风熏陶与浸润中成长起来的知识分子作家群体,具有深刻的文化自觉和崇高的道德操守。在黑白颠倒、是非不分的乱世之中,他们仍然坚持学术的求真、人性的向善、道德的自律和精神的高洁。因此,在十年动乱结束之后,他们迅速地捕捉到了时代变化的信息,承担起了唤醒人性觉醒和社会良知的责任,在对十年动乱中人性沉沦的反思、对文化传统的追寻和对道德理想的叩求中,建构起新时期文学浪漫主义的想象空间。

宗璞出身于诗书簪缨之族,始终生活在中国高层知识分子群体中,对于中国传统知识分子的家国情怀、人格操守与人生理想最为了解,也最有体会。因此从《红豆》到《三生石》再到长篇小说合卷《野葫芦引》,她的作品为我们塑造了一批具有理想人格的知识分子形象。在《三生石》中梅菩提的父亲梅理庵作为"反动学术权威"被打倒后,"在劳改、写交代材料之余,总爱把脸凑近墙壁,仔细观察每一块砖。凭他那高度近视、目力极弱的眼睛,居然把三面院墙仔细看过一遍。发现'勺院'两个字时,老人高兴极了,对菩提讲了半天,这匙园之名现在还用着"①。这个小小的细节表现了梅理庵这样一位历史学家,对于历史事物的珍视和对于历史痕迹的执着探寻。老人在刚刚做完手术,膀胱里插着橡皮管,腰间带着玻璃瓶,走路都困难的情况下还想着"应该用学得的一点马列主义,重写一本秦汉断代史"②。直至他临终,还在念着《尚书》里的句子"我有好爵,吾与尔靡之"。老人对于学术的痴迷、对迫害与疾病的无惧,使我们看到了千百年来在中国知识分子身上延续

---

①② 宗璞. 三生石[M]. 北京:人民文学出版社,2006:11.

下来的"为学术之真而上下求索"的执着与坚定。而小说的主人公梅菩提在一次次的残酷打击与无情迫害、一次次的人生苦难与命运折磨中,始终坚持着知识分子的良心和操守,坚决不向恶势力低头,不向命运屈服,展示了知识分子的正气与傲骨。与她相知相爱的方知也同样具有不惧强权、不畏斗争的正义和勇气。在医院忙于运动、许多骨干医生被调离医生岗位,安排到太平间、检验室或者去打扫卫生时,在辛声达之流随意处置病人,甚至造假替人掩盖罪行的情况下,他始终秉持着人性的善良,在医院认真地对待每一个病人的病痛,为每一个患者设身处地地着想,为自己不能治愈他们的疾病而自责。在恶劣的政治环境下,当梅菩提处于被打倒、被批斗以及身患重疾的绝境中时,他能够毫无畏惧地站在梅菩提的身边保护她、支持她、帮助她,并向她求婚。这充分体现了知识分子"士不以利移,不为患改"的精神追求。

而知识分子的这种坚韧与顽强,正是从他们周围群众给予的源源不绝的善意中生长出来的。在《三生石》中,宗璞通过善与恶的力量对比、正常与非正常的关系对比来张扬人性的真善美,批评非正常社会环境下异化的人际关系就像癌细胞破坏身体机能一样,破坏了整个社会的和谐与美好。当梅菩提遭遇了父亲被打倒乃至被迫害致死,自己被张咏江、施庆平之类造反派批判揪斗以及身患癌症的残酷命运时,在重重罪恶与黑暗的包裹下,是陶慧韵的友情,方知的爱,郑立铭、魏大娘、齐大嫂等善良的人的同情,给予了她力量和信心,使她在黑暗中也有了活下去的勇气。十年"文化大革命"对家庭关系造成了极大的破坏和扭曲,使人与人之间的关系产生异化。在政治运动的高压下,人性的善被压抑,人性的恶在政治外衣的掩护下则更加猖狂。梅菩提被批为"反动学术权威的千金小姐、校党委的黑干将、黑小说《三生石》的黑作者等","系里没有一个人敢和她说话,最好的也只是从路的那边投来关切的一瞥"①,她的学生齐永寿"按照事先的安排,把手里的书狠命撕破,又撕成碎块,用力向菩提劈头摔来"②。然而在充满了怀疑、猜忌、躲避与自保的社会氛围中,善良与正直因其难得而越发珍贵,在恶的污泥中开出的善的莲花令人倍加珍惜,人性善的强大力量从而被凸显出来。在梅菩提被批判被打倒的时候,仍然有平时的同事偷偷地表达对她的关心;在她到医院接受治疗时,方知对她的照顾使她感到"生病而有医生可以信赖是多么正常、美好啊","癌细胞的存在使梅菩提努力寻思正常细胞的模样,好在那善良的形象中寻找依靠的力量"③。

这份蕴藏在群众中、始终未泯的人性的善良,成为光明战胜黑暗、正义战胜邪恶的利剑。作家由此表达了对十年"文化大革命"给社会造成的伤害的深刻反思,和对正义与良知的人道主义精神的深情呼唤。同时,这也展现了20世纪五六十年代知识分子的心路历程是"知识分子在紧跟形势的自我改造中,渐渐识破这种改造的虚妄与荒谬,而重新寻找、回归美好人性,回归个体生命独立、尊严的过程"④。

在经历了人的精神世界被政治意识形态高度控制,亲情、爱情、友情等人际关系被严重扭曲的时代后,从历史的反思中走出的知识分子作家群体,在思想大解放与中西方文化大碰撞的时代氛围中,从声讨罪行、反思历史走向了思想开放和道德重塑,许多作家开始注重从人生价值观和道德观等方面来挖掘人性的深度。爱情这一永恒的文学主题在不同的作家笔下绽放出多彩的光芒,也成为我

---

① 宗璞. 三生石 [M]. 北京:人民文学出版社,2006:20.
② 宗璞. 三生石 [M]. 北京:人民文学出版社,2006:21.
③ 宗璞. 三生石 [M]. 北京:人民文学出版社,2006:37-38.
④ 王彩萍. 中国知识分子的精神写真:宗璞小说《红豆》《三生石》连读 [J]. 名作欣赏,2007(11):67.

们观照特殊时代背景下思想变化的重要线索。张洁的《爱,是不能忘记的》《祖母绿》《无字》等作品通过表现女性在爱情中的隐忍、牺牲和挣扎,表达了作者对精神至上爱情的推崇,也由衷地歌颂了女性在爱情中敢于追求、乐于奉献、勇于承担、善于克制的伟大精神,体现了一个"清教徒式"的完美主义者和理想主义者对于精神与道德力量的无限赞美与推崇。这对于经历重创后走向自由开放的中国社会重建正确的价值观、爱情观和道德观具有一定的启示意义,也展现了那一时代道德与精神的价值回归,以及知识分子尤其是女性知识分子更加追求人格独立与自我意识的时代特征。

张洁作为一个痛苦的理想主义者,始终把精神人格的完美当作生命的理想追求。发表于 1979 年的小说《爱,是不能忘记的》,力图通过书写爱情的克制与道德的自律来达到完美人格的塑造。这篇小说主要叙述了一位女作家的爱情故事,"作者的目的是通过这个故事阐释有关家庭、婚姻及伦理道德问题,从而肯定女主人公所遵循的爱情道德规范"[①]。女作家钟雨在与老干部相爱的过程中,始终恪守着道德与伦理的界限,保持着一份独特的柏拉图式的精神爱恋,在以契诃夫的小说集为物化对象的执着追求中,表现了道德之于人类至高无上的价值和作家对完美人格的追求。"为了不伤害另一个人的幸福,钟雨始终在道德面前严格自守,从来不敢越雷池一步。他们之间从来没有握过一次手。他们一生中单独在一起的时间也不会超过 24 小时。她和他都曾相约互相忘记,把刻骨铭心的爱情埋于心底。"[②] 钟雨对于爱情始终处于精神上的想象,而没有实际行动上的进一步表达,所以她只能把自己的愿望寄托于冥冥之中的天国,希望死后灵魂能与对方相会。"我只能是一个痛苦的理想主义者",出自女主人公的这句话,表达了作家张洁的情感价值观,

---

[①②] 宋坚. 论张洁小说的道德追求 [J]. 黑龙江教育学院学报,2001(5): 45.

也是她诸多小说中女主人公所遵循的爱情道德范式的集中表现。

张洁笔下的女性对爱情的执着和无私奉献还散发出神圣的母性光辉。发表于1984年的中篇小说《祖母绿》，主人公曾令儿为爱人左葳所做出的无畏牺牲使她付出了惨痛的生活代价。曾令儿对左葳一见钟情，冒着被海水吞没的生命危险，拼尽全力把左葳从海水中救起，在"反右扩大化"斗争中代他受过，被错划为右派，发派到一个边陲小镇去教书并接受劳动改造，在小镇上她生下了和左葳的私生子，从此饱受世态炎凉。尽管左葳出于良心的谴责，曾提出要和曾令儿结婚，但是曾令儿心里明白，这份全心全意付出的爱得到的只是报恩式的回应，与她期待的、理想中的爱情完全不同。左葳并不真心爱她，所以她婉言谢绝了左葳的请求。在儿子溺水后，她的精神濒临崩溃，然而左葳丝毫没有察觉到她的痛苦。在为追逐和实现"无穷思爱"的崇高信念而付出自己坎坷的一生后，在走完了道德自我完善的全部历程后，她终于在大海面前领悟到了人生的真谛，获得了心灵的彻底解放，并找到了生活的更高价值，即"为社会做一点有意义的事情"，这体现了女性自我意识的觉醒和价值观念的变化——从爱人、母亲的角色走向对社会责任的担当。这也使得曾令儿这一角色更加具有现代女性坚强独立的品格，体现出作家对爱情和女性的认知的进一步发展。

二、颂扬改革

20世纪80年代初期兴起的改革文学虽然带有强烈的意识形态色彩，但它所高扬的理想主义同样不容忽视。这些作品通过对精明强干的开拓者的塑造、对改革后图景的美好想象和对改革势头的由衷赞美等方式，为经历"文化大革命"重创之后的人们重新注入了信念与活力。

中国社会在经历了长期的政治运动后，经济建设几乎停滞，改革开放阻力重重。旧的习惯势力和官僚主义作风严重阻碍改革的进程,十年"文化大革命"遗留的种种思想顽疾严重制约社会的发展。改革文学彰显了知识分子作家群体对促进社会变革、推动社会进步的社会责任感,体现了他们对传统儒家文化中深沉忧患意识和积极入世情怀的继承,是士大夫"修身齐家治国平天下"个人理想的当代阐释。张洁曾说:"我的思想老是处在一种期待的激动之中。我热切地巴望着我们这个民族振兴起来,我热切地巴望着共产主义在全世界的胜利,让全人类生活在一个理想的社会之中。"①

改革文学塑造了一批充满理想、热情睿智、勇于向守旧势力挑战的改革者形象,并赋予改革者以道德上的优越性,为改革的推行提供叙事策略上的合理性,因此具有强烈的浪漫主义色彩。蒋子龙的《乔厂长上任记》以国有企业电机厂的整顿工作为题材,通过对乔厂长这一雷厉风行、大刀阔斧推行改革的改革家形象的成功塑造,反映了在经济改革和"四化"建设中新旧观念以及两种势力之间的各种矛盾冲突。蒋子龙说他的《乔厂长上任记》"是'逼'出来的。是被生活'逼'出来的,是被一个普通的中国人对'四化'的责任感'逼'出来的"②。柯云路的《新星》以代表新兴改革力量的县委书记李向南和代表体制内保守官僚旧势力的县委副书记顾荣之间的权力斗争为主线,全景式地记录了1978年到1984年间中国农村政治经济改革的主要内容。作家将改革的成功寄托在强力推进改革的铁腕式政治人物的身上,体现了作家美好的改革想象。有评论者认为,"这种改革想象使其'改革叙事'不可避免地带有男性特征和浪漫主义色彩"③。张洁的《沉重的翅膀》则将叙述的视角聚焦到重工业部这一关系改革大局发展的重要部门,小说触及制

---

① 张洁. 我为什么写《沉重的翅膀》[J]. 读书,1982(3):83.
② 蒋子龙.《乔厂长上任记》的生活帐 [M]//彭华生,钱光培. 新时期作家谈创作. 北京:人民文学出版社,1983:24.
③ 杨庆祥.《新星》与"体制内"改革叙事:兼及对"改革文学"的反思[J]. 南方文坛,2008(5):6.

约工业发展的经济管理体制弊端以及思想观念的沉疴顽疾，表达了"改革成败进退的关键是在于人的改变"这一主旨，在当时产生了强大的社会冲击力，以致作品在刚发表时遭到非议，来自北京市委和中宣部的批评意见就多达一百四十余条。后经人民文学出版社韦君宜老师协调，对张洁反复劝说，作品几经修改才终于出版。①《沉重的翅膀》里的郑子云虽已年过半百，但是思想活跃、一身正气，在与保守派势力田守诚的较量中，旗帜鲜明地支持坚定的改革实施者陈咏明。虽然他因为心脏病发，在后来的政治竞争中落败，成为"有着哈姆雷特气质的改革家"，但他不徇私利，坚定不移地推进改革和现代化建设，符合时代发展的要求和群众利益的需要，从而在道德上占据了制高点。作家在通过新旧思想矛盾冲突建构改革合法性的同时也为其提供了道德和情感上的支撑，同时也实现了知识分子在公共空间中通过文学的诗性想象来促进社会进步、振兴国家民族的美好愿望。

三、坚守青春

知青文学为20世纪80年代的浪漫主义增添了青春的亮丽色彩，浪漫主义和理想主义在知青文学中表现得较为明显与集中。知青作家们超越自我与苦难，在回顾自己早期所遭受的痛苦时，不仅没有显得消沉，反而更具活力与激情。回归城市后的他们成了迷惘的一代，在城市与乡村记忆间切换的同时，也在苦苦寻求自己的精神家园。

"知识青年上山下乡运动"这样一段特殊时代的特殊经历，使得拥有这一共同经历的年轻人成为中国的一个特殊群体——知识青年。他们把自己的青春、生命中最美好的时光献给了祖国的大好河

---

① 岳雯. 不彻底的改革和理性的抒情：重读《沉重的翅膀》[J]. 南方文坛, 2014（2）：20.

山,在"战天斗地"的豪言壮语中抒写生命的乐章。然而这豪情壮志在残酷的现实面前被击得粉碎,广大的中国乡村并不能成为他们理想的精神归宿。他们付出了热情、理想和青春,也经历了苦闷、彷徨与失落,看到了人性的善良与美好,也认清了人性的丑恶与卑劣。为了纪念这有着特殊时代印记的青春时光,作家们用诗意的想象来记录那一段为理想而英勇献身的悲壮过往,也在城市与乡村、放逐与回归中寻找到了生命的真谛。

"梁晓声的知青小说是一个完整的创作系列,具有一定的史诗性因素。"①《这是一片神奇的土地》充满了史诗般的悲壮与崇高。作家用深情的笔墨为我们叙述了知识青年们满怀热情来到北大荒开垦满盖荒原,为建设社会主义奉献一腔热血和美好青春,最终牺牲了年轻的生命这样一个知青故事,情节简单却因为画面丰富、性格饱满、节奏紧张而充满了戏剧的张力。"李晓燕"这位美丽的、充满理想的、坚韧而又满含柔情的女指导员,在开垦荒原的过程中感染了出血热得不到及时的治疗而死去;与"我"生死相依的妹妹在追逐狍子的时候陷入"鬼沼";魁梧健壮、勇敢坚强的铁匠"摩尔人"王志刚为探出一条涉过鬼沼的路遭遇狼的围攻,在与野兽的搏斗中倒下。作者通过描写这一个个为开垦荒原而牺牲的生命,谱写了一曲知青为理想而献身的崇高与悲壮的精神赞歌,使知青这一因历史的荒谬而形成的特殊群体具有了独特的精神内涵和存在意义。因此,有评论家认为梁晓声"为知青树了一块碑"。

作家笔下的人物是饱满而立体的,美丽的女指导员李晓燕既有为理想献身的崇高与悲壮,又有不失人性的善良与纯真。当她豪迈慷慨、义无反顾地立下开垦满盖荒原的军令状时,浑身充溢着革命战争年代英雄的大无畏精神;当她在"坚持原则"的连长面前为"逃出连队"的"我"据理力争,为"我"对流产的妹妹表现出的

---

① 张广崑. 梁晓声知青小说散论 [J]. 文学评论,1987 (6):54.

歇斯底里而愤怒的时候，则散发出人性的真诚和善良的光辉。当她倡议女青年不照镜子、不抹香脂、穿着打扮更男性化，"我"认为她庄重严肃得有些虚伪做作；当她独自去河边洗衣服，忍不住插上野花，唱着情歌，跳起墨西哥民间舞蹈时又是那么的轻盈灵动，呈现出女性爱美的天性，让"我"怦然心动。作家通过李晓燕的矛盾行为展示了在历经特定年代人性高度压抑和极度束缚后的个体审美意识的觉醒。"我"对"李晓燕"的情感变化也是在逐步发现她身上的人性美、女性美、个性美的基础上产生的，在充满诗意的画面中萌生了情愫并随着对李晓燕认识的不断加深而深化。这样的爱情来得自然而真实，冲破了"文化大革命"年代对"爱情禁区"的封锁，释放了人性的真和美。然而这一切随着李晓燕的死去戛然而止，美丽鲜活生命的消逝和美好感情的来去匆匆为这段青春的记忆画上了一个巨大的惊叹号和无尽的省略号。

同样写知青生活，与梁晓声的戏剧式画面叙述和悲剧式崇高审美不同的是，史铁生的《我的遥远的清平湾》用一种田园牧歌式的笔调，深情讲述了"我"在黄土高原插队时在陕北人民朴实坚强的人生信念中，找寻到应对苦难的精神力量的心路历程，表达了对世世代代生活在那里的高原人民的无限思念。"刚去陕北插队的时候，我实在不知道应该接受些什么再教育，离开那儿的时候我明白了，乡亲们就是以那些平凡的语言、劳动、身世，教会了我如何跟命运抗争。"[①]《我的遥远的清平湾》中的"破老汉"年轻时曾有过不平凡的经历，人生道路非常坎坷，丧妻失子、困窘年迈的他带着幼小的孙女"留小儿"过活。"破老汉"爱唱陕北民歌，他喜欢亮亮妈，却又怕对不起孙女"留小儿"。他愧悔因为舍不得给大夫多送些礼，把儿子的病给耽误了。他是脚踏实地的庄稼人，"破老汉看

---

① 史铁生. 几回回梦里回延安：我的遥远的清平湾代后记 [M] // 史铁生. 史铁生作品集. 北京：中国社会科学出版社，1995.

不上他弟弟,破老汉佩服的是老老实实的受苦人"①。他心疼老黑牛,与老黑牛相依相伴,"在老黑牛被杀的时候站在空荡荡的槽前,一个劲抽烟"②。他珍惜人与人之间的情谊,在"我"生病住院期间,托人给"我"带来十斤粮票。破老汉既没有轰轰烈烈的"革命行动",也没有热热闹闹的情感故事,他的生活简单朴素,都没有可以完整记录的曲折情节,但就是这些世世代代生活在贫瘠的黄土高原的淳朴乡亲,平平淡淡、松松散散地活着的故事,却给我们传递出了人性的坚韧与厚实,给了"我"精神的力量。

广袤的中国乡村是中国传统文化生根发芽并得以传承弘扬的沃土,也是返城的知识青年们汲取人生养分的源泉和抚平人生伤痛的良药。世代生活在贫瘠的黄土高原上的人们,连吃个白面馍馍、喝口水都困难,但物质的极度贫乏并没有泯灭人们创造精神食粮的热情。陕北人民用他们质朴的方式传承着古老的黄河文明,他们好像与黄土高原融为一体,千百年来不曾改变。史铁生在清平湾的民情、民俗、民谣里寻找着文化的"根"。村里人把白馍馍叫作"子推",是为了纪念春秋战国时期的介子推;陕北话中保留着"好些很文的字眼";陕北民歌信天游的忧伤调子,娶媳妇吹唢呐的习俗,听瞎子说书以及看牛顶架的娱乐,使得贫穷荒凉的黄土高原充满了生机与韵味……作家用诗意平和的笔触为我们描绘了一幅充满温情的浪漫乡村写意图。

第二节 温情的浪漫

在浪漫主义逐渐复苏的时代语境下,女作家迟子建不仅继续着对理想人性、理想家园和理想社会的执着探索与思考,而且在宗

---

①② 史铁生. 我的遥远的清平湾 [M]. 北京:新华出版社,2010:54.

璞、史铁生等人对浪漫爱情、温情乡村书写的基础之上进一步拓宽了浪漫主义者讴歌和书写的对象。独特的自然风光、淳朴的人伦乡情以及神秘的宗教风俗共同构成了迟子建笔下的浪漫世界。身为女性作家，她细腻的情感又为笔下的浪漫之境增添了一份独有的温情色彩。较其他作家而言，迟子建笔下的浪漫主义与理想主义少了喧腾与热情，却多了体恤人性的柔情，丰富了对传统浪漫主义和理想主义的言说与表达。

一、书写自然

大自然对迟子建的写作有着至关重要的影响，她甚至认为"恰恰是由于对大自然无比钟情，而生发了无数人生的感慨和遐想，靠着它们支撑我的艺术世界"①。与同时代其他现实主义作家相比，迟子建不断对自然进行"人化"，她所描绘的自然界具有更强烈的主观性。在她的笔下，世界万物都成为表达作者情感的载体，同时大自然亦是人类诗意生存的园地。

所谓"人化"，即把自然理解为一个可解人意，与人声息相通、心灵相通的世界，在这里，自然与人有着圆融无碍的和谐，自然透着温情，人依恋着自然。② 迟子建笔下的自然景观便有着自然人化的特点，这一方面表现在作者赋予自然界中的一切以思想与灵性，进一步展现了作者丰富的精神世界：这些富有人文内涵的、充斥于大自然中的自然意象正是作者的主观世界与客观自然世界互相融合的结果；另一方面，作者把作品中人物的个性发展与生平遭遇和自然界相联系，自然界的变化预示或改变着人类的命运。

---

① 方守金．迟子建．自然化育文学精灵：迟子建访谈录［J］．文艺评论，2001（3）：80．
② 王又平．转型中的文化迷思和文学书写：20世纪小说创作潮流［M］．武汉：华中师范大学出版社，2011：31．

在迟子建看来，大自然是"有呼吸，有灵性"① 的，自然界中的万物都可以表达自己的情感，因此在她的笔下，自然景观往往具有人格化的特征，充满了神性与人性。最典型的便是作者在《北极村童话》里对故乡"江"的描写：

啊，江，你迅疾地、不停地流，你不觉得累吗？真像个贪玩的野孩子，一躺到这儿就忘记了吃饭、睡觉。

你已经变野了，不停地卷起一道道波浪，一簇簇水花。即使这样，你还觉得不过瘾，于是，就在自己的胸脯切下一块块肉，甩到沙滩上，化成五颜六色的石子。

瞧你，是不是看我来了，又播撒出一片亮晶晶的碎光，吐出一朵朵白莹莹的莲花？哦，你点头了，不住地点头了。你这北极村的野孩子。

富有野心的大江被比喻成了北极村的野孩子，它的奔流、翻滚与停歇都带上了一股顽皮的意味，与《北极村童话》中的"我"这个顽皮的孩童有着思想与行为上的共通性。而在《雪坝下的新娘》中，未曾结冰的湖水甚至被当作了未曾出嫁的姑娘，夕阳下的湖水犹如"一个金色的美人！她躺在冰河转弯处，双腿并拢，一只胳膊微微展开，另一只则弯向胸部，她的腰，看上去是那样的纤细柔软"。甚至使"我"对它充满了幻想："一看到她那纤细的腰肢，我就忍不住落泪。什么时候我能搂一搂她的腰呢？她还躺在那里，肌肤明媚，看上去莹莹欲动。她那纤细的腰肢使我心跳加快。我想跟她说上一句话，可我怕我的话又脏又俗，冰清玉洁的她会跑了。"在这里，人与自然的界限被打破，自然之美被充分传递与表达。

---

① 方守金，迟子建. 自然化育文学精灵：迟子建访谈录［J］. 文艺评论，2001（3）：81.

《伪满洲国》《额尔古纳河的右岸》《黄鸡白酒》《白银那》等多部小说中都有着对自然景观的人格化描写。另外,迟子建还创作出了诸多富有灵性的动物,它们具有人的品格,与人类在精神上达到了共鸣,并结下了深厚的友谊。比如,《布兰基小镇的腊八夜》中所描述的嘎乌与云娘之间的情义。云娘本是鄂伦春人,丧夫之后在山中捡到了一只小狗,取名嘎乌即"撑杆"的意思。嘎乌在云娘的悉心照顾下成为一条出色的猎狗,同时也变成了云娘最为重要的朋友与助手。它不仅在云娘晚年为其打猎,每晚从小酒馆接送她回家,还救了主人的性命。甚至在云娘企图给它自由的时候,它也不肯离开,始终陪伴着自己的主人。嘎乌最终被火车撞死,它的死亡却仍然为人类造福,使一对失去儿子的夫妻最终能够登上火车去完成他们的心愿。而云娘对嘎乌也报以了同样的感情,甚至说"她是为嘎乌活着的",在嘎乌死后,她也不愿独活于世。在《一匹马两个人》中老马与两位老人也产生了深厚的感情。在儿子因强奸罪入狱之后,老两口把这匹马当成了最亲近的人。女主人常常给它理鬃毛,"仿佛把它当成了他们的儿子"。老头子"觉得他们一家三口就是:他、老太婆和老马"。而马儿则见证了两位老人的死亡,代替了他们的儿子为他们送终,在两位老人死后依旧为两位老人看守麦田,因而被盗麦者邻居印花杀死了。在作者笔下,甚至连植物也有情感,《白雪乌鸦》中,商人傅百川移植到道台府的两株黄色的蔷薇也会依恋旧主,"傅百川造访,本来是无风的,可他经过蔷薇的一瞬,忽然一阵风袭来。金币似的蔷薇花,在日光中灿灿闪动,将淡淡的香气送入他的鼻子"。《鸭如花》《越过云层的晴朗》《醉鬼的鱼鹰》等中长篇小说都出现了富有人性的动物。动物与植物被赋予了人的品质,人与动物相互依恋,读者可以从中看出人的主体力量的扩张和精神世界的趋于丰富。这是人性突破教条束缚的一个结果，同时也是浪漫主义思潮重新抬头的一个标志。① 正如作家蒋子丹所说："在迟子建的小说里，天上地下日月星辰山川河流飞禽走兽人，不分彼此互相转换着身份和形体，太阳长出温软的小手小脚；野花中疾驰的马蹄跑成了四只好闻的香水瓶；林子里的微风吹过，水分子像鱼苗一样晃动着柔软的身体游动；江水把自己胸脯上的肉一块块切下，甩向沙滩化为了石子；天空长着眼皮和睫毛，耷拉下来，大地就黑了；人们活着或者死去，后代们绿油油成长起来……忽发奇想的意象比比皆是，并无雕琢堆砌的痕迹，在阅读中甚至可以感到其笔墨行进的速度之快，几乎到了不假思索的程度。"② 迟子建对自然的书写，绝不仅仅是对大自然的忠实记录，而是突出了自然与主体精神相融合的部分，借助自然景观淋漓尽致地抒发了自己的主观情感。

迟子建同样擅长把人物与特定的自然环境联系起来，以特定的自然环境特点衬托人物本身的性格，以自然环境的变化展现人物的命运。自然成了上演人间百态的天然画布，它们与作品中的人物一起担负起了作者的艺术使命③。最为典型的例子是《伪满洲国》中郑家晴与海之间的联系：

> 空寂是海的品格，郑家晴一直这样认为。别看海总是汹涌澎湃着，不绝如缕地把浪层层叠叠的卷起，而它的内心世界却是无与伦比的空寂。当你是一个人面对着海、暮色的冬日的海时，这空寂就体味得尤其深刻。残阳尽了，海极远处的那些猩红的红霞也消失了，它们似乎是被海水

---

① 陈国恩. 浪漫主义与 20 世纪中国文学 [M]. 合肥：安徽教育出版社，2000：286.

② 蒋子丹. 当悲的水流经慈的河：《世界上所有的夜晚》及其他 [J]. 读书，2005（10）：34.

③ 翟苏民. 迟子建小说艺术论 [J]. 小说评论，2004（5）：79.

溶解了。……郑家晴喜欢的是消去了人语的冬令的海,沙滩上几乎没有行人,他常常驱车来到这里,将车停下,感受着海风。海风是咸的,粗粝的,豪迈的。郑家晴感觉到了洪荒时代的那种空寂,那是创世纪的时代,地球上还没有人类,那种空寂是一种有美好生命在悄悄悸动的空寂,每逢这时刻,他都想哭一场,内心总是有某种屈辱的情感倾诉。

一方面,对于郑家晴来说,孤寂的海景象征着他不被人理解和茫然的心境。尽管作为商人的郑家晴坐拥钱财与娇妻,但是他并不幸福。他起初是渴望为国家贡献一分力量,可是却报国无门。妻子与朋友都囿于庸俗的幸福之中,根本无人能理解他的所思所想,因此他只能寄情于空荡大海,在大自然中寻找灵魂的共鸣。另一方面,大海亦展示了郑家晴所缺乏的品质,暗示了他性格中的弱点。尽管他始终有着理想却缺乏明确的目标与昂扬的斗志,而蕴藏着力量且象征着男子气概的海洋正好弥补了他软弱不坚定的性格特点。空旷而充满力量的海景是对郑家晴处境的最好概括,也是映照他人性弱点的一面镜子。而在作品《微风入林》中,季节与主人公的命运又再一次暗合。护士方雪贞在冬天的夜里第一次遇见了鄂伦春人孟和哲,而此时她与丈夫的婚姻生活也处在冬天,因此连象征着女性青春的月经也因为一次惊吓而停止了。而当"春天花着脸来到"时,孟和哲也带着青春活力闯入了她的生活,为她的生命注入了活力,使她重新变得"茁壮,汁液饱满"。在最为炽热的盛夏之际,方雪贞又再度迎来了青春的回归。可当夏日远去之后,孟和哲从她的生命中抽离,方雪贞则不得不又陷入庸碌的日常生活中,"生活又恢复了老样子,是那种使人窒息的平静"。方雪贞与孟和哲两人的感情在季节的更替中开始、发展、结束,不同季节的不同景色成了他们两人感情的最佳注脚。《树下》《白雪国里的香枕头》《北国一片苍茫中》等作品中自然景观与人物的命运亦交织与融合在了一起,共同引导了作品的走向。迟子建认为与人比起来"自然是永恒的"①,但是"不是所有的风景都可以进入作品的,单纯地描写风景是没有意义的"②,而"文学要做的,就是把单调、死寂的风景注入情感"③。当作者把亘古不变的自然风景与人世间的恩恩离合相结合,风景便具有了温情与浪漫的色彩,而转瞬即逝的人类命运似乎又在自然之中找到了永恒。

浪漫主义者不谙世务,喜好幻想,比一般人更需要精神家园。④ 而对于自小在大自然中成长的迟子建来说,大自然便是她的精神家园。在迟子建的观念中,只有大自然才能使人的精神得到真正的休憩与放松,人亦只有处在大自然中才能孕育出健康、优美的人性与情感。但是现代文明对自然的戕害却不可避免,于是迟子建不能不为大自然的凋敝唱起一曲挽歌,她所痛惜的不仅仅是自然景观被破坏,更是人类日渐失去了对自然和生命的敬畏之心以及大自然所赋予的人性的纯美。

迟子建对自然的依恋与热爱可以追溯到她写作之初。她在早期的作品《北极村童话》里便为读者塑造了一个自然中的童话世界:奔流的江水,炫目的极光,连绵的大雪,甚至连姥姥家的菜园都能给予"我"无尽的快乐,在成人世界中无意沾染上的愁绪也会在江边飘散;社会法则所带来的成见,也在自然的怀抱中被荡涤清洗。自然成了"我"心目中的精神乐土,相比于"我"终日不能见面的同龄人和忙碌的亲人,大自然中的山山水水成了"我"童年时期最好的玩伴与朋友。而在《亲亲土豆》中,大自然又呈现出另一种

---

① ② ③ 迟子建. 假如鱼也生有翅膀:迟子建最新散文 [M]. 长沙:湖南文艺出版社,2005:146 - 147.

④ 陈国恩. 浪漫主义与 20 世纪中国文学 [M]. 合肥:安徽教育出版社,2000:288.

景致,看似朴素平淡的土豆花,却营造出了清新动人的美。"那花朵呈穗状,金钟般垂吊着,在星月下泛出迷幻的银灰色。当你敛声屏气倾听风儿吹拂它的温存之声时,你的灵魂却首先闻到了来自大地的一股经久不衰的芳菲之气,一缕凡俗的土豆花的香气。你不由在灿烂的天庭中落泪了,泪珠敲打着金钟般的花朵,发出错落有致的悦耳的回响,你为自己的前世曾悉心培育过这种花朵而感到欣慰。"这样质朴的香气直触人的灵魂深处,幻化成了乡愁与眷念,深深地镌刻在了礼镇人的脑海之中,甚至连已经不在人世的礼镇人仍然被这种香气所牵动、所召唤,"不止一次通过梦境将这样的乡愁捎给他的亲人们"。土地与自然不仅是礼镇百姓的衣食之所依,还是他们哀愁灵魂的归依之所。当秦山知道自己得了癌症之时,第一反应便是回到自己家的土豆地中,把自己最后的血与汗抛洒在自己魂梦相依的热土中。在秦山的葬礼上,土豆所带来的"温馨的丰收的气息"不仅冲淡了葬礼的悲哀气氛,还抚慰了秦山之妻李爱杰的悲痛。人与自然在这一刻水乳交融,中国传统文化所追求的天人合一的境界,竟以如此温情而缠绵的方式呈现出来。自然带给人心灵的救赎与慰藉不唯在乡间可以体会到,就算在拥堵的难见春色的城市中出现的一片晚霞、一段夕阳仍旧能为疲惫的灵魂送去点点舒爽。在《疯人院的小磨盘》中,小磨盘的妈妈被命运折磨得失去了生命本来的光彩,她眼角那一垄垄犹如庄稼的鱼尾纹,青黄的面色,褪色的衣服,寡淡的言语,都"使人看不得",甚至可能"连她自己都忘了自己是一个女人"。唯有自然能唤醒她内心最深处的那一抹柔情。她爱看晚霞,"每回看了晚霞回来,她的眼睛就有了光彩,干活时更加卖力了"。有一次"晚霞闹得很欢,几乎半边天都是红红火火的霞光,它们像火一样地燃烧,像涨潮的海水一样汹涌着,美丽得无边无际"。她"看得激动万分,后来竟然哭了"。一直在厨房工作的她无法如乡间的居民们一样亲密地接触自然,但是因为一角小小的天空,因为这片时有时无的晚霞,她便也充分领略到了自然的馈赠。繁重的劳动、悲苦的命运与不顺遂的日常都在这一刻被尽数遗忘,留在她心里的只有自然的美,只有深深沉浸在自然之美中的震撼。自然给了这个疲惫的灵魂栖居的港湾,给了她逃离城市喧嚣与庸俗日常生活的空间。甚至因为这片晚霞,刘菊这个人物形象也变得丰满与浪漫起来:她对晚霞的热情勾起了人无尽的想象,在这样的热爱背后暗藏着怎样的故事与情愫?这看似单调、枯萎的女人是否仍然有着如火般的内心?是否仍然心存浪漫的故事?红霞带给她激情也装点了她看似平淡的人生。而在《鬼魅丹青》中,服装店的老板娘更爱看的是云,她认为"天就仿佛是一个大博物馆,它的藏品呢,是变幻无穷的云"。这些云给予了她无尽的想象空间,使她在做活累了之后,"喜欢倚着布店的门,痴迷地望上一会儿天"。她守着一片人间最鲜亮的颜色,创造出了万千美丽的人间风景,却依然为大自然的鬼斧神工所迷醉。那天边飘荡的白云涤荡了卓霞工作后的疲累,也安抚了她挣扎于不伦之恋中的心酸与孤苦。学者陈国恩认为浪漫主义者笔下的自然往往是与孤独、寂寞和寂寞中的主体精神的高扬联系在一起的。① 可是迟子建笔下的自然家园却似乎与孤独、寂寞无缘,反而随处都有人影与温度,自然与人共同拼凑出了一幅天人合一的和谐图景。她对于自然救赎的抒发也不同于古代失意的文人们,那种放浪形骸于山水之间、物我两忘的消极态度在她对自然的赞美中难觅踪迹,更多的反而是积极寻求自然庇佑的那份天真与得到自然馈赠之后的那份喜悦。

沈从文灵秀的湘西山水中走出了秀秀、三三、傩送等一批透着神性的自然儿女,而在迟子建纯净的冰雪自然王国中,同样有着一批具有粗犷、质朴、激情等北方气质的大自然精灵。对于迟子建来说,大自然不仅是人类心灵的休憩室,更如同人类品德的教母,在

---

① 陈国恩. 浪漫主义与 20 世纪中国文学 [M]. 合肥:安徽教育出版社,2000:284.

她的照拂与影响下人性才得以健全发展。

中篇小说《草地上的云朵》中的丑妞便是大自然的造物。她长得并不美，"眼皮很厚，细眯的小眼睛，大鼻头，鼻孔朝天翻着，似乎都可以插蜡烛了"，但是自然却赐给了她别样的风情，"她的头发长短不一地披散着，有些黄，头顶戴着一个花环。花环的花很杂，紫白红黄的花应有尽有。但正因为这杂色充满了生机；有一枝黄色的花似要掉下来的样子，半落不落地吊在她右耳际，为她平添了几分妩媚"。在大自然之中成长起来的丑妞与城里来的天水、清扬截然不同。她淳朴天真，甚至在天水他们嘲笑她时也浑然不觉，反而逗得他们哈哈大笑；她健康茁壮，在被太阳晒得滚烫的山间小路上也敢赤脚走路；她好客热情，愿意为天水、清扬这两个小客人偷西瓜吃……她的一举一动都充满了生机与活力，她的美与作品中描写的伊里库的山水、月光、微风等自然景观相得益彰。甚至同为孩子，她却比两个来自城里的小客人都多了一份淳朴与灵动。而在《银盘》中，城市与自然有了交集，自然人性的健全美在城市与自然两种文化的对比之中越发清楚明晰。吉爱本是一个幸福的乡村姑娘，家乡的清新与自然赋予了她淳朴、善良与无拘无束的个性。恋人虎生的背叛迫使她来到了城市，她的单纯、善良、质朴与城市的虚伪、狡诈、懦弱的气氛格格不入，亦与之形成了鲜明的对比。在她的健康、乐观的衬托下，瘦弱的酒店老板显得越发猥琐，而她对感情的真诚与执着亦与包工头的短腿侄女对待感情的态度形成了对比。尽管她有着鲁莽与愚昧的一面，譬如偷银盘子抵债，但是身上所散发出来的健康而自然的气息却颇具魅力，正是在人格魅力的召唤下恋人虎生最终放弃了金钱、地位和无爱的婚姻，回到了乡村选择了自然的女儿吉爱。还有《从山上到山下的回忆》中的安乐、《逆行精灵》中的小豁唇以及《采浆果的人》中的大鲁、二鲁等人身上都体现了原始自然人性，在乡村这种与自然零距离接触、相对封闭的环境里，他们的善良、淳朴等美好的品质得以养成并保持。

这样的人在迟子建看来才是个性健全的人,正如她自己所说:"我所理解的活生生的人,不是庸常所指的按现实规律生活的人,而是被神灵之光包围的人。那是一群有个性和光彩的人。他们也许会有种种缺陷,但他们忠实于自己的内心,从人性的意义来讲,只有他们才值得永久地抒写。"①

对现代文明的质疑和对人类破坏自然的隐忧一直潜藏在迟子建心中,在她看来,"现代文明的进程,正在静悄悄地扼杀着原始之美,粗犷之美。人类正一天天地远离大自然,心灵与天地的沟通变得越来越渺茫"②。人类丧失了自然这一生存之境与精神家园,只能在欲海之中艰难浮沉,内心却再难得到真正的安宁。《额尔古纳河右岸》便是迟子建为鄂温克族和大自然共同唱就的一曲挽歌。由于鄂温克族靠猎取动物与采集植物为生,因此他们与大自然的关系也就格外紧密。他们不畏惧自然,鄂温克族最好的猎手能够猎杀重达上千斤的堪达罕;但是他们也不轻视自然的力量,对自然的敬畏使他们猎杀一只野鸡后也要举行复杂的祈祷仪式,祈祷神的庇佑与饶恕。鄂温克人所居住的"希楞柱",临产所搭建的"亚塔珠",温顺的驯鹿,独特的风葬仪式,萨满跳神与苍茫的山,清澈的河流,凶猛的野兽一起构成了他们诗意的生活。早期的鄂温克族尽管生活艰辛,却始终展现着强大的生命力。在森林的庇佑下,每一次撕心裂肺的死亡,却总能带来新的生存契机。甚至在日寇侵占中国领土的时候,鄂温克人都没有放弃自己的游猎方式,没有放弃自己对森林的敬畏以及自己的生活理念与信条。可是,随着森林被砍伐,动植物大量减少,河流逐渐枯萎,鄂温克族失去了游猎的根

---

① 迟子建. 寒冷的高纬度:我的梦开始的地方[J]. 小说评论,2002(2):37.

② 迟子建,郭力. 迟子建与新时期文学:现代文明的伤怀者[J]. 南方文坛,2008(1):60-61.

本。而随之而来的便是鄂温克民族所代表的一种生态伦理的弱化。旧的伦理已经消逝,新的物质文明又无法填满内心的空缺,鄂温克族的后代不用再如先辈们一般承担生存的物质压力,却被新旧文化伦理狠狠拉扯,无法找到自己的位置,无奈地成了自然与都市之外的双重边缘人。这在出生于山外的鄂温克族孩子身上表现得格外明显,以"我"的孙女依莲娜为例,她已经失去了与自然的血脉联系,每次进山居住都格外渴望山外的热闹;但是她又难以忍受外界的喧闹,在山外居住过一段时间后又渴慕山间的景色;她不再如祖辈一般敬畏自然,敢违反戒律把有灵性的皮毛拿来作画;但是,她依旧热爱自然,她的画作表现得最多的便是鄂温克族生活的土地与场景。最终,她在痛苦与纠结中选择了自杀。依莲娜的自毁可以说是自然衰败之后,人类失去精神家园之后的一个必然结果。《额尔古纳河右岸》中鄂温克族的悲剧映射的其实是物质文明极端发展下的人类的悲剧,正如迟子建所说:"我其实想借助那片广袤的山林和游猎在山林中以饲养驯鹿为生的部落,写出人类文明进程中所遇到的尴尬、悲哀和无奈。这其实是一个非常严酷的现实问题。"①而小说《白银那》中所呈现的人与自然的关系则更为复杂。白银那是个黑龙江畔的小乡镇,这里居住的人们一直靠山吃山,靠水吃水。但是人类的过度捕捞,却使这条河变得贫瘠起来,再也难见鱼汛。河水的枯竭,使人们的生活方式不得不转变,曾经热火朝天的捕鱼业被种地与狩猎所取代。尽管对种地的人们而言温饱已经不成问题,但是"人们越来越觉得生活失去了光彩与韵味",甚至在白银那通上电之后,老人们"仍然觉得生活正在可怕地倒退",他们"逐渐地变得懒散、邋遢、灰心丧气,看人时表情漠然,目光呆滞,常常无缘无故地对一条狗或一只鸡骂个不休"。迟子建敏锐地感觉

---

① 迟子建,胡殷红. 人类文明进程的尴尬、悲哀与无奈:与迟子建谈长篇新作《额尔古纳河右岸》[J]. 艺术广角,2006(2):35.

到自然的破坏给人类带来了最大的心灵灾难。而当白银那鱼汛再度降临时，仍然不能处理好与自然关系的人类，遭到了更大的惩罚。面对鱼汛，"人们彻夜守在江岸上，不停地围剿打捞"。所捕猎的鱼类数量远远超过了白银那人们自己食用的数量。这一切成了乡长老婆卡佳死亡的诱因，形成了一个"鱼被人灭，人被鱼累"①的局面。受到商业文明的影响，人对自然的索取已经不单是为了满足自己生存的需要，更多的是为了赚取更为丰厚的利润。在这种想法的左右之下，人与自然和谐的局面已再难产生。同时，人与人之间的关系也在日渐疏离，被利益所左右的人们难以回到以前淳朴的状态，就如马占军夫妻一样，两人在乡亲们需要盐的时候涨价，只为获取高额的利润。自然与人类关系的崩溃，势必也影响到了人与人之间的关系。面对现代文明对自然空间的不断倾轧，迟子建笔下那个无忧无虑的自然王国已难以为继，那唯美的风景中便掺杂了作者一份为未来、为人类担忧的愁绪。因此作者在"作品中对大自然并不'纵怀的讴歌赞美'，相反，我往往把它处理成一种挽歌"②。

二、反抗丑恶

对丑恶现实的不满与反抗是浪漫主义的基本精神特征，正如鲁迅在《摩罗诗力说》中所说："立意在反抗，指归在动作……大都不为顺世和乐之音，动吭一呼，闻者兴起，争天拒俗，而精神复深感后世人心，绵延至于无已。"③而迟子建正是理性而又节制地表达出了对现代文明、现实社会的不满，以温情的方式表达了自己的

---

① 管怀国. 迟子建艺术世界中的关键词［M］. 长沙：中南大学出版社，2006：145.

② 文能，迟子建. 畅饮"天河之水"：迟子建访谈录［J］. 花城，1998（1）：119.

③ 鲁迅. 摩罗诗力说［M］//鲁迅. 鲁迅全集. 北京：人民文学出版社，1981：239.

反抗精神。她笔下芸芸众生诗意的生存则实现了对平庸现实的对抗，淳朴的人伦乡情则是对日渐淡漠的人际关系的反抗，人性的真善美则是对被恶意腐蚀的心灵的拯救。

正如西方思想史学家马丁·亨克尔所说："浪漫派那一代人需在无法忍受不断加剧的整个世界对神的亵渎，无法忍受越来越多的机械式的说明，无法忍受生活的诗的丧失……"① 日复一日琐碎的现实是杀死浪漫与理想的最大的敌人。迟子建笔下的人物通过对日常生活诗意的经营，对微小理想的坚持与追求，把平淡的岁月变成了一首诗，庸碌的岁月也不能磨损他们心灵的光华。

迟子建善于发现与书写日常生活中萌生出的浪漫情愫与点滴诗意，这些浪漫与诗意源于人们对日常生活诗意氛围的营造。《踏着月光的行板》中的夫妻便是带着诗意经营生活的典型。林秀姗与王锐是一对在城市打工的农民工夫妻，由于实际情况所迫，他们只能分居两地。尽管身处繁华的都市，但是舒适的生活方式都与他们无缘。"他们的钱得之不易，所以在花钱上，他们总是格外的仔细"：林秀姗的牙刷成了"鱼刺"也舍不得换掉，甚至连每月必须要买的卫生巾都舍不得买；王锐则把价值60元的廉价的西装当作最体面的衣服，为了省钱宁愿买大了两码的廉价皮鞋。两人互相探望时只能坐票价低廉、耗时多、环境恶劣的慢速火车，平日里两碗馄饨就已经是他们的美食了，他们甚至只能在肮脏的小旅馆中爱抚相聚。但是琐碎艰难的生活并未消磨掉他们对爱情与温情的美好期许，贫寒的生活在他们的经营下充满了诗意。普通的电话亭在他们的眼里也成了"情种"，而躺在30元的床单上便使他们有"置身花丛的感觉，暖洋洋的，似乎能闻到一股淡淡的馨香"的感觉。就算生活艰难，他们仍旧想着以自己的方式表达爱意，制造浪漫，在好不容易

---

① 王又平. 转型中的文化迷思和文学书写：20世纪末小说创作潮流[M]. 武汉：华中师范大学出版社，2011：19.

得到的中秋节假期里犹如调皮的孩子一般，满载礼物，踏上了互相探望彼此的路途。命运的阴差阳错，低下的社会地位和匮乏的物质条件使他们不仅错过了与对方的相聚，并且在路途上受尽了委屈，两人对彼此的关怀却在这一趟趟来去的火车上体现得淋漓尽致。现实的生活充满了艰辛：有人外出受了骗，转而又去骗别人，锒铛入狱；有人看到外面的花花世界动了心，把挣来的钱扔在了'三陪女'身上，回到下三营子就和老婆闹离婚；有的在打工时受伤落下了残疾，而雇主对此不理不睬，迫不得已走上了艰难的打官司的道路。但是这对夫妻却在彼此的温情中超越了苦难，以自己的方式反抗了世俗生活对爱情的消磨。在沉重庸常的生活中，正是这种人性的温情之光为他们穿透黑暗的生存夜空，照亮人生的漫漫旅程，引领着他们向着太阳携手并肩，顽强行进①。而在《起舞》中齐如云与丢丢这两个同样对生活充满热情与追求的两代女性，更是把自己的生活、爱情经营得充满了诗意。齐如云本是一位普通的女工，却在与苏联专家跳舞时起舞受孕，生下了中俄混血齐耶夫，尽管遭到旁人的批判与唾骂，但是对爱与美的追求和浪漫的恋爱、受孕的经历却又使她成了整个城市的传奇。而她的儿媳丢丢则与婆婆一样对爱与美怀着不灭的追求，她把日常生活中的诗意美发挥到了极致，连她经营的水果摊也充满了美感……老八杂的丁香花、神奇的地窖、美丽的半月楼等意象共同营造了丢丢生活中的诗意氛围，使她在美中远离了世界的庸俗。

在迟子建的作品中，人们所持有的信念与理想亦让平庸的生活变得多彩起来。《日落碗窑》中祖孙两人便因为梦想而焕发出了不一样的对生活的激情。孙子关小明观看了马戏之后就渴望学会顶碗的绝技，然后走遍天下。这个梦想遭到了所有人的反对，但是却使

---

① 曹民光. 当代东方的《麦琪的礼物》：读迟子建的《踏着月光的行板》[J]. 扬州教育学院学报，2006（2）：15.

年幼的关小明变得飘飘然,最终以弄瞎了爱犬冰溜子的眼睛收场。尽管最终他的理想破灭,但是却催生了爷爷的梦想。为了支持孙子继续练习,爷爷重新开窑制碗,在制碗的过程中也有了自己的梦:他渴望成功地烧制出碗。对于从来无人烧制过碗的村庄来说,"如果成功了这将是一件多么了不起的事情"。而在这个过程中,爷爷也跳出了日常生活的泥沼而重新获得了活力,曾经认为"愈老愈不中用"的他,竟在烧碗之后变得干劲十足。而他烧制的碗不仅美得"不像从窑里出来的,仿佛是由夕阳烧制成的",而且这个碗还带来了生命的奇迹,使语文老师王张罗终于有了自己的孩子。《塔利亚风雪夜》的那个想为妻子造出一瓶香水的李贵,《福翩翩》中渴望为妻子买按摩仪的刘家稳和《第三地晚餐》中希望为丈夫做一顿好吃的晚餐的陈青等都因为生命中出现的小小念想而让平淡的日子生出了一些波折,多出了一些故事。在迟子建笔下,甚至连看似违背伦理道德的对原始欲望的渴求也能催生出人们内心的活力,让日子变得诗意。最为典型的就是《逆行精灵》中的鹅颈女人。三十多岁的她是两个孩子的母亲,有着幸福顺遂的家庭,但是对于爱与性的渴望却仍然在她的心中回荡。于她来说,与丈夫之外的人发生关系并不是堕落、肮脏,亦不牵扯到道德,而是对自己心灵与欲望的释放。这种欲望的激情表达与大自然的生机美丽有机地融合,让鹅颈女人的"性"有了艺术的美感。① 如她和拖拉机手之间的性爱,是发生在无人的麦地,"那天她只是漫无目的地朝麦地走去,后来微风起来了,金黄色的麦穗在风中摇曳,如一串串风铃在歌唱。阳光在麦地上波澜起伏,她是第一次感觉到阳光会跳舞"。在那美妙的自然中,她认为她不是在与拖拉机手发生关系,"而是在和麦子做爱"。那寻求欲望满足的过程便是这个女人与平庸生活对抗的过程,

---

① 管怀国. 迟子建艺术世界中的关键词 [M]. 长沙:中南大学出版社,2006:258.

那些浪漫的经历便是她对抗庸碌的法宝。尽管她仍旧需要回到自己平淡无奇的生活中,但却获得了一份平和的面对世俗磨炼的心态。正如有些学者所说:"这种半是放浪半是天使、半是世俗半是浪漫的女性形象,在当代文学创作中是极为罕见的。"① 对于迟子建而言,"浪漫不是造出来的,而是天然的流露"②。在迟子建看来,媒体所大肆宣扬,城市人所接纳的浪漫并不是真正的浪漫。浪漫与生活的诗意不是蕴藏在灯红酒绿的酒吧,不是一束玫瑰,更不仅仅是携手郊游和在剧院听戏。"生活中的真正的诗意是浸润在朴素的生活里的"③,世俗生活中对美好的感悟与经营便是浪漫与诗意的来源。

现代文明的发展是以物质为基础的,那种人与人之间的冷漠与陌生取代了情感的介入与交流。④ 迟子建则始终在寻找走出这种人际冷漠困境的方式,从现代文明中难以寻求到答案的她,不得不向传统回归,期望从中国传统文化思想中找到解决方法。中国儒家文化传统强调"伦理治国",血缘亲情在中国社会中有着极其重要的意义,基于这样的伦理道德逻辑,朋友、邻里之间的温情成为维系社会关系的重要手段便显得合情合理。因此,迟子建相信家庭的温暖与和谐的人际关系是带人走出人际冷漠困境的重要方法。

在作品《花瓣饭》中这样的人伦亲情对于冷漠人际关系的缓和最为明显。在特殊的年代,妈妈被批判为"苏修特务",作为小学

---

① 崔苇. 民间理想与温情营造:迟子建近作评述 [J]. 小说评论,1999(5):47.

② 迟子建:假如鱼也生有翅膀:迟子建最新散文 [M]. 长沙:湖南文艺出版社,2005:146-147.

③ 方守金,迟子建. 自然化育文学精灵:迟子建访谈录 [J]. 文艺评论,2001(3):86.

④ 周胜男. 坚守传统,拒斥现代:迟子建文学创作的价值立场研究 [D]. 哈尔滨:哈尔滨师范大学,2011:40.

校长的爸爸被贬为装卸工。外界对他们的迫害同样影响到了姐弟三人对待父母的态度,父母与子女之间的亲情受到了冲击。弟弟"黑印度"甚至"不管爸爸叫'爸爸'。他称爸爸为'他'",面对父母在大雨夜没回来的现实,他变得尤为冷漠。姐姐也"正在拟写一份与父母的决裂书",为了参加红卫兵而和父母划清界限。而"我"的父母却始终互相惦念,并牵挂着儿女。他们在雨夜中一次次地找寻对方,又一次次地错过,尽管自己在生活中吃尽了苦头却不断担心对方遭受伤害,在他们的错过与找寻之中,温情便犹如湖水在这个家庭一波波地荡漾开来,使姐姐的决裂书变成了"皱巴巴的纸团""被弃在了墙角",而弟弟则一改起初对父母的冷漠态度,对父母的尊敬与爱意在心中复苏。最终"我"的父母安全回到了家,他们之间的情谊具化成了母亲手中的花束,当那些花瓣掉落在了粥里被我们一一喝下,亲情的馥郁浸润进了我们日常的生活中。在那人情冷漠、颠倒黑白的年代,脉脉温情却使人得以超越时代的错误,抵御冷漠与无知对人心的侵袭。绵密的亲情对冷酷的外界进行着温柔的还击。而在《福翩翩》中,柴旺与王莲花、刘家稳与刘英两对夫妻也是在爱中化解了彼此的误会,消除了人际的隔阂。首先是刘家稳与刘英这对夫妻,刘家稳因为失去了双腿无法工作,对妻子产生了怀疑,而一台由邻居柴旺送的按摩仪则使两人的关系降到了冰点,但是在柴旺道出实情后,他们夫妻彼此都对对方有了更深的了解。其次则是柴旺与王莲花之间经历了从误会到和好的过程,相较于知识分子夫妻刘家稳和刘英来说,柴旺与王莲花之间的感情表现形式更为质朴与直白。两人共同熬过了下岗失业、儿子入狱等磨难,始终贴心地为对方着想,但丈夫送给邻居刘英昂贵的按摩仪触怒了妻子。王莲花对丈夫的失望使她不仅烧毁了丈夫为她买的礼物,还砸坏了一切过年的用品。夫妻之间的爱意与理解,最终融化了王莲花心中的隔阂,消除了与丈夫之间的壁垒,重又成了"柴旺家的"。而且在迟子建的作品中,她往往还通过对比结构的应用进一步强调与佐证了成员间的互相关爱对于消除人际冷漠的重要性。如《盲人报摊》中盲人夫妻俩,尽管他们不能看见彼此,收入也并不丰厚,但是与大杂院中其他几家比起来却幸福宁静得多;《花瓣饭》中"我们"一家互相和解的结局也与《没有了夏天》中爸爸最终上吊死亡的结局形成了鲜明的对比。

和谐的人际关系在乡土社会中则表现为邻里之间亲密的感情,表现为乡邻之间的互相帮助。在《沉睡的大固其固》中媪高娘把这种乡邻之间的情义表达到了极致。大固其固本是个离县城十余里的安静的小镇,但是来到镇上的魏疯子却打破了小镇的平静。他由于引起火车事故而变得疯癫,时常徒手捏死老鼠。而人人都把这称之为不祥的征兆,这引起了善良的媪高娘的担忧,她并非为自己担忧,而是担心小镇和孩子们。当相面人以鼠镇的可怕景象吓唬她时,她甚至跪下来求救,只因为"一想到孩子们将要由于一个疯子而受到连累,嫩嫩的脸蛋将要被老鼠所啃啮,她就心疼得直哆嗦,她怎么能不乞求呢?"面对自己所"发自内心地爱着"的小镇与小镇上的人,"她就是做什么也舍得出来的",她甚至"就在她死前的一刹那间,她还在内心里深深地祈求着,不要把这灾祸带给孩子、带给小镇,让她一个人顶了吧!"虽然媪高娘还是未能躲过劫难,但是她对邻里乡亲的无私感情却深深感染了小镇中的其他人,积怨多年的刘合适与校长终于拆掉了院子里的墙,不再互为敌人。而在《白雪的墓园》中由于父亲亡故,当"我"不得不提起水桶去打水时,所有排队的男人们"见我来了,他们全都热情地让我先打"。当"我"倔强地拒绝他们的好意时,"前面的人把水先倒进我桶里了"。这些淳朴的乡邻面对"我"丧父的哀痛,无法说出安慰"我"的话,却用行为来表达了对"我"以及"我"的家庭的关照,也在无形中向"我"许下了一个承诺:父亲不在了,同住一起的乡邻们一定会照顾我们的。而《逝川》中为吉喜捕捉泪鱼的乡亲们,《西街魂儿》中为宝墩奔忙的街坊,《群山之巅》中为李素珍求情的街坊们共同勾勒了一幅世俗之中的温情画卷。

　　经济的高速发展带来了当今物质生活的极大丰富，但是人们也不可避免地受到物质文化的影响，面对现代文明之下逐渐变异的心灵，迟子建坚定地站在民间立场之上，渴望用真善美对抗人性的沉沦。

　　首先，人情的真善美对生命中复仇的恶意起到了净化的作用。在《蒲草灯》中"我"杀害了妻子与五舅。妻子对物质与欲望的贪婪，五舅对道德与亲情的蔑视也激起了"我"内心复仇的恶意，最终"我"不顾法律以残忍的手段杀害了他们。在逃亡的路上，"我"内心涌动更多的不是愧疚与悔意，而是对被杀者连绵不断的恨意与对生的渴望。但是当"我"遇到骆驼之后，他的宽容大度与善良却使"我"身上的人性的光辉得以重现。生活在乡村的骆驼因为与日本遗孤结婚，一直受到旁人的嘲笑，可是他并没有因此而丧失人性，甚至在妻子带着女儿抛弃了他之后，他仍然为妻子和女儿祝福，那盏妻子为他编的蒲草灯散发出的是人性的光辉。我与骆驼都经历了妻子的背叛，生长在乡村的骆驼却把对妻子女儿的爱转化成了对他人，对自然的爱，而"我"却把对妻子的爱转化成了对人的恨意和对世界的报复。在骆驼的感召下，"我"不再逃跑，而是紧握着象征人性之善的蒲草灯走上了绝路。善意与温情似乎不能改变"我"作恶的事实，但是却唤醒了"我"内心对生命的尊重，使"我"最终对自己的罪行进行了审判。而《驼梁》中善意对王平的感染更为彻底。17岁的王平经历了失恋与落榜的双重打击，他因担心暗恋的女生李淑娟身体不适，而只能"呆呆地看着试卷，一筹莫展"导致了最终落榜。他心爱的姑娘也在他告白之后给了他一个耳光。酸楚的初恋和晦暗的前途使他萌生了去李淑娟学校进行报复的念头。可是山路上"益发小卖店"的店主与司机李贵却让他感受到了善意与温暖，放弃了那个略显稚嫩的报复计划。正是因为有了小店店主和李贵这些善良的人们发自内心的"鲜亮与活泼"的光,王平内心的黑暗才会被驱散,那一辆"复仇之车"也才能从"悬崖边倒到正路上来"①。以对人性真善美的讴歌来对抗复仇之恶,这样的对抗方式遭到了不少人的质疑,甚至被看作是对她写作的某种阻碍,认为"你太过温情的笔触遮蔽了人生某些残酷的世相,阻遏了你对人性中恶的一面的更深一层的探究和揭示"②。但是她却"更信奉温情的力量同时也就是批判的力量,法律永远战胜不了一个人内心道德的约束力"③。

拜金主义同样在侵蚀着人的心灵,使人忘记了礼义廉耻,而愿意用灵魂去交换利益。迟子建依然希望可以通过人性之中的真善美清除金钱对人性的腐蚀。《夜行船》中的八两街原名叫作沉雪榭,可是由于聚集在这里做生意的商贩的不老实,原来风雅的名字便被遗忘了,而得了这个不雅的诨名。与名字一起被遗忘的还有这些商贩心中经商的诚信与道义。其中最为典型的便是李瓦罐与他的孩子小泥猪。李瓦罐把赚钱当作了最重要的事情,时时宣扬"这世道,有奶便是娘!"而小泥猪作为自小在这条街上长大的孩子,在拜金主义理念的熏陶下,不仅丧失了童真和对知识的渴望,甚至变得为了获取金钱而不择手段。为了打击父亲的竞争对手他不择手段,在五香猪蹄铺中放入蟑螂,在炸鸡店的油桶放入盐巴,雇来小孩在烧烤铺前号哭,可是爱财如命的父亲李瓦罐"不但不责备他,还夸奖他,更使得他有恃无恐,得寸进尺地在八两街上横冲直撞,越发像个小无赖了"。而善良忠厚的舅舅和母亲对父子两人的劝诫也毫无作用。靠金钱维系的父子关系终究是脆弱的,李瓦罐在儿子出事后

---

① 管怀国. 迟子建艺术世界中的关键词 [M]. 长沙:中南大学出版社,2006:114.

② 文能,迟子建. 畅饮"天河之水":迟子建访谈录 [J]. 花城,1998(1):116.

③ 文能,迟子建. 畅饮"天河之水":迟子建访谈录 [J]. 花城,1998(1):116-117.

对他的埋怨，使小泥猪看到了被金钱侵蚀的龌龊肮脏的亲情，最终与父亲之间有了罅隙。而养鸭户的女儿叶蜻蜓却用自己的单纯、善意唤醒了小泥猪蒙昧的心灵。她纯真的笑意与对知识的渴求使小泥猪反省了自己的错误，明白了知识与善良的可贵。善良与纯真挽救了小泥猪饱受利益与金钱腐蚀的心灵，拨正了小泥猪生命的航向。而《白银那》中利欲熏心的马占军夫妇同样也在善意的感召下重拾淳朴。当白银那出现巨大的鱼汛后，家家户户都捕捞了大量的鱼，但是天公不作美，连日的阴雨使鱼无法被晒干，人人都需要大量的盐来腌鱼。马占军夫妇却在此时坐地起价，盐的价格高得令人咂舌，同时他们还割断了电话线使白银那不能和外界联系，收鱼的鱼贩子也无法及时赶到，大批的鲜鱼腐败变质。面对人们的唾骂、亲生儿子的央求，被金钱迷了眼的马占军夫妇丝毫不为所动。良知在拜金主义者面前毫无用武之地。他们自私的行为最终酿成了惨剧，村长的妻子卡佳为了挽救不断腐烂的鱼进山背冰，被熊袭击最终死在了山里。全村人都沉浸在悲愤之中，希望惩罚马占军夫妇为卡佳报仇，但是村长王德贵却选择了原谅他们。人情真善美焕发出了巨大的能量，使夫妻两人深刻认识到了自己的错误，迷途知返。他们放弃了可能得到的利益，降低了盐价，并在每户需要盐的村民门口放上了盐。他们心中人性的回归正展示了人性善的巨大的力量。

迟子建所描写的人性的善并非是惊天动地的，但却犹如脉脉泉水不断地冲洗着人间的罪恶。正如她自己所说："你无需刻意拾取，那种温情的东西就会从生活的每一个细节中探出头来。这种温情有时就会有意无意地稀释外部环境的蛮荒和残酷。"①

---

① 迟子建，周景雷. 文学的第三地［J］. 当代作家评论，2006（4）：43.

三、追求神性

迟子建的作品充满了神秘的氛围,在她的笔下,生与死的界限不甚明晰,人类的灵魂在人类的躯体死去之后却依然游荡在人间;而晦暗不明的梦境传递着大量的信息,梦境与现实结合往往制造出一种如梦如幻的秘境;美丽的传说则更清晰地表达了作者对自然、生死的态度;而神秘的礼仪风俗则使她笔下的浪漫氛围带上了浓郁的地域色彩。

对于迟子建来说死亡并不意味着生命的终结,她说:"我相信生命是有去处的,换句话说,我相信人是有灵魂的。"① 因此死者往往以灵魂的形式留在了人间,继续与亲人朋友为伴,灵魂的存续冲淡了死亡的悲哀与残酷,反而带有一种对另一个世界的期许与希望。她笔下的灵魂有些是在生者的深深期盼之中缠绵人间,给予着生者无限安慰;有些灵魂的出现则具有无限的象征意义,往往表达的是灵魂本身对世界的期许或歉疚。

迟子建认为:"在那里,生命总是以两种形式存在,一种是活着,一种是死去后在活人的梦境和简朴的生命中频频出现。"② 因此与传统意义上的可怕的厉鬼不一样,迟子建笔下的灵魂不仅没有鬼气,还带有人间的烟火气,在他们身上因死亡而折断的亲情与爱情得以延续。其中最为典型的便是《向着白夜旅行》中"我"与马孔多的旅行。一路上"我"与他同吃同住,共同商量行程,而他亦改不掉拈花惹草的毛病,眼神不断在女人身上逡巡。"我"身边虽有他相伴,却不断遭到周围人狐疑的眼光。当旅程结束,"我"才得知马孔多早已死在一场车祸中,他绝不可能陪"我"去看极

---

① 迟子建,郭力. 迟子建与新时期文学:现代文明的伤怀者 [J]. 南方文坛,2008 (1):62.

② 迟子建. 秧歌:迟子建文集2 [M]. 南京:江苏文艺出版社,1997:2.

夜。"我"与他的旅行似乎只是"我"的臆想，但是我们两人关于坐船的争执，回族饭店女老板的死亡又分明切实地发生了。亦真亦幻之间，"我"与他的旅行似乎存在着一种荒诞的感觉，但更多使人体会到的是"我"对他超越了生死的爱和刻骨的深情与浪漫。前夫马孔多的灵魂抚慰了"我"对他的眷念，圆满了"我"的心愿，也使我能够正视生死，大胆放手。相较于《向着白夜旅行》的荒诞与迷幻，《白雪的墓园》中父亲灵魂的回归则更带有一种温情与不舍。父亲在除夕的前一个月去世了，而在父亲咽气的时候，母亲的眼睛里突然长出了一颗红豆一样的东西，"我总觉得那是父亲的灵魂，父亲真会找地方。父亲的灵魂是红色的，我确定他如今栖息在母亲的眼睛里"。似乎因为父亲灵魂的陪伴，母亲不仅坚持亲自操办了整个年节，而且"自始至终，她没有落一滴泪，她的眼睛里收留着那个柔软的孩子般栖息在她眼底的灵魂"。当母亲为父亲送葬之后，母亲眼里的红豆便消失了。只因为"他不肯一个人去山上的墓园睡觉，所以他才藏在母亲的眼睛里，直到母亲亲自把他送到住处，他才安心留在那里"。父亲的灵魂竟然变成了一颗栖居在母亲眼里的红豆，这颗红豆神奇的出现与消失成了父母感情的最佳佐证，文本也因此充满了浪漫与神秘的情调，使人为父母之间的深情而动容。《亲亲土豆》中得病而死的秦山的灵魂则寄托在了一个"又圆又胖"的土豆上，它犹如一个小孩子一般滚到了妻子李爱杰的脚边，使李爱杰不禁轻轻地嗔怪。《摇渡相思》中得豆已逝父母的灵魂依然守护着女儿，使得豆不至于太孤单。

有时候灵魂的回归则带有对生的眷念与渴望，它们展现的是对人世、对美好生活的深深不舍。在《格里格海的细雨黄昏》中寄居老人的灵魂便是因为热爱音乐而留在人间。"我"为了能够安宁地写作而前往莫那小镇，但是寄宿小屋的房主父亲的灵魂却让"我"依然难以得到安宁。未曾燃完的蜡烛，每夜灶房中响起的富有韵律的声音都让"我"胆战心惊，不得不请来巫师与灵魂周旋，最终还是不得不搬出了那座小屋。直到"我"前往格里格的故居，听到了那些美妙的音乐之后，我才联想到屋主王表曾经说过自己的父亲热爱音乐，热爱自然之声，才明白那是一位逝者对美的向往和渴望，对毕生所爱的一种执着。至此"我"才真正理解了那些灶房里的声音是往生者自己为自己弹奏的音乐，"我"与那位老人的灵魂通过音乐达成了某种和解。而在《青草如歌的正午》中陈生的妻子杨秀灵魂则不断回归，要求自己的丈夫为自己编织各种各样的物件，期望在另一个世界享受自己在尘世所未曾享受到的，凡此种种展现的仍然是对人间的眷念。《伪满洲国》中栾老四的老婆"她是中年死的，想必是没活够，天天托梦给栾老四，今儿要衣服，明日要箱子，后天要脸盆，大后天可能又要枕头"。她对生的执着变成了对人间物质的渴求，使栾老四不得不变卖家产为她置办东西，几乎倾家荡产。活人的生存与灵魂的欲望在人境展开了纠缠。

迟子建描写刻画众多灵魂与其说是为了营造一种神秘的氛围，不如说她在展示自己独特的生死观。正如文学评论家戴锦华所说："在迟子建的世界里，生与死与其说是相互对立的两极，不如说是彼此渗透的生命之维自身。"① 对灵魂存在的相信，也奠定了她温情书写的基础，正如她所说："作品里有这种倾向，我很少把人逼到死角，我写这些人的恶肯定是生活当中存在的，可是连我都不知不觉，我到最后总要给他一点活路，让他内心还留一点泪水，留一些柔软的东西。"② 因此作者笔下的灵魂大都是亲切的、温暖的，他们传递出的是一份超越生死的感情。

在迟子建看来，"梦境也是一种现实，这种现实以风景人物为

---

① 戴锦华. 迟子建：极地之女. [M]//迟子建. 格里格海的细雨黄昏. 南京：江苏文艺出版社，2003：305.

② 迟子建，郭力. 迟子建与新时期文学：现代文明的伤怀者[J]. 南方文坛，2008（1）：62.

依托，是一种拟人化的现实，人世间所有的哲理其实都应该产生自它们之中……梦境的语言具有永恒性，只要你有呼吸、有思维，它就无休止地出现，给人带来无穷无尽的联想"①。因此在迟子建笔下，梦境一方面是对现实处境的反映与美化，另一方面又与虚空相联系，预示了做梦者的未来。

在迟子建笔下，梦有时候是对严酷现实的一种补充。在梦中，人们被压抑的人性、愿望得到舒展，梦境带给了人类超脱现实的可能。正如本雅明所说："在梦幻中，荒谬的东西得到展现，仿佛使理所当然的东西失去意义是理所当然的事，因此，梦幻代表了可能的、非同一性领域。"② 这在作品《重温草莓》中体现得最为明显。因为父亲死亡，母亲卧床不起，面对大学录取通知书，"我"茫然失措，不知道未来之路该如何走。而在一次微醺之后，"我"却在梦境之中遇见了父亲。在梦中"我丧失了所有的方向感"，与父亲的交流也是无序的，可是他的"手温让我舒畅和惬意"，在向他的倾诉中"我"不再烦恼。最终他幻化成了如太阳一般光明的球体，让"我"体会到了夺目的光明与温暖，在梦中聚集起了面对未来磨难的勇气。这样的梦境正是源于"我"对父亲的思念以及重新获得父亲保护与支持的渴望，尽管在现实中"我"永远失去了父亲，但是在梦境中"我"却得到了"我"想要的。"我"与父亲在梦境中重续父女之缘，梦圆后的甜美与丧父的悲痛交织在了一起。而在《伪满洲国》中杨浩的兄弟与父母皆被日本人所杀，他被杨老汉收养，可是在他夜晚的梦境中他总能"恍惚看见哥哥的身影，听见弟弟的话语"。以至于他从梦中坐起，哀求："哥哥，我是小浩，我看

---

① 迟子建. 寒冷的高纬度：我的梦开始的地方 [J]. 小说评论，2002 (2)：37.

② 沃林. 瓦尔特·本雅明：救赎美学 [M]. 吴勇立，张亮，译. 南京：江苏人民出版社，2008：129.

见你了,你别藏起来啊。"家庭破碎之后,杨浩只能在梦境之中重温过去的温情,使人不无心酸,也加深了对侵略者的恨意。

正如樊星所说:"感觉是一个变化无穷的世界。感觉是一个难以言述的领域。感觉与个性联系在一起,与独特的生命体验、心理素质、想象力紧密联系在一起。而女性,又因为具有比男性更为敏锐、丰富的感觉,而更善于描绘那变化无穷、玄妙无比的感性体验。而在感性世界中,预感又尤其神奇。"① 迟子建笔下的另一类梦境就写到了预感及其应验,这样的梦境充满了作者的个人体验,显得愈发神秘与难解,展现了作者丰富的想象力。

在《逆行精灵》中一个神秘的白衣女人三度入梦。因为道路受阻,客车上的一班客人只能滞留在塔纷养路段。有着不同身份不同心境的旅客对于这段滞留有着不同的心态,各自消磨时间。而在梦境中反复出现的白衣女人却为这段旅程平添了几分美感与神秘。在孕妇梦中,"那女人全身都是素白的,穿着纱样的长裙。她飘得低时,她的裙子就滑着了树梢上的雨珠;她飘得高时,云彩就擦着了她的脸"。而不能表达的老哑巴则用纸笔画出了一个会飞的女人。小豁嘴则是在半梦半醒之间"突然发现在雾间有一个斜斜的素装的女人在飞来飞去,她披散着乌发,肌肤光洁动人,她飞得恣意逍遥,比鸟的姿态还美"。孕妇、老哑巴与小豁嘴三人之间并无交集,白衣女人却同时出现在了他们的梦里,无人明确这个白衣女人到底是谁,将要去哪儿,但是她似乎对人类的命运有着无穷的暗示,最终老哑巴吊死在了丛林中,而这片丛林正是梦中白衣女人出现的丛林。这样的巧合不禁使人疑窦丛生,对于白衣女人有了更多的猜想与联想。在《白雪乌鸦》中,因为鼠疫病的肆虐,点心铺子的于晴秀带着女儿被隔离在了白区疑似病区,而她的儿子与丈夫已经住进了医院,生死难料。可是梦却为她传递了消息,在她的梦中,儿子

---

① 樊星. 当今女性文学与神秘主义 [J]. 学术月刊, 2009 (8): 107.

喜岁飘进屋来仍然如往常一般要刺破恶罐,随后却骑着白马走了,于晴秀被他远远地抛在了后面。而她从梦中惊醒之后,便"明白周家人这是把她和喜珠抛弃了",儿子与家人难以逃脱死亡的命运。而在《旧土地》中的老女人亦是在梦中看见了自己的丈夫,明白自己的死期将至。《岸上的美奴》《九朵蝴蝶花》中同样写到了难解的梦境,表明这梦境背后是对做梦者未来的神秘暗示。

流传在东北大地上的神话与传说可以说是迟子建最早的文学启蒙了,她说:"这些神话和传说是我所受到的最早的文学熏陶了,它生动、传神、洗练,充满了对人世间生死情爱的观照,具有悲天悯人的情怀。"① 她甚至认为:"我喜欢神话和传说,因为它们就是艺术的温床。"② 在迟子建所构筑的神秘世界中自然少不了传说与神话的踪迹。迟子建笔下的神话与传说往往是关于自然界中动植物的,在这类神话故事中,作者一般都构建了颇有诗意与美丽的意象。

迟子建的小说《逝川》中的故事便是由一个有关泪鱼的浪漫传说引起的。泪鱼是逝川独有的一种鱼,它的"身体呈扁圆形,红色的鳍,蓝色的鳞片",而且这种鱼被捕上来时"双眼总是流出一串串珠玉般的眼泪",初冬它们到达逝川时,总会使逝川充满了"悲凉之声",可是只要它们被渔夫抓住放在木桶中,得到了渔妇们的安慰,便不再哭泣,安静地重又被人们放入河中,继续游去。而在阿甲村中更传说"泪鱼下来的时候,如果哪户没有捕到它,一无所获,那么这家的主人就会遭灾"。预示吉祥的泪鱼却给接生婆吉喜出了不小的难题,在泪鱼即将来到的时候,一个产妇将要生子。如

---

① 迟子建. 寒冷的高纬度:我的梦开始的地方 [J]. 小说评论,2002(2):37.
② 迟子建. 寒冷的高纬度:我的梦开始的地方 [J]. 小说评论,2002(2):36.

果吉喜一直陪伴在产妇身边,那么她势必错过捕捉泪鱼的机会,留下产妇则会使婴儿与产妇面临危险。与其说是传说与现实使吉喜挣扎纠结,不如说是人性的私欲与无私在拉扯吉喜。最终吉喜选择了留在产妇身边,在这一刻吉喜身上所焕发出的人性的光芒,甚至超过了泪鱼传说所带有的神性的光芒。而当吉喜赶到河边,看到大家为她打捞的泪鱼时,这种人与人之间互相关爱的淳朴情感以泪鱼为纽带进一步得到展现。正如学者杨莉所说:"作家以亦写实亦空灵的写作方式,使小说里的神话传说与人物的精神光辉彼此浸润,现实与诗意的理想交融。"① 泪鱼传说所具有的神性与人身上所具有的高洁人性交相辉映,更衬托出了人性的纯美。可在展现人性美的时候,却无法忽略掉这美丽背后的恶,这恶实则是"女子无才便是德"的男权思想对吉喜一生的压抑。年轻时的吉喜健壮、能干、美丽,可尽管男人们都喜欢她,却无人敢把她娶回家,甚至连曾经私定过终生的胡会最终也没有迎娶她,一切只因为"你太能了。你什么都会,你能挑起门户过日子,男人在你的屋檐下会慢慢丧失生活能力的,你能过头了"。因为世人对女性才干的畏惧,吉喜便孤独了一辈子。泪鱼的特性成为吉喜生活的一种投射。美丽的泪鱼本身象征着祥瑞,同时抓捕泪鱼然后放生的行为却又带着诅咒,就像能干、聪慧之于吉喜,是她的福气却又酿成了她一生孤苦的悲剧。《逝川》中哭泣的泪鱼折射和表现出了人性的真善美,但是在这真善美之后更蕴藏了万千人生艰难。在《他们的指甲》中也出现了关于鱼的传说。如雪居住的小镇边有一条波河,传说波河有条七彩神鱼,它庇佑着小镇,使小镇一直安宁。但是采砂船的到来使"河上机器轰鸣,柴油机冒出的黑烟弥漫在水面上",波河与小镇的宁静被打破,人们更是传说连神鱼都被惊扰,游向别的地方。自此之后

---

① 杨莉. 论迟子建的乡土小说创作 [J]. 信阳师范学院学报(哲学社会科学版),2002 (3):110.

小镇人人自危,小镇居民放羊的吴老侃更是说:"沙船把波河里的五彩神鱼给惊走了,往后咱这里不会消停了。"连如雪的鸭子被鹰叼走也被视为是不祥的征兆,"老鹰现在叼鸭子,没准儿过些天,山上的狼会下山来吃我的羊呢"。在这个传说中,那条富有神性的五彩神鱼便是神圣自然的化身,人们对五彩神鱼的敬畏便是对自然力量的敬畏。也正是因为这种敬畏,人们与自然才能和谐相处,正如小镇人与波河的亲密无间,"住在坝下的人家,来这儿放鸭子放羊的,洗衣服刷鞋的,谈恋爱放风筝的,玩水洗澡的,打猪草钓小鱼的,以及男人间靠拳头解决纠纷的,比比皆是"。可是采砂船却破坏了这样一幅和谐的景致。这个神话传说透露出了作者对现代文明戕害自然的隐忧。在《沉睡的大固其固》《额尔古纳河右岸》《支客》中也同样有着关于动物与自然的美丽传说。在这些传说中,动物都被赋予了神性,或能带来福祉,或能保一方平安。这些有关动物的传说是作者"万物有灵"思想的进一步表达。在她看来,万物都是个性与神性的共同体。正如她自己所说:"也许是因为神话的滋养,我记忆中的房屋、牛栏、猪舍、菜园、坟茔、山川河流日月星辰等等,它们无一不沾染了神话的色彩和气韵,我笔下的人物也无法逃脱它们的笼罩。"①

神秘主义是一种与生命体验紧密相连的精神状态,时而又与古老的民俗和地域文化联系在一起。而古老的民俗与地域文化中又积淀了丰厚的前人的"集体无意识"②。迟子建通过对东北民间风俗以及萨满教风俗的描写,展现了东北神秘文化的地域风采。

迟子建在访谈中曾说:"萨满教盛行于北方的少数民族,萨满是沟通天和地的通灵人。在狩猎文化中,最突出的便是'万物有

---

① 迟子建. 寒冷的高纬度:我的梦开始的地方 [J]. 小说评论,2002 (2):37.

② 樊星. 当今女性文学与神秘主义 [J]. 学术月刊,2009 (8):110.

灵'论。而萨满用他们身上神灵所赋予的法力,出色地演绎了万物有灵……萨满身上所产生的神奇的法力,比如说能在跳神时让病入膏肓的人起死回生等等事例,已经屡见不鲜。既然大自然中有很多我们未探知的奥秘,我们就不能把萨满的存在看成一种'虚妄'"①。但是需要阐明的是,迟子建并非宗教的狂热的鼓吹者和信仰者,而是对萨满教中的神秘诗意产生了兴趣。而萨满教文化的神秘与诗意最明显的便表现在她对萨满教意识与萨满形象的塑造。萨满教具有非常复杂的仪式,包括祈雨、捕猎、治病与丧葬等,其中颇能代表萨满教中心文化奥义的便是丧葬仪式,在《额尔古纳河右岸》中有大量关于死亡与丧葬的描写。风葬是萨满教最为主要的丧葬方式,成人在死后"选择四棵挺直相对的大树,将木杆横在树枝上,做成一个四方的平面,然后将人的尸体头朝北脚朝南放在上面,再覆盖上树枝"。而且风葬的场地也是与死者的意愿和死亡方式有关。达西是与自己的猎鹰奥木列一起同狼战斗到死的,因此"尼都萨满把鹰的骨架也拾捡起来,把它同达西葬在了一起"。而"我"的父亲林克则是被雷电劈死的,所以"雷来自天上,要还雷于天,所以他的墓一定要离天更近"。而且在风葬的同时还可以杀掉驯鹿以及放置生活日用品进行陪葬,使人死后依旧有东西可用,有驯鹿可骑。这种风葬方式与萨满教的灵魂观念有关,在他们看来,灵魂生生不灭,最终仍然是要回到宇宙中的,风葬则暗示离天更近,离自然更近,肉体最终演变成尘土归于森林,而灵魂则飞升上天。除了对萨满教各种仪式的描写外,萨满形象的塑造更具有神秘的意味。在《额尔古纳河右岸》中,迟子建塑造了两位萨满,他们的存在便是一种神迹的表现。"'萨满'一词来源于古代鄂温克语,意为'狂欢、激动、不安'的人,又称'先知者'、'神通

---

① 迟子建,胡殷红. 人类文明进程的尴尬、悲哀与无奈:与迟子建谈长篇新作《额尔古纳河右岸》[J]. 艺术广角,2006(2):3.

者'、'通晓者',意思是什么都知道的人。"① 他们可以与自然沟通,可以预知未来,还能通过跳神来治病救人。往往在老萨满死掉三年之后,新的萨满身上就会显现出神迹。比如,妮浩萨满竟然可以在雪地中光脚奔跑,可以一睡就睡上七天七夜,甚至能够一口吞下有"野鸭蛋那么大"的铜铃铛。他们有呼风唤雨的本领,也能看病救人。他们在守护宗族、救治他人时,自己同样需要经过人间苦难的磨炼。因此他们身上神性与人性的光辉是共存的,他们的无私和善良与其身上的神力是互相辉映的。妮浩萨满的经历便是对萨满无私无畏精神的最好诠释。她一生医治了很多人,却也为此付出了代价,失去了自己的孩子。有一个16岁的汉族少年来到鄂温克族的营地偷盗驯鹿,却因为吃了太多的驯鹿肉,快要被撑死了。他的同伴纷纷请妮浩萨满救治他,但是救治之后必定是以妮浩腹中的孩子来抵命。大家都不愿意妮浩为了救助别人失去自己的孩子,但是最终她选择了为这个陌生的汉族少年跳神,自己却产下了一个死婴。在为萨满的神力所折服时,他们甘愿为他人牺牲自己的精神更使人折服。迟子建说过:"我写萨满时内心洋溢着一股激情,我觉得,萨满就是理想主义和浪漫主义的化身,这也契合我骨子里的东西。"②

东北本地的传统民俗同样也带着神秘气息。从古至今,我国都十分重视丧葬仪礼,"之所以这样,除了普遍存在的灵魂不灭的观念外,儒家孝道和先人荫庇后代之类的思想也起了推波助澜的作用"③。迟子建的作品也有大量描写丧葬民俗的细节。《守灵人不说话》中就有对死前守灵这一风俗的描述。在"我"童年的记忆中,

---

① 李红秀. 民族历史的自我坚守与族群隐痛:迟子建长篇小说《额尔古纳河右岸》赏析 [J]. 民族论坛, 2007 (4): 31.

② 迟子建, 周景雷. 文学的第三地 [J]. 当代作家评论, 2006 (4): 43.

③ 钟敬文. 民俗学概论 [M]. 上海: 上海文艺出版社, 1998: 186.

姥爷时常被叫去守灵，昏暗的灵堂，缄默无声的姥爷都给人留下沉重阴郁的印象。但是守灵背后的意义，却是生者对死者最后温暖的陪伴，那是"一个人刚离开亲人，他的灵魂在没升天前太孤单，就得找个人陪陪他"。而在这守灵风俗之后是对灵魂不灭的一种信仰，正如姥姥所说"他的魂没有死"，这灵魂并不会化为鬼怪，却只是飞升上天，不来搅扰人间。在灵堂之上，人与灵魂相伴，似乎有一种诡异的神秘气氛在其中，但是更多展现的应该是人对亲人、朋友的最后的眷念与送别。《亲亲土豆》中有关于用土添坟的习俗的描写，《腊月宰猪》中则写到了齐大娴十全十美的葬仪，《秧歌》中女萝在干爹死后必须为他披麻戴孝……这些隆重的仪式背后分明是亲人对逝者的追念，以及对灵魂不灭的一种信念。

　　在充满灵性与生机的黑土地上也有不少关于民间精神的风俗，包括民间的禁忌、民间的巫术迷信等。这些民俗营造了独特的神秘气氛，同时也包蕴了根深蒂固的民族无意识。《西街魂儿》中就有叫魂这一风俗，即人受到惊吓之后丢失了魂魄，只有通过巫师作法才能找到丢失的魂魄，重新变得健康正常起来。在《西街魂儿》中叫魂的仪式必须有三张全头全尾的关内的邮票，泽花嫂为了让自己的遗腹子宝墩早日恢复健康，不得不挨家挨户地求取邮票，但是最终因求得的邮票有瑕疵而使宝墩夭亡。泽花嫂将宝墩死亡的悲哀转嫁到了来自北京的下放人员"小白蜡"身上，正是因为她吝惜给予邮票才导致了宝墩的死亡，由此她便招来了一系列的报复行动，最终也惨死在了粪坑边。本是给予生的民俗却带来了死亡，在这叫魂的背后既有母亲对儿子的深切爱意，也有乡亲对弱者的关照，但是最使人震撼的却是人与人之间的隔阂与误解所带来的惨重灾难。叫魂这一习俗本身所具有的神秘性在这场悲剧中却带有了荒诞的味道。

第三节　楚地的浪漫

如果说清新的大自然与神秘的萨满宗教滋生出了迟子建笔下空灵且温情的浪漫梦境，那么浪漫抒情的文化传统与诡秘的神话传说则促使韩少功创造出了一个浪漫楚地。他从楚地的巫风鬼雨、神话传说、古歌旧俗、文人吟唱中吸取了浪漫元素，又敏锐地捕捉到了现代人类生存困境之中的荒诞之感，最终构建了一个集浪漫、荒诞、神秘于一身的浪漫楚地。这片浪漫之境是传统民族文化与现代意识交融之后的产物，真切地反映了传统浪漫主义与理想主义在当代语境之下的蜕变与发展。

马克思和恩格斯在谈到浪漫主义时明确指出："（浪漫主义）是反对当代不稳定性、内在空虚、精神萎靡和不真诚的斗争。"[①]浪漫主义者对现代社会诗意的丧失悲观失望，对未来社会机械无趣的生活恐惧害怕，他们不寄希望于虚无缥缈的未来，同样也想方设法逃离单调乏味的现在。那么逃向哪里？他们将目光聚焦到了人类社会某一个兴盛繁荣的时代，聚焦到了某一个涤除了卑污和丑陋、寄寓着理想和激情的往昔，浪漫主义者首先"自然是把一切都看作中世纪的、浪漫主义的"，其次便是"越过中世纪去看每个民族的原始时代"[②]。因此，浪漫主义最为突出的特征便是其义无反顾的"返回"冲动，他们一次次返回到人类亘古蛮荒的原始时代，返回到灿烂辉煌的传统文化，返回到诗意盎然的宁静乡村。他们对雄奇壮丽的大好河山顶礼膜拜，对激情飞扬的青春岁月由衷缅怀，也为

[①] 里夫希茨. 马克思恩格斯论艺术：第二卷[M]. 北京：中国社会科学出版社，1983：215.

[②] 里夫希茨. 马克思恩格斯论艺术：第二卷[M]. 北京：中国社会科学出版社，1983：177.

狂野放荡的生命原欲纵情高歌。

在中国当代文学史上，20世纪80年代重回或登上文坛的那一批作家中，有许多无疑是典型的浪漫主义者，返回青春、返回故土、返回传统是他们的共同意向。梁晓声魂牵梦绕于北大荒那一片神奇的土地，在冰天雪地中塑造精神的丰碑，寻找青春的意义。汪曾祺钟情于古老的运河、宁静的大淖，作品中温柔缱绻的诗意如水般缓缓流淌。莫言专注于高密东北乡这一片"地球上最圣洁、也最龌龊的地方"，狂野而自由的生命不顾道德禁忌、冲破理性约束，在那一片火红的高粱地里纵横驰骋。郑万隆则回到深山老林、荒原野沼，在与自然的残酷对抗中，领悟自然的崇高和伟大，涤除人性的卑污和怯懦，重拾人类的尊严。而韩少功是这一批作家中比较特别的一个，他的浪漫主义表现为深入民族文化内部的寓言书写和"文的自觉"。他以反思"文革"、批判现实的知青作家身份登上文坛，但很快，他就一改前期清新明朗的风格，擎起了"寻根文学"的大旗，返回到民族本土文化的形态之中，在巫风鬼雨的浪漫楚地细细耕耘，"出于幻域，顿入人间"①，构造了一个神奇诡异的寓言世界。"寻根文学"浪潮过后，韩少功热衷于小说的精神探索和形式实验，"力主进步的回退"，返回到本土民族叙事传统，向中国古人"文、史、哲"三位一体的写作回归，从中国古代发达的史传传奇、诸子散文、文人随笔中吸取养分。史传传奇多写奇人逸事，诸子散文重思辨哲理，文人随笔则擅抒诗情画意，韩少功创造性地将史家之才、诸子之学、诗人之情熔于一炉，创作了一批形式新颖的文学作品。

---

① 鲁迅. 中国小说史略 [M] //鲁迅. 鲁迅全集：第九卷. 北京：人民文学出版社，2005：216.

一、难忘理想

20世纪70年代末,韩少功与"伤痕文学"一道登上文坛并进入文学主流,此时的他与其他大多数作家一样,刚从"文革"中走出来,亲身经历和目睹了在这一场人为的浩劫中所发生的一幕幕人间悲剧,反思"文革"、融入现代、拥抱进步、高扬现代启蒙意识是这一时期韩少功的创作主题。不过,与同时代绝大多数作家"伤痕—反思—改革"创作模式不同的是,韩少功的作品并没有流于简单的控诉,而是从社会、历史、文化、政治的角度,全方位、多层次地反思"文革",挖掘人物悲剧的成因,塑造了一批立体可感、性格复杂、有血有肉的人物形象,《月兰》《西望茅草地》和《回声》便是这一阶段的代表作。

在这一阶段的文学创作中,《月兰》尖锐地批判了极左思潮对人的摧残。"我"是一个刚参加工作不久的城里伢和学生仔,满怀理想和热情前往一个叫吴冲的地方负责全队的春种秋收。月兰本是纯朴善良的农妇,却在一系列的政治斗争和家庭变故后,生活变得举步维艰,只靠着几只鸡下蛋艰难度日,迫不得已三番五次将鸡赶下农田,破坏了队里的积肥大计,忍无可忍的"我"只好施放毒药毒死了她的四只鸡。接下来,孩子读书索要学费和上缴罚款的压力,婆婆的责怪与嫌弃,尤其是恩爱有加的丈夫也对她心生埋怨,逼得月兰走投无路而投水自尽,心地善良的她甚至在临死前也不记恨"我",反而将"我"遗落在她家的一件灰色上衣用细密的针脚缝补好,这更加深了"我"良心的自责。在创作《西望茅草地》时,韩少功拒绝了非"歌颂"就要"暴露"这种农业国古典戏剧中的红白脸谱式写法,而是将伟大与可悲、虎气和猴气、勋章和污点统一到了茅草地酋长张种田的身上,写出了一个在复杂的社会历史背景下复杂的老干部形象。① 老红军张种田大公无私,毫无保留地将全部身心奉献给党和人民的事业,是一个品格高尚、信仰坚定的理想主义者,但同时,他又是一个独断专制、愚昧无知的封建家长。他越是勤苦卖力、无私奉献,越是让插队的知识青年们对他疏远猜忌;他越是以身作则、身体力行,越导致农场破败萧条、无以为继。他是如此的善良朴实,给知青们无微不至的关照,收养并疼爱着他的养女小雨;他又是如此的粗暴专制,亲手扼杀了"我"与小雨真挚纯洁的爱情,最终导致了小雨如花生命的凋谢。他一意孤行,简单粗暴地把农场变成了他的封建领地,也必然无法挽回地走向失败,成为漫长而又超稳定的中国专制政治文化心理结构的牺牲品。《回声》可视作鲁迅先生《阿Q正传》的当代回响。主人公刘根满分明就是阿Q在当代的翻版,这个好逸恶劳、游手好闲的农村二流子,在荒唐的"文化大革命"中摇身一变,成为造反派的领袖,却最终未能逃脱与阿Q相似的命运,因挑动武斗而最终被送上了革命的祭坛。如果说刘根满是一个卑琐的革命投机者,那么另一主要人物路大为就是一个盲目的理想主义者。路大为激情满满,学习毛主席前往农村播撒革命的火种,得到的却是"破四旧"、派系武斗的回声,最终他只能在一片狼藉中拖着疲惫的身体离开青龙峒,理想有多丰满和高尚,现实就有多讽刺和残酷。

  这一时期韩少功的创作表现出一种理想的疼痛与感伤,他的知青经历为他的创作提供了源源不断的素材。他和当时许多年轻人一样被时代抛掷到了农村,他们满怀理想和激情而来,然而农村现实的坚硬和插队生活的残酷却最终磨掉了理想,也浇灭了激情,没有人站出来为他们流逝了的青春负责,最终他们只能带着满身的伤痛和苦涩的记忆失望而归。"离开"是韩少功这一时期作品中的常见

---

  ① 韩少功. 留给"茅草地"的思索[M]//廖述务. 韩少功研究资料. 天津:天津人民出版社,2008:26.

意向,《月兰》中的"我"因月兰之死而满怀负疚地离开了吴冲,《西望茅草地》中的"我"最终满含着热泪离开了这一片伤心的茅草地,《回声》中的路大为也带着满身的伤痛和疲惫离开了青龙峒。

但当他们付出了千辛万苦,终于如愿以偿地离开那片诅咒过千百回的土地,回到他们心心念着的城市时,这里的一切顿时变得美好起来,不舍之情便会真情流露。韩少功因此才会在《西望茅草地》的结尾用抒情诗的笔调深情写道:"明亮的甘溪水从落日之处缓缓流来,落霞晚照,水天一色,茅草地似乎在燃烧。那台废拖拉机还摆在山上,像刻记一切往事的碑石,像经历了无数次失败的英雄,面对自由的暖风,静静地注视过去和未来。锈红色的空气在微微波动。这样一个美好的世界,锈红色的世界,像一道闪电,就要滑过去了,就要消失了。"刻骨铭心的这一页就这样轻描淡写地翻过去了吗?那些淳朴善良的乡民、纯真美丽的爱情、患难与共的队友,就这样成为过眼云烟?他们逝去的青春和即将消失的过往真的就能轻松地一笑置之?韩少功借作品中的人物,发出了严肃的质问:"车身晃荡,车内一片笑声。猴子与大炮在抢夺香烟,你一掌我一拳的,笑声特别响亮。他们在笑什么呢?笑手里的香烟?笑今后各自的前景?笑终于离开了茅草地?笑兄弟们终于摆脱了一个不堪回首的地狱?可能,是该笑笑了,但过去的一切都该笑吗?茅草地只配用几声轻薄的哄笑来埋葬?你们到底笑什么?"过去的一切里有他们逝去的青春和流下的热血,当然不该都被嘲笑,茅草地上有太多他们的记忆和过往,当然不能用哄笑来全部埋葬,不管愿不愿意,曾经插队的地方和知青的经历已经成为他们记忆中的重要部分。韩少功在描述知青群体的心灵世界时说:"对于他们中的许多人来说,最深的梦境已系在远方的村落里了……他们多年后带着心灵的创伤从那里逃离的时候,也许谁也没有想到,回首之间,竟带走了几乎要伴其终身的梦境。"① 这当然也是他的夫子自道,美梦也好,噩梦也罢,这一段过往都会伴其终身。

当知青们回到城市,这个曾经熟悉的地方已经让他们变得十分陌生,这里已经没有了他们的位置,城市的喧嚣与逼仄让他们无所适从,人情的冷漠与势利让他们备感孤独,尤其是烦琐平庸的生活更让他们无法忍受,他们再也无法找寻到曾经的激情和荣光,此时自然会远距离地回望乡下那一片土地,怀念那已然逝去的青春,那是一片经过了想象和美化的神奇之地,那是一段剔除了苦难和荒诞的光荣岁月。因此他们真诚地怀念那里的山山水水,那里的一草一木,那些淳朴善良的人们,并想方设法返回这一片魂牵梦绕的土地,寻找对抗平庸现实的勇气和信念。因此从城市返回乡村,返回曾经插队的地方,成为韩少功此时创作的另一个重要主题。《远方的树》中的田家驹费尽千辛万苦才得以离开乡村,在社会上摸爬滚打数十年后,最终还是背着画夹返回了这里,"他现在深深感到,这些年他已经失去了一些很好的东西,包括一颗黑痣,一双'儿'字形向外折拐的手臂,一种缩鼻撇嘴表达鄙弃时的动人表情,如此等等。只有在偶然的时候,比方在他偶然进入这个山谷的时候,他才能知道,即便他以后能跑遍全世界每一个角落,他的魂魄还可能在这里遗失,在这里沉睡"。"返回"乡村这一意向在韩少功此后的创作中一再出现,并最终促使他在文坛商海沉浮数十载后,辞去一切公职回到了湖南汨罗的乡下,那个他曾经留下汗水和泪水,挥洒过青春和热血的地方,那里才是他念念不忘、魂牵梦绕并能安放他灵魂的精神家园。

---

① 韩少功. 记忆的价值 [M] //韩少功. 血色. 兰州:敦煌文艺出版社,1996:54-55.

二、浪漫寻根

1984 年 12 月,由《上海文学》编辑部发起、邀请当时青年作家和评论家参与,以"新时期文学:回顾与预测"为主题的"杭州会议"成为"寻根文学"诞生的标志,韩少功在会上做了《文学的"根"》的重要讲话。当时的作家们"写过住房问题、特权问题,写过很多牢骚和激动,目光开始投向更深的层次,希望立足现实的同时又对现实世界进行超越,去揭示一些决定民族发展和人类生存的谜"①。但同样不能忽视的一个文学事实是,自 20 世纪 80 年代以来,随着西方文学思潮和文学作品的大量涌入,在极大地拓宽了作家们的艺术视野的同时,也使许多作家迷失了自我,他们匍匐于强大的西方文学面前,亦步亦趋,东施效颦,滋生了大量跟风模拟之作。作为一个有理想和责任感的作家,韩少功当然不满足于靠模仿翻译作品来建立一个中国的"外国文学流派",不满足于从人家的规范中来寻找自己的规范。他痛感绚丽多彩的楚文化的失落,"浩荡深广的楚文化源流,是什么时候在什么地方中断干涸的呢?"② 他大声疾呼接续传统,从民族本土文化形态中去寻求资源,"如果割断传统,失落气脉,只是从内地文学中横移一些主题和手法,势必是无源之水,很难有新的生机和生气"③,"文学有根,文学之根应深植于民族传统文化的土壤里,根不深,则叶难茂"④。

---

① 韩少功. 文学的"根"[M]//廖述务. 韩少功研究资料. 天津:天津人民出版社,2008:44.
② 韩少功. 文学的"根"[M]//廖述务. 韩少功研究资料. 天津:天津人民出版社,2008:41.
③ 韩少功. 文学的"根"[M]//廖述务. 韩少功研究资料. 天津:天津人民出版社,2008:43.
④ 韩少功. 文学的"根"[M]//廖述务. 韩少功研究资料. 天津:天津人民出版社,2008:42.

他呼吁作家同行们返回乡土,尤其关注乡土中所凝结的传统文化,因为"乡土是城市的过去,是历史的博物馆,哪怕是农舍的一梁一栋、一檐一桷,都可能有汉魏或唐宋的投影"①。"乡土中所凝结的传统文化,又更多地属于不规范之例。俚语、野史、传说、笑料、民歌、神圣故事、习惯风俗、性爱方式等,其中大部分鲜见于经典,不入正宗。它仍有时可以被纳入规范,被经典加以肯定。……这一切,像巨大无比、暧昧不明、炽热翻腾的大地深处,潜伏在地壳之下,承托着地壳……我们的规范文化,在一定的时候,规范的东西总是绝处逢生,依靠对不规范的东西进行批判地吸收,来获取营养,获得更新再生的契机。宋词、元曲、明清小说都是前鉴。因此,从某种意义上说,不是地壳而是地下的岩浆,更值得作者们注意。"② 因此,回到深厚的传统文化之中,并"释放现代观念的热能,来重铸和镀亮这种自我",就成了他们那一代作家责无旁贷的义务和使命。

《爸爸爸》和《女女女》是韩少功寻根时期的重要代表作,被认为是中华民族的深刻寓言,具有神话和史诗的品格。

《爸爸爸》故事的发生地鸡头寨是一个封闭落后、与世隔绝的原始蛮荒之地,也是一个虚无缥缈、似真似幻、富有神话色彩的化外之境:"寨子落在大山里,人们常常出门就一脚踏进云里。你一走,前面的云就退,后面的云就跟,白茫茫的云海总是不远不近地团团围着你,留给你脚下一块永远也走不完的小孤岛,托你浮游。小岛上并不寂寞,有时可见树上一些铁甲子鸟,黑如焦炭,小如拇指,叫得特别干脆宏亮,有金属的共鸣。它们好像从远古一直活到

---

① 韩少功. 文学的"根"[M]//廖述务. 韩少功研究资料. 天津:天津人民出版社,2008:44.
② 韩少功. 文学的"根"[M]//廖述务. 韩少功研究资料. 天津:天津人民出版社,2008:45.

现在,从未变什么样。有时还可能见白云上飘来一片硕大的黑影,像打开了的两页书,粗看是鹰,细看是蝶,粗看是黑灰色的,细看才发现黑翅上有绿色、黄色、橘红色的纹路斑点,隐隐约约,似有非有,如同不能理解的文字。"这个古老而原始的寨子远离现代文明,时间在这里是凝固、停滞、暧昧、模糊的,今天和远古、近处和远方含混不清。若不是寨子里的仁宝从千家坪带回来的玻璃瓶子、破马灯、松紧带子、小照片、皮鞋壳子、旧报纸等新鲜玩意儿,若不是他口中偶尔蹦出来的"保守、帽檐礼、报告、公历、签名"等新名词,便无从知晓鸡头寨外面的世界已然是 20 世纪。原始而野蛮的风俗仍然主宰着生于斯、长于斯的人民,这里的人是和黄河流域龙的传人有明显区别的鸟的传人。他们笃信巫术,原初时代的蒙昧与野蛮顽强地遗留在他们的血液中,沉淀于他们的深层文化心理结构中,他们热衷于下蛊毒、念花咒、祭谷神;他们又沉迷于唱简、打冤、坐桩。尤其是打冤前占卜算卦之愚昧迷信,打冤后煮尸吃肉之野蛮残忍,就是他们血管中流淌着暴力、血腥、野蛮、愚昧血液的明证。故事的主人公丙崽,这个身体和精神的双重侏儒,这个在饮下仲裁缝灌下的剧毒雀芋水后仍顽强地存活下来的白痴小老头,他既是人们闲来无事取笑逗乐的玩物,又是人们大祸临头时顶礼膜拜的神祇,在打冤时,他仅会的两句语言"爸爸"和"×妈妈"被当作至高无上的神示,决定了整个部族的存亡,而整个部族的命运又被他这两句神秘的谶语无情嘲弄。丙崽这个长不大又死不了的怪物无疑象征着我们民族顽强的国民劣根性。

如果说《爸爸爸》是一篇关于我们这个民族的深刻寓言,那么《女女女》就是我们现代人类生存困境的一个隐喻。韩少功说:"《爸爸爸》的着眼点是社会历史,是透视巫楚文化背景下一个种族的衰落,理性和非理性都成了荒诞,新党和旧党都无力救世。《女女女》的着眼点则是个人行为,是善与恶互为表里,是禁锢与自由的双变质,对人类生存的威胁。"①《女女女》中的幺姑,前后表现判若两人,前期的幺姑善良可敬,在人人自危的特殊年代里,幺姑与人为善,不为自保而刻意疏远"我们"一家人,而是雪中送炭地提来一篮篮的食物和生活用品,温暖的亲情最终帮助"我们"渡过了难关。但在她患上讨账瘫后,她多年来备受压抑的欲望终于决堤而出,人性之恶也随之暴露,她毫无廉耻地不断索求,肆无忌惮地持续磨人,最终她由一个克己利人的理性的人,逐渐退化为只知吃喝拉撒的"婴儿",又由"婴儿"退化为一个被囚禁在木笼里的猴状物,并最终手足萎缩变成了一个吃生菜、吃生肉,甚至吃木笼边草须和泥土的鱼状物。幺姑的养女老黑则是一个纵欲主义的典型代表,她对什么都不在乎,对什么都无所谓,她将一切看透,享受摒弃了一切责任和义务的绝对自由,但随着岁月的推移,"我"惊奇地发现,老黑也逐渐呈现出鱼的形态。韩少功通过象征性的神话书写,揭露了人的生存困境,无论是禁欲还是纵欲,一旦失去了理性和道德的约束,人就会无可避免地退化到非人的状态。

勃兰兑斯在《十九世纪文学主流·第五分册 法国的浪漫派》中说:"真正浪漫的禀赋是一种混合着诗人心灵里变化多端的想象和轻快、洒脱、飘逸的幻想,在同一部作品中将近处和远方、今天和远古、真实存在和虚无缥缈结合在一起,合并了人和神、民间传说和深刻寓言,把它们塑造成为一个伟大的象征整体。"②《爸爸爸》和《女女女》无疑正是勃兰兑斯所说的具有真正浪漫禀赋的作品。

可以说,韩少功从浪漫楚地的巫风鬼雨和神话传说中寻觅到了

---

① 韩少功,夏云. 答美洲《华侨日报》记者问(代创作谈)(摘录)[M]//廖述务. 韩少功研究资料. 天津:天津人民出版社,2008:78.
② 勃兰兑斯. 十九世纪文学主流:第五分册 法国的浪漫派[M]. 李宗杰,译. 北京:人民文学出版社,1982:26-27.

他的文学之根。韩少功知青时代下乡插队的湖南汨罗,自古以来就是楚文化的重镇,这里地处湘沅交界之地,崇山峻岭、高岩深壑,毒烟瘴疠弥漫,猛兽毒虫环伺。世世代代聚居在这里的苗、侗、瑶、土家诸族"习惯于'制芰荷以为衣兮,集芙蓉以为裳。'披蓝戴藏,佩饰纷繁,索茅以占,结茝以信,能歌善舞,唤鬼呼神……他们崇拜鸟,歌颂鸟,模仿鸟,是为鸟的传人"①。王逸在《楚辞章句·九歌序》中也说这里好巫、崇鬼和尊神,"南郢之邑,沅湘之间,其俗信鬼神而好祠,其祠必作歌乐鼓舞,以娱诸神"。楚文化曾被以孔孟为代表的中原文化所吸收,后又受到排斥,因此是一种处于正统与规范之外,理性与非理性浑浊一体的半原始文化。伟大的爱国主义和浪漫主义诗人屈原曾在这里行吟,写下了《离骚》《天问》《九歌》《招魂》等壮丽诗篇,这些诗篇与后来的宋玉等人的楚辞一道成为中国浪漫主义文学的源头之一。"屈原放逐,窜伏其域,怀忧苦毒,愁思沸郁。出见俗人祭祠之礼,歌舞之乐,其词鄙陋,因为作《九歌》之曲。上陈事神之敬,下见己之冤结,托之以讽谏。"②《离骚》中的抒情主人公乘龙驾凤自由升腾于天地之间,《九歌》从巫与神的对话展开,山鬼、河伯、巫觋、天神纷至沓来,《招魂》则模拟能通鬼神的巫师,在大泽荒野之中呼唤楚王魂兮归来。鲁迅在其学术名著《汉文学史纲要》中高度评价屈原及其《离骚》:"逸响伟辞,卓绝一世……较之于诗,其思甚幻,其文甚丽,其旨甚明,恁心而言,不遵矩度。"③ 韩少功也说:"屈原写《离骚》、《天问》、《九歌》等等,其中神秘、狂放、奇丽、忧

---

① 韩少功. 文学的"根"[M]//廖述务. 韩少功研究资料. 天津:天津人民出版社,2008:41.
② 王逸,洪兴祖. 楚辞章句补注[M]. 长春:吉林人民出版社,2005:55.
③ 鲁迅. 汉文学史纲要[M]//鲁迅. 鲁迅全集:第九卷. 北京:人民文学出版社,2005:382.

愤深广的创作元素，那种人神合一、时空交错的特点，就与这种影响有关。这是东方文化的一部分。"① 这段话用来评价他自己在寻根文学期间的作品也是极为贴切的，《爸爸爸》和《女女女》深受以楚辞为代表的楚文化影响是显而易见的。《爸爸爸》中叙述鸡头寨的来历时，一直追溯到了刑天，"从父亲唱到祖父，从祖父唱到曾祖父，一直唱到姜凉。姜凉是我们的祖先，但姜凉没有府方生得早，府方没有火牛生得早，火牛又没有优耐生得早。优耐是他爹妈生的，谁生下优耐他爹呢？那就是刑天——也许就是陶潜诗中那个'猛志固常在的'的刑天吧"。在举族迁走的时候，那首幽怨凄凉的古歌再次响起："奶奶离东方兮队伍长，公公离队伍兮队伍长。走走又走走兮高山头，回头看家乡兮白云后。行行又行行兮天坳口，奶奶和公公兮真难受。抬头望西方兮万重山，越走路越远兮哪是头？"整个部族吟唱着这首古歌消失在了天边的白云处。在《女女女》中，韩少功也有意识地添加了一首盘古开天辟地的古歌："大岭本兮盘古骨，小岭本兮盘古身，两眼变兮日和月，牙齿变兮金和银，头发变兮草和木，才有鸟兽兮出山林。"这些古歌不管是形式还是内容，都留下了浓厚的楚辞印记。

离奇的故事、奇特的想象、大胆的夸张、诡谲的意境，再加上熔神话与传说、历史与现实、古歌与仪式于一炉的创作手法，使韩少功在寻根时期的作品无论是在文化内涵还是在审美意蕴上，都超越了同时代的作家，他真正做到了回到深厚的民族本土文化中，寻找文学之根并用现代的热能重铸和镀亮了自我。

三、文体变革

韩少功的作品从20世纪80年代开始，就有意识地返回到民族

---

① 韩少功,夏云. 答美洲《华侨日报》记者问（代创作谈）（摘录）[M]//廖述务. 韩少功研究资料. 天津：天津人民出版社，2008：79.

叙事传统，向中国古代那种文史哲不分家的小说叙事传统回归。韩少功说："我从八十年代起就渐渐对现有的小说形式不满意，总觉得模式化，不自由，情节的起承转合玩下来，作者只能跟着跑，很多感受和想象放不进去。我一直想把小说因素与非小说因素作一点搅和，把小说写得不像小说。"① 他认为欧洲小说脱胎于戏剧，大多比较戏剧化，人物、情节、主题构成了三要素。而中国小说来源于散文，从《史记》中的本纪和列传，到《三国演义》等，都有散文化的痕迹。脱胎于戏剧的欧洲小说重情节、重冲突，来源于散文的中国小说则打破了文史哲的严格界限，淡化情节冲突，叙事、抒情、议论熔于一炉、和谐共生。这种明确的返回民族本土叙事传统的文体意识，也是浪漫主义返回意向的表征。"以文学思潮的方式把'文的自觉'发展为普遍意识并付诸艺术实践，反过来又进一步推动了'文的自觉'的，这就是浪漫主义。质言之，浪漫主义就是以'文的自觉'为自己的意识，浪漫主义就是'文的自觉'的运动。"②

韩少功十分推崇中国古代笔记小说，"古代笔记小说都是这样的，一段趣事，一个人物，一则风俗的记录，一个词语的考究，可长可短，东拼西凑，有点像《清明上河图》的散点透视，没有西方小说那种焦点透视，没有主导性的情节和严密的因果逻辑关系"③。中国古代的笔记小说或叙奇人异事、鬼神狐魅，或写风俗俚趣、市井人生。篇幅较长者，便可叙野史逸闻、人生百态，其间或缀以风俗掌故，或杂以俚趣谐谑，篇幅较短者，则仅取一人一事、一景一

---

① 韩少功. 中国文学及东亚文学的可能性：答韩国汉学家白池云 [M] //韩少功. 进步的回退. 沈阳：春风文艺出版社，2012：307 - 308.

② 王又平. 转型中的文化迷失和文学书写：20 世纪末小说创作潮流 [M]. 武汉：华中师范大学出版社，2001：58.

③ 韩少功，崔卫平. 关于《马桥词典》的对话 [M] //廖述务. 韩少功研究资料. 天津：天津人民出版社，2008：111.

地、一花一木，寥寥数笔，亦可成篇。韩少功的短篇小说如《史遗三录》《鼻血》《暗香》《鞋癖》《山上的声音》《梦案》可谓颇得中国古代笔记小说的精髓。《史遗三录》写奇事异物颇多的罗地，猎户杨某、秘书何某、棋霸李某的三两凡人琐事，可视为中国古代传统小说中写琐闻趣事者；《鼻血》写马坪寨的空屋闹鬼，伙夫熊知仁于空屋中见到杨家二小姐的鬼魂，鬼气森森，似真似幻；《暗香》写老魏作品中的人物竹青竟然出现在现实中，并多次拜访他，留下一屋子的暗香；《山上的声音》写已经死去了十来年的麻风病人二倌在山顶上阴魂不散的飘魂。这几篇小说都可谓是中国传统小说中写鬼魅者。韩少功的这一系列短篇小说，是向以《聊斋志异》为代表的中国民族叙事传统的回归，鲁迅先生高度称赞蒲松龄的《聊斋志异》："《聊斋志异》虽亦如同类之书，不外记神仙狐鬼精魅故事，然描写委屈，叙次井然，用传奇法，而以志怪，变幻之状，如在目前；又或易调改弦，别叙畸人异行，出于幻域，顿入人间；偶述琐闻，亦多简洁，故读者耳目，为之一新。"① 韩少功写鬼神精魅，叙畸人异行，风俗掌故、俚俗趣闻点缀其间，出于幻域，顿入人间，难怪王蒙会问："聊斋的作者会把二十世纪八十年代的韩少功列为同道吗？"②

20世纪90年代开始，韩少功致力于长篇小说的写作，《马桥词典》和《暗示》是这一时期的代表作。在这两部长篇小说中，韩少功继续向中国民族叙事传统回归。打破欧洲后戏剧化小说模式，返回中国古代熔文史哲于一炉的后散文化小说模式，是他的艺术追求。

---

① 鲁迅. 中国小说史略 [M] //鲁迅. 鲁迅全集：第九卷. 北京：人民文学出版社, 2005：216.

② 王蒙. 空屋及其他：序韩少功作品集 [M] //中国当代作家选集丛书·韩少功. 北京：人民文学出版社, 1994：2.

《马桥词典》和《暗示》都是韩少功所说的《清明上河图》式的散点透视结构。《马桥词典》虽以西方词典的形式结构全篇,但却是对西方以人物和情节为中心的小说的颠覆和消解。《马桥词典》全书共计115个词条,每个词条或写人状物,或议论抒情,不仅成功地将马桥弓这个村庄里的历史地理、风土人情、野史趣闻以及这里的动物植物都统摄到了这些词条下,而且叙事与议论来回切换、抒情与说理自由穿插,既实现了他为马桥每一件东西立传的愿望,也打破了文史哲的严格界限。王蒙敏锐地发现了韩少功《马桥词典》与吴敬梓《儒林外史》的相似之处:"韩书的结构令我想起《儒林外史》。它把许多个各自独立却又味道一致的故事编到一起。他的这种结构艺术,战略上是藐视传统的——他居然把小说写成了词典。战术上却又是重视传统的,因为他的许多词条都写得极富故事性,趣味盎然,富有人间性、烟火气,不回避食色性也,乃至带几分刺激和悬念。"①鲁迅先生评《儒林外史》时说:"全书无主干,仅驱使各种人物,行列而来,事与其来俱起,亦与其去俱讫,虽云长篇,颇同短制;但如集诸碎锦,合为帖子,虽非巨幅,而时见珍异,因亦娱心,使人刮目矣。"②《马桥词典》全书也无贯穿始终的情节线索和矛盾冲突,可谓是无主干者,各色人物虽然散布在各个词条之下,但若将他们的事迹搜集整理并联缀起来,就成了若干人物小传,如主要人物马疤子、万玉、希大杆子、铁香、九袋爷、兆青等人就可视之为一个个的人物单元,再以马桥弓特有的方言俚语联缀组合而成,则可视之为"集诸碎锦,合为帖子"者也。与《马桥词典》一样,韩少功的《暗示》也沿用了与《儒林外史》

---

① 王蒙. 道是词典还小说 [M] //廖述务. 韩少功研究资料. 天津:天津人民出版社,2008:580.

② 鲁迅. 中国小说史略 [M] //鲁迅. 鲁迅全集:第九卷. 北京:人民文学出版社,2005:229.

相似的人物单元联缀式结构。《暗示》的主要人物有老木、大川、大头、小雁、多多、武妹子、易眼镜、吴达雄,每一个人的故事都自如地穿插在"红太阳""忠字舞""俄国歌曲""电视政治""商业媒体""小姐""广告"等具象中,在具象中考察人与存在的复杂关系,所不同的是,《马桥词典》是以词典的形式组合,而《暗示》则是以像典的形式连缀。

韩少功在新时期以反思"文化大革命"、批判现实的姿态登上文坛,但他随后便走上了返回民族本土文化的道路,在浪漫楚地的巫风鬼雨中寻找到了他的"文学之根"。寻根浪潮过后的韩少功致力于返回中国民族叙事传统,从中国古代小说中寻找资源,创作了一批散文化、随笔化的小说。不管是"伤痕—反思"时期的韩少功,还是寻根时期的韩少功,乃至21世纪以来他的创作,都具有浓郁浪漫主义色彩的灵性魅力,这种魅力是韩少功念兹在兹的"返回"冲动赋予他的,返回青春、返回乡土、返回传统文化、返回民族叙事传统,几乎贯穿了韩少功的所有创作,也构成了他的精神内蕴。

第四章

当代小说的浪漫与理想（下）

第一节　诗性正义的可能

一、时代风潮的嬗变

时代巨轮蹒跚向前，当时光年轮驻足于20世纪90年代（尤以1989年始），社会环境的变迁随之而来。社会急剧变动影响下的20世纪90年代文学也必然会对整个现实社会进行全面而又犀利的反映。1989年后，文学风潮的巨变主要表现在以下两个方面。

一方面，"文学的社会反响正趋减弱，文学的价值正趋降低"①。阳雨于1989年1月30日在《文艺报》发表的《文学：失却了轰动效应以后》，似乎为20世纪90年代的整个时代风潮定了基调。1985年以前，文学因与政治密切联姻，所以扮演了太多"政治启蒙"的角色，其常以敏锐的感受、深刻的思考以及激烈的情感表达频频引起社会轰动。在启蒙主义的大旗下，文学潜移默化地承担了改良社会的价值诉求。1985年后，"寻根文学"和"寻找民族精魂"成为时代的主潮，弥漫在社会生活中的是"剪不断理还乱"的现代化焦灼。而正是在现代化进程中"两座高炉"的影响下，莫言横空出世，以"红高粱家族"的故事引起文坛的关注。但进入1989年之后，文学失去了社会轰动效应，进入一段平静而寂寞的发展时期。主流意识形态下文学氛围乃至文学场域的生长空间受到挤压，文学刊物的滞销、文学评论的沉寂、文学读者的缺席成为文学环境的常态。

另一方面，文学在整个时代氛围向内转的大趋势的裹挟下，也在做适应性的调整，文学开始从社会话语中心逃逸，逐渐向边缘话

---

① 阳雨. 文学：失却轰动效应以后 [N]. 文艺报，1988-01-30（3）.

语飘移。这种"由中心而向边缘逃逸"的现象在彼时代作家的身上有着明显的印迹。就作家来说，无论他们是主动还是被动，都有意降低自身的精英意识，减轻身上担负的启蒙责任，放弃大众代言人的角色，开始逃离社会话语的中心。这种逃逸在贾平凹的《废都》中表现得淋漓尽致。以"庄之蝶"为代表的知识分子在对本土传统文化的迷恋和对现实世界的手足无措中陷入无尽的迷茫。在贾平凹的笔下，传统知识分子的尊严和价值终被来自外部世界的冲击力和来自内部的离心力撕得粉碎，其内心世界纯真和善良的"希腊小庙"（沈从文语）终成一座"废都"。

20世纪90年代，社会主流意识形态对知识分子中心话语及"精英文化"的规训主要表现在三个方面。第一，主流意识形态对文学话语的规训：时代的主流价值观念（诸如改革开放、中国特色社会主义以及稳定压倒一切等）对"自由"的文学话语始终存在着规训的努力和尝试。第二，经济转型对文学话语的消解：市场经济口号（诸如"一切向钱看""财富就是一切""发展自由市场经济"等）对"启蒙"的文学话语进行着持续的消解和消费。第三，后现代主义对知识分子精英意识的嘲弄：以形式至上、消解意义为主旨的后现代主义沉溺于对知识分子精英意识的"祛魅"。流行的时代话语（诸如"躲避崇高""活着就是找乐子"等）以一种玩世不恭的姿态，不断消解着知识分子的传统精英意识。

文学地位的不断边缘化带给20世纪90年代小说最明显的变化就是：作家开始呈现出对权力话语中心的隐逸。作家们有的转向民间，试图在民间寻找传统文化精神对现世精神的庇护；有的转向形式，沉溺于话语言说的自我陶醉；有的转向历史，在历史的偶然性中穿梭往来；有的转向世俗，在"冷也好热也好，只要活着就好"的理念下蹒跚而行；有的转向媚俗，以玩弄文字来对抗现实世界的虚无。在时代环境的胁裹下，"新小说""新旗号""新写实""新历史""新体验""新状态""新女性""新武打""新言情"等文学现象依次登场,显示出浓厚的消费主义文学特征。

中国文学既要现代化,又要民族化,这是历史的必然要求。近一个世纪以来文坛上的风云激荡,其原因都可深究到这种两难选择。1989年以来的文坛变动,当然也不可逃离这种历史必然性的制约。20世纪90年代的作家们正是在中国文学现代化和民族化的纠缠中,"戴着镣铐跳舞"。这种震荡与沉浮、消除与重构、迷惘与寻找,使得90年代的小说创作展现出不同于以往的文学格局。

二、文学格局的更迭

20世纪90年代商业化思潮以一种势不可挡的姿态向文学进军,进而对文学生产机制和艺术思维进行着潜移默化的塑造。面对着汹涌的商业化浪潮,有的作家开始转变角色,尝试着下海经商,由传统文人转变为文化从业者,在世俗化的道路上左奔右突;而掌握着文化生产者的话语权的出版商则纷纷采用商业化手段,在文学作品的包装和营销上煞费苦心,以争取更多的销量。面对着商业化思潮对文学精神的冲击和伤害,1993年到1994年间文学界开展的一场关于人文主义精神的讨论,可以说是人文主义的一次集体性自卫。在这次讨论中,一批作家(如张炜、梁晓声)和一批评论家(如王晓明、陈思和)对文学的商业化思潮给予了严厉的抨击。这些坚守人文主义精神理念的作家和文学评论家主张:"必须重建已被商业化严重腐蚀了的作家队伍及人文知识分子的人生观、价值观、道德观;重建已被'玩家学'严重扰乱了的文学家园。"①

伴随着"人文主义精神大讨论",不少作家在作品中显示出对商业化思潮的拒绝和不信任:以张炜为代表的部分作家公开亮出"拒绝投降""保卫纯洁"等旗号,以孤胆英雄的姿态对抗商业化

---

① 贺桂梅. 1990年代中国危机与知识分子主体的重建[J]. 天涯,2009(3):56-61.

思潮对文学的倾轧；以梁晓声、张欣等为代表的部分作家则以自己的作品真实地揭露出商业大潮带来的负面效应。

商业化浪潮对文学市场的冲击，使得通俗文学和严肃文学的边界日益消融，在市场经济培育的土壤中，边缘化、个人化的严肃文学和市场化、娱乐化的通俗文学找到了共生的基础。雅俗文学之间的边界日益消弭，互相融合，在市场经济化的浪潮中共生。在20世纪90年代的新写实小说中，人们又一次看到了现代市民的活跃和市民话语权力的膨胀。市民话语具有极大的包容性，它表现出一个时代的情绪欲望，也表征着一个社会的精神趋向。知识分子写作者在讲述市民话语时，确实前所未有地逼近了生活的真实，并保持了知识分子和市民社会的脉息相通。知识分子个人话语可以在描述市民生活中得以短暂地栖身，但值得忧虑的是一部分作家在认同市民价值立场的同时，却放弃了自己应有的批判姿态，使得市民话语权力无限膨胀，甚至在一段时间内，成为整个时代文学表现的焦点。池莉、方方、刘震云、刘恒等人将小市民的悲欢离合、衣食住行淋漓尽致地展现出来。这些小市民绝不浪漫而最讲务实，他们精打细算于每一笔收支，唠叨不休的是家长里短，冷漠算计的是琐碎生活。

而随之而来的后现代主义文学思潮则更是对现有的文学格局产生了颠覆性的影响。后现代主义把世界看作一个平面化世界，把人当作零散化的主体，因而不再相信世界的本质、规律和深度，也不再相信人的完整性。与这种世界观相联系的便是其虚无主义、消费（享乐）主义、游戏主义的人生观和以颠覆价值、消解意义、不确定叙述、拼贴等为特征的文学观。后现代主义作为外来文化的一个分支，与商业消费话语联手，突破了过去较为单一的宏大叙事，将人从政治意识形态的束缚中释放出来。它既为20世纪90年代小说提供了个人化的视界，也促进了文学观念的更新。同时，它也将文学置于一个大众化、无深度的尴尬境地。后现代主义思潮在一定程度上促成了90年代小说的多元化和复杂性,并对中国当代文学中哲学精神和文体意识的提升产生了独特的影响。

后现代主义文学最初集中体现于先锋派小说和诗歌中,但由于模仿痕迹过重,且与中国人审美心理隔膜太深,至20世纪90年代初便暂告消歇。然而作为一种文化思潮,作为历史祛魅的一个重要载体,后现代主义文学思潮始终伴随着90年代小说创作的沉浮,在90年代的各类新小说中显示出飘忽不定的影响力。

三、价值诉求的困境

在现代主义思潮和商业潮流的裹挟下,文学由神圣的殿堂跌落至市侩的街巷。当文学作品被视为一种商品进入消费市场,其必然要接受文学消费市场的检阅和扬弃,而文学消费市场的"优胜劣汰效应"必然引起文学价值取向的一系列裂变。传统的文学功能是以教育、认知、娱乐三大部分构成的,且尤以教育为首要的功能。但当时间进入20世纪90年代,文学的教育功能日渐式微,而娱乐功能大摇大摆扮成了主角。于是,文学由载道到载欲,文学在崇尚生命意识与张扬人性本能的鬼使神差下,摒弃了传统的文学价值观念,转而向婚外恋、婚变史等夺人眼球的领域进发。市场经济对文学的冲荡,归根到底将引起作家队伍的分流与文化心态的变化。在这种转型中,先锋派作家无疑是风头最劲的一派。先锋派作家是在理想失落和价值缺位的环境中长大,是在多元经济形态的市场大潮与西方后现代文化、文学的双重思潮冲击中形成的作家群落。先锋派无疑是时代的骄子与宠儿,报刊书籍、影视摄像机、大众传播媒介以及高价拍卖文稿的市场,成为先锋派作家的"名利场"。在这个"名利场"里,"文学确已失去了昔日诸如信念和理想等美好的事物的支持",读者的"目的仅仅在于通过阅读来印证自己的欲求","读者成了真正的文坛主宰和上帝,作家仅仅是仆佣而已"①。

20世纪90年代,作家的价值选择有意或无意地漠视了公众关切的社会重大问题,转而去迎合读者的欲求与市场的时尚;由历史的深沉反思与批判,转向借历史故事为题抒发个人的喟叹;由直面人生社会而回到人之生存和欲求的各个角落;由存在环境的改造与创造者而变为适应与顺从者。于是,"呐喊"的文学式微,"彷徨"的文学渐盛。在商品化冲击下,文学失去了自持与自控,沉溺于浪涛滚滚的商品市场而洋洋得意。

伴随着20世纪90年代文学价值选择的转移,彼时的文学审美信念也产生了嬗变。整体而言,90年代文学的审美信念由追求崇高转向躲避与亵渎崇高。在后现代主义浪潮的簇拥下,90年代文学开始有意消解与拒绝崇高。这种消解与拒绝主要通过两种途径来展示:一是用原生态的琐碎生活与充满折磨的生存处境来展示现实生活的无意义(以方方、池莉为代表的新写实主义作家);二是视文学创作为"游戏",对于文学传统中的真善美避而不谈,而用戏谑与调侃去亵渎崇高(以王朔为代表的"顽主"系列作家)。如果说刘震云小说人物是在单位与家庭"一地鸡毛"式的生活琐事中,磨损了人生进取意志,进而消解了崇高,那么王朔的小说则用话语,用妙趣横生的戏谑与调侃,直截了当地拒绝崇高。王朔说:"我一向反感信念过于执著的人。"② 他谈论自己的创作时绝无庄严味与崇高感,"玩一部长篇""哄读者笑笑""骗几滴眼泪"。在他看来,"人类生活中有很大一块是灰色地带。很多事情是无法用是非观和道德观去衡量的"③,文学不过是"把生活中原本无意义的

---

① 朱栋霖,朱晓进,吴义勤. 中国现代文学史 1917—2012(下)[M]. 2 版. 北京:北京大学出版社,2014:125.

② 王朔. 新狂人日记[M]. 北京:北京十月文艺出版社,2013:66.

③ 张韧. 转型期的文学[J]. 当代文坛,1994(2):4.

东西还原成无意义"。王朔小说并不是没有令人揪心的、沉重的东西，但在"顽主"系列中，在那些"玩的就是心跳"的文本中，玩弄与调侃消解了文学的崇高。

现实主义思潮表现在 90 年代文学文本中最突出的特征有二：一是 90 年代文学旗帜由"为人生而文学"转变为"为生存而文学"，由写集体历史命运和个人理想，转而写普通人的生存状态；二是 90 年代文学的聚焦点由专注于人际关系与社会冲突的紧张关系转变为聚焦于人类个体内心世界的挣扎。文学旗帜和文学聚焦的转向，正是现实主义思潮在社会领域和文学思潮方面影响力的投射。

新时期文学不论是写社会变革还是伦理道德，无不秉承了五四新文学运动提出的"为人生"之理想。为人生融入了视文学为"经国之大业""以天下为己任"的使命感和忧国忧民的忧患意识，从人生与社会、历史与时代的变迁中，描写人物的性格与命运。但到了 90 年代，文学却转向写人的日常琐碎的生存状态，即"为生存而文学"的旗号。当时，不仅仅是寻根文学与新写实小说，连传统的现实主义和现代主义小说，也在写生存状态，它实际是西方文化文学多重思潮，尤其是我国社会经济转型期价值观念转变的一种反映，即由关注社会集体转向看重个人自身的生存处境。方方、池莉、刘恒、刘震云等新写实主义作家是"写生存状态"的代表。《烦恼人生》的编者话对这类小说有一精辟的阐述："我们看到，在《人到中年》中，女主人公陆文婷常常用理想主义的精神漫游来解脱实在生活的烦恼；《烦恼人生》的主人公印家厚却缺少这种气质。作为一个普通的操作工，人到中年之后，他更多地被'现世'所拖累。"① 的确，如将《烦恼人生》与《人到中年》做一番比较，我们不只窥见二者迥异的艺术色彩，而且从中可以发现文学旗

---

① 编者的话 [J]. 上海文学, 1987 (8).

帜的嬗变,由展示"理想主义的精神"引导有价值的人生,转向了写"被'现世'所拖累"的烦恼人生。《烦恼人生》之类描写生存状态的小说,到了 90 年代,成为文学作品的主流,"为启蒙而文学"被"为生存而文学"的声浪吞噬了。

伴随着新写实小说兴起的风潮,90 年代小说的关注点也发生了转移,即由原来重点写人际关系与社会冲突,日渐转移到聚焦人类个体内心世界的挣扎以及人类与自然的关系。以余华、苏童、格非为代表的先锋文学作家,开始关注普通人的内心与现实世界的紧张关系,聚焦人类个体内心世界的挣扎与彷徨。余华的《活着》和王安忆的《长恨歌》为此中翘楚。进入 90 年代后,余华的《活着》从前期寻求语言的张力与刺激、叙述风格的陌生化转向逼近生活真实、以平实的民间姿态呈现一种淡泊而又坚毅的力量,从而提供了历史的另一种叙述方法,将先锋文学的关注点放在了典型人物的形象塑造上,为我们呈现出一个丰富多彩的艺术世界。而王安忆在《长恨歌》中,改变了在《小鲍庄》中的叙事技巧,用扎实细腻、冷静客观的手法,描述了女主人公王琦瑶历经半个多世纪风雨飘摇的一生,为我们提供了另外一种抚摸历史与现实的叙事方式。

四、诗性正义的复归

进入 20 世纪 90 年代以后,中国的社会生活发生了翻天覆地的变化。基于四个现代化建设的经济发展需要,"保持稳定"和"重建秩序"成为时代的主流价值诉求,这种价值诉求与 20 世纪 80 年代的启蒙价值诉求以及强烈要求社会进步的"变革思维"形成了强烈的社会反差。从当时的整体意识形态领域来看,90 年代的文化氛围几乎消除了 80 年代那种剑拔弩张的思想氛围,知识分子也逐渐改变了"非此即彼,此消彼长"的对立情绪和二元思维模式,转而"温和地"正面阐述自己的思想和观点。与此相呼应的中国当代小说创作,也成为这一时期社会"温和变动"的历史见证。随着整体社会意识形态的变迁,原本凸显在意识形态领域斗争的风口浪尖上的文学,在 90 年代逐步边缘化,充斥在文坛的不再是 80 年代的那种声嘶力竭的嚎叫,而是对整体社会变迁的"温柔一瞥"。中国作家因为文学立场的问题而遭受到意识形态领域的批判在 90 年代几乎不存在了,取而代之的是,原本在文学华丽外衣掩盖下的精神内核——"批判现实、反抗庸俗的文学精神"逐渐被剥落,顺着"文学世俗化"的大潮悠然前行。90 年代中国文学对政治表现出的冷淡,对各种意识形态领域斗争的拒绝,对文学启蒙精神内核的偏离,使得 90 年代小说创作陷入了"阅读即是审美乃至愉悦放松"的慵懒状态。这种慵懒的思想状态招来了文学评论者激烈的痛斥和批评,但作为一种社会存在,90 年代的小说创作的确呈现出与 80 年代文学截然不同的文学品格和精神风貌。

时代主潮滚滚向前,消费主义至上的主流意识形态缓慢吞噬着"怀揣浪漫主义与理想主义"的极少数作家的精神追求。在浪漫主义和理想主义四处碰壁陷入困境的时候,以陈忠实、阿来、唐浩明等为代表的坚信传统文化影响力的作家,重拾"宏大叙事"的结构模式,努力寻找出中国传统文化内在的生命力;以余华、苏童、格非为代表的部分先锋作家以"重新回归现实"的努力和尝试,探讨诗性正义在普通民众生存困境中复活的可能性,在创作转型的艰苦蜕变中,重扬诗性正义的文学理想和伦理诉求。

第二节 重振宏大叙事

按照法国哲学家利奥塔的理论,"宏大叙事"是欧美古典现实主义一个天然的显性特征,同时又是西方现代主义文学挥之不去的一个隐性特征。从本源上讲,"宏大叙事"与现代性、启蒙话语密切相关,"宏大叙事"常常隐含着某种神化、权威化、合法化的本质。"宏大叙事"具体表现在文学作品中，则是指具有合法化功能的叙事。热奈特曾经提出，"宏大叙事"在文学作品中具体表现为两种形式：一种是以德国古典哲学传统为代表的"哲理思辨叙事"，一种是以法国启蒙主义传统为代表的"个性解放叙事"。纵观中国现当代文学发展历程，中国现实主义文学也显露出与上述叙事模式相对应的两种叙事方式：与"哲学思辨叙事"相呼应的是启蒙现实主义，讲求民主与科学；与"个性解放叙事"对应的是革命现实主义，也称为革命浪漫主义，充满激情与理想。

历史的车轮滚滚向前，进入20世纪90年代后，随着"新写实小说""新历史小说"以及"零度写作"等"充满世俗化情调"的作品的大量出现，文学领域的"宏大叙事"成为当代中国作家和批评家消解的对象。面对着社会风潮以及文学作品内在品格的变迁，不同的作家做了各自不同的价值选择。"如果我只能写写发发如那时的那些中短篇，到死时肯定连一本可以当枕头的书也没有，五十岁以后的日子不敢想象将怎么过。"① 以陈忠实、周大新、唐浩明、阿来为代表的作家，在"作品日将陷入世俗化的喧嚣"中，坚持文学作品的"哲理思辨"和"文化品格"，重举"宏大叙事"的旗帜，主张以"史诗价值"来抵御文学价值的日益世俗化。陈忠实的《白鹿原》、阿来的《空山》、刘醒龙的《圣天门口》、唐浩明的《曾国藩》、二月河的"帝王小说"等，"不约而同大规模地表现中国现实生活的艰苦努力和对文学的史诗性追求，让我们感到中国当代文学的宏大叙事的强大生命力，也让我们由此而切入对中国文学现代性的民族特色的思考"②。

以陈忠实为代表的作家，在长篇小说创作中，非但没有放弃对

---

① 陈忠实. 关于《白鹿原》的答问 [J]. 小说评论, 1993 (3).
② 彭少健, 张志忠. 略论当下中国文学的宏大叙事 [J]. 文学评论, 2006 (6).

史诗性宏大叙事的追求,反而在具体的作品中追求更加多样化的艺术创作,在文化倾向、家族精神、史诗情怀、国家认同、宗教信仰等五个方面,展现出宏大叙事强大的生命力和艺术感染力。

一、文化倾向

承接"寻根文学"的余韵,赓续"三秦文化"的魂脉,深处关中平原的作家陈忠实始终关注着秦地文化对人的影响。"我和当代所有作家一样,也是想通过自己的笔画出这个民族的灵魂。我以前的某些中短篇小说也是这种目的,此次《白》书的写作意图也是这样。"① 在《白鹿原》中让陈忠实割舍不断的就是世世代代在白鹿原上痛苦挣扎的关中农民,让陈忠实魂牵梦绕的就是祠堂和宗族文化对人的牵绊和规整。在《白鹿原》的扉页,陈忠实用巴尔扎克的名言——"小说是一个民族的秘史"作为开篇点睛,以悲悯的情怀来打量地域文化尤其是宗族文化对个人命运强大的影响力。

在陈忠实的笔下,地域文化尤其是宗族文化不仅仅是个人的存在方式,而且也是族群生存的无意识背景。陈忠实采用全景式的历史叙事,描绘了白嘉轩、鹿子霖、白孝文、黑娃、田小娥等芸芸众生的命运变迁和心路历程,以笔为剑,剖开现实生活的面纱,直抵人物的内心世界,在文化心理层面,展示儒家文化和宗族文化对个人生命力的抑制和扬弃。"一方面它以错综复杂的人物命运描写,承续了五四以来家族母题小说的叛逆与救赎的深度模式,另一方面它又以其密集的历史信息与潜隐的文化符码,将主题的深度从二三十年代的'叛逆'、五六十年代的'革命'进入到民族文化心理探析以及民族政治权力结构变迁等富有理论空间的层次。"②

---

① 陈忠实. 关于《白鹿原》的答问 [J]. 小说评论, 1993 (3).
② 谭桂林. 长篇小说与文化母题 [M]. 长沙:湖南师范大学出版社, 2002:75.

《白鹿原》的文化倾向最直观的表现就是展示了形形色色的地域文化、宗族文化、关中文化、儒教文化以及民间神秘文化等。例如具有鲜明地域特色的关中文化——讲求"仁义"、尊师重道、讲究忠孝；例如充满封建迷信的巫神文化——"杀神祈雨""建塔镇妖""堪舆观相"；例如有着"白鹿精魂"的民间神秘文化——"白狼传说""白鹿显灵"；例如稀奇古怪的传统民俗文化——婚丧嫁娶、饮食习俗等。陈忠实先生不惜花费大量的笔墨来展示这些形形色色的文化，个中原因无非有二：一是借助文学作品，展现关中地域文化的纷繁驳杂；二是借助考察地域文化和宗族文化来展示文化对个体生存强大的影响力。《白鹿原》将会对当代人的世俗眼界、社会视觉产生有力的校正作用，把人们的关注点、感受点从追求片面的物欲实现，转移、聚焦在人的文化品性的优化与高尚价值的引领上。①

《白鹿原》中宏大叙事的文化倾向也表现为强烈的文化反思视角。陈忠实另辟蹊径，暂时搁置张炜等作家所擅长的思想启蒙视角，用耐人寻味的文化视角对传统乡土和宗法家族文化进行理性的探照，用文化反思的视角来审阅传统主流文化和宗法文化对人性的纠缠和禁锢。陈忠实曾说过："我和当代所有作家一样，想通过自己的笔画出这个民族的灵魂。"② 如何刻画出民族的灵魂？在《白鹿原》中，陈忠实通过塑造白嘉轩、鹿子霖、白孝文、黑娃、鹿兆鹏、白灵等跃然纸上的典型人物形象，展现儒家文化强大的影响力，继而探究关中子民身上的民族精神与文化品格，并借助"朱先生"之口喟叹民族的历史与文化命运。"天作孽，犹可违；人作孽，不可活，折腾到何日为止？"

---

① 谭桂林. 长篇小说与文化母题 [M]. 长沙：湖南师范大学出版社，2005：75.

② 陈忠实. 关于《白鹿原》的答问 [J]. 小说评论，1993（3）.

如果说巴金等中国现代小说家通过描述家族的溃败来达到揭露封建家族罪恶、抨击家族文化的目的，那么《白鹿原》则打破了将宗族文化看作阻碍社会进步之腐朽力量的叙事模式，把以家族文化为基础的传统文化视为维系人们日常生活的重要力量和建构宏大叙事的文化资源，进而重构一个国家的文化品格。艾略特曾经说过："正是历史感，使得一个作家最敏锐地认识到他在时间中的位置，意识到他自己的时代。"① 陈忠实无疑是敏感的，他在《白鹿原》中，以现代文化意识对民族的历史进行审视，将社会政治层面的变迁内化为地域文化和传统文化的分裂，以文化反思的视角对人的存在进行开掘和反思，进而实现对整个国家民族文化层面上的探照。

由于篇幅限制，不再赘述陈忠实先生在《白鹿原》中宏大叙事的文化倾向，转而对两个有趣的、深具象征意味的"物"进行简短的文化层面的分析。

"原"："原"既是静止的——半个多世纪的沧桑历史在一个恒定平坦的白鹿原上展开；"原"又是躁动的——关中子民的命运浮沉和生老病死都在白鹿原上躁动。"白鹿原"是恒常的、稳定的、封闭性的，这种稳定性之中充斥着内在的地域文化张力；"白鹿原"又是变动的、躁动的、开放性的，这种躁动性见证了底层人物的起起伏伏，始终被命运的绳子牵着在关中的地域文化中奔腾跳跃。"白鹿原"有一种文化上的魔力：黑娃、孝文在经历了人生的浮沉后选择回归；"白鹿原"又有一种文化上的排斥力：鹿兆鹏、白灵被一次次驱赶出这片原。这里是"乡约"规范下的"文化白鹿原"，这里也是革命风暴下的"躁动白鹿原"，同时也是关中文化浸淫的"仁义白鹿原"。

"戏楼"：戏楼既是白鹿原的文化中心，又是白鹿原的娱乐场

---

① 艾略特. 艾略特文学论文集 [M]. 李赋宁，译注. 南昌：百花洲文艺出版社，2010：176.

所,同时也是各种政治力量争斗较量的舞台。它见证了白鹿原上如同"风搅雪"般的农民运动——铡死了三官庙的老和尚;它见证了反动势力的反扑——田福贤重新得势后,又找白嘉轩借戏楼吊打农运分子,整死了白鹿原上最硬的汉子贺老大;同时它也见证了鹿兆海等年轻生命被戕害后的悲壮。戏楼演绎了白鹿村纷乱斗争中的善恶是非,描摹出"你方唱罢我登场"的历史真实,也探照出传统腐朽文化对美好人性的扼杀。

二、家族精神

如果说《白鹿原》以宏大叙事的文化倾向为显著特征,揭示民族历史深层意蕴,探究民族文化命运,进而通过重铸文化品格进行民族精魂想象,那么周大新的《第二十幕》则独辟蹊径,以宏大叙事中的家族精神,历史地展示20世纪百年中国民族工商业的艰难转型,在赓续优良家族精神的立场上,凸显对民族品格和家族精神的审视与思考。

周大新在《第二十幕》中所努力弘扬的家族精神主要有两点:一是"以商济世"的价值追求;二是薪火相传、坚忍不拔的精神品格。在"尚氏家族"近百年的历史沉浮中,亘古不变的是"以商济世"的价值追求。尚氏家族的尚安业、尚达志、尚立世、尚昌盛、尚旺旺五代人,之所以执着于家族祖业的振兴,不仅仅是因为家族的荣誉和梦想,更是因为他们在传统儒家文化的浸润下表现出的一种以商济世的追求。尚氏五代继承人念念不忘建造工厂,发展丝织业并不仅仅为了聚敛财富,而是实现儒家"兼济天下"的理想。正如小说中的容容对她的父亲卓远所说:"我认为机器不仅是文明的产物,同时它还会制造出新的文明,发展机器、发展工厂,是富民强国之道。"而卓远更是认为:"一个国家的国力强弱,主要体现在工业发展水平上,只要是为民族为国家强盛着想的事,即便是一种摸索和实验,我们也该接受。"如果说"修身齐家"体现的是尚氏家族成员的商业伦理道德,那么,"治国平天下"的追求就在以商济世的家国情怀中得以完成。

在《第二十幕》中,尚氏家族五代传人的血液中贯注着薪火相传、坚忍不拔的精神品格。一次次地被打倒,又一次次地重建,厄运始终没有击垮一个家族持之以恒的家族精神。尚家以"薪火相传、重塑霸王绸"的家族精神为最高理念,持之以恒,百折不挠。尚氏家族的活化石——尚达志突破了一个传统手工业者的局限,从发展实业的物质层面升华出一种儒家伦理道德与处世哲学,体现了家族精神所具有的时代超越性。尚氏家族的精神气脉,内化为责任担当意识,成为尚氏家族的人生信仰和价值目标。

周大新说,他期望在《第二十幕》中搭起一座人性抗争的花园,在人性的花园中展示出个体灵魂的标本。所以小说在充分肯定尚氏家族精神的同时,还透过历史的表象,对其家族精神所负载的文化传统进行了多维度的人性探索与反思。周大新是一位有着高度社会责任感和始终关注着人们精神生态的作家,在以"尚吉利"百年丝织史为主线的叙述中,他以现代性为参照,从社会发展和历史规律的高度,展开重塑民族品格的尝试,从一个家族工商业历经坎坷屡败屡战的奋斗历程中,探求家族精神的文化底蕴,开掘民族精神传统中适应现代社会而富有生命力的思想资源。这种探索在20世纪90年代文坛显得尤为珍贵。

三、史诗情怀

史诗是西方文学传统中最经典的文学体裁,从《荷马史诗》到莎士比亚的《奥德赛》,无一不是采用史诗的方式,来实现"一种用诗体写成的关于英雄冒险事迹的叙述"[1]。对照黑格尔对西方史诗传统的定义:"在史诗描述历史事迹的过程中,必须要有一个人

---

① 伍蠡甫,等. 西方文论选[M]. 上海:上海译文出版社,1979:321.

物来统领全诗,所有发生的历史事迹都要集中到这个人物身上,并在这个人物身上集中展现整个民族的性格和精神。"① 阿来的《格萨尔王》无疑是以一种"阐释西藏民族史诗"的野心在叙事。

《格萨尔王》还原了格萨尔王的神圣事迹,分为神子降生、赛马称王、雄狮归天三部分,与格萨尔史诗降生、征战、返回天界三部分完全吻合。在某种意义上,阿来的《格萨尔王》是对藏族史诗《格萨尔王传》的复述。作为一个具有独立思想和文学诉求的作家,阿来对这个流传千古的格萨尔王故事念念不忘。他竭尽全力描绘神界、魔界与人间三者之间"欲望与权力之间的纠缠",重点描绘出人间的神性与神力,为小说的创作基调涂抹上浓厚的神话色彩,进而增添了对神话历史化拷问的文学价值诉求,而这恰恰可能是阿来重述神话的独特之处。在阿来心目中,格萨尔王不只是一个流传千年的神话传说,它更是一段藏民族的英雄传奇历史。他说:"我写《尘埃落定》、写《格萨尔王》就是要告诉大家一个真实的西藏,要让大家对西藏的理解不只停留在雪山、高原和布达拉宫,还要能读懂西藏人的眼神。"②

阿来在《格萨尔王》中,按照常规的艺术处理,将小说的主要内容建立在复述史诗《格萨尔王传》的基础之上,在故事情节、体例安排上都基本与藏族史诗《格萨尔王传》保持一致。不论是叙述格萨尔王的英勇事迹,还是对"神子降生""赛马称王"和"雄狮归天"等情节极富想象力和魔幻的叙事;不论是"北方降魔""霍岭大战",还是"保卫盐海"和"门岭大战",阿来通过描绘这些大大小小的战争,充分表现了格萨尔王超人的力量、智慧和胸怀。

---

① 黑格尔. 美学:第三卷下册 [M]. 朱光潜,译. 北京:商务印书馆,1981:138.

② 燕舞. 阿来新书《格萨尔王》还原真实西藏 [J]. 新民周刊,2009(9).

众所周知，重述史诗神话是一项艰难的工作。面对汗牛充栋的原始材料和枝枝蔓蔓的零碎故事，如何在讲述一个民族史诗的同时，形成作家自己独有的风格，进而表达作家的文学诉求，这是史诗叙事模式难以逾越的鸿沟。写作之初他担心自己的《格萨尔王》会成为博物馆里的恐龙骨架，"只表现了整个故事的框架，却不能展现真实的、鲜活的故事和人物"①。而实际上，阿来坚持了自己的文学风格，在英雄形象塑造、事件情节延展、陌生化语言对话以及生活细节的拿捏上，都展现出浓郁的异域风格，在保留民间文学特色的基础上，以现代人的视角，建构了与原史诗不同的《格萨尔王》。深受20世纪80年代末"寻根文学"影响的阿来，在《格萨尔王》中对散落于民间并常为人们所疏忽的文化现象进行重新观照，在民族文化的追溯与眷恋中，唤醒现代人心中失落已久的那份神秘、质朴与纯净，并尝试复活藏族独特的文化传统与精神特质。借助于阿旺晋美这个人物，阿来的史诗情怀和英雄情结更加具象，更具美感。

阿来是一个有史诗情结和责任担当的作家："小说家的责任，我并不预先有意去考虑。我认为这是良知的一部分。有成就的小说家，才有资格承担这份责任，承担这份责任是通过作品来实现的……我在作品中有同情、怜悯，这是我的天性，这就是责任。"②阿来的史诗情结，除了受当代文学环境和国外小说的影响之外，另有一个不可忽视的传统，那就是藏族居住地域本身所具有的史诗传说的基调和先天基因。格萨尔王是藏族居住区域家喻户晓的民族英雄，而《格萨尔王传》则是世界上最长的一部史诗，被誉为"东

---

① 阿来. 述"东方荷马史诗"：阿来《格萨尔王》全球首发［J］. 2009 (6).

② 阿来. 在私人场合，我不是小说家［EB/OL］. (2016 - 12 - 11) [2018 - 01 - 01] http://news.163.com/14/0706/05/A0ES78NB00014AED.html.

方的荷马史诗",它融会了不同时代藏民族关于历史、社会、自然、科学、宗教、道德、风俗、文化、艺术的大量知识,是研究古代藏族社会的一部百科全书。

四、国家认同

受消费至上的大众文化潮流的影响,中国文学传统中"文以载道"的文学价值观受到极大的冲击。与此同时,新历史主义文学的戏说历史风潮以其解构历史、颠覆崇高、嘲弄英雄、强调偶然的戏说态度更是给历史小说的"史传实录"传统带来颠覆性的影响。作为一个具有强烈"民族国家认同意识"的小说家,唐浩明从现实的民族国家立场出发,以一种宏大的叙事风格追溯历史,揭示近代中国的民族国家意识一步步觉醒的历程,通过复现传统文化自身内在的调和能力,希求提高民族国家意识的凝聚力。

常规意义上说,"民族国家认同"离不开民族的历史记忆。因为"只有通过历史,一个民族才能完全意识到自己"。民族历史记忆并不简单地等同于对传统的怀旧式情感,它更多的是借助回顾传统的历史记忆,达到为当下和未来指明道路的目的。"'民族国家'认同话语必须建立在重拾传统的基础上,包括对于本土语言、风俗习惯、共同的历史记忆以一种意识形态的方式进行传播。更为重要的是,民族主义不仅仅是对历史的回顾,它同时更是对当下以及未来的政治、经济需要的指向性提供一种确切的答案。"[①] 从这个意义上讲,以唐浩明的《曾国藩》等为代表的一批旨在挖掘传统文化资源、重释"民族国家"想象的历史小说刚一出现,即成为引领时代风向的文学潮流。

---

① James Connolly, *Socialism & Nationalism*, by first published January 1897 in the Belfast-based Republican newspaper *Shan Van Vocht* Transcribed for the Internet by the Workers, Web ASCII Pamphlet project, September 1997.

"90年代中国知识分子有着明显的双重身份,即民族身份(相对于其他民族的知识分子)与民间身份(相对于官方)的共存。"① 如果说唐浩明小说对民族国家观念的表达体现着作者对20世纪90年代知识分子的民族身份意识的话,那么他对传统知识分子人生之路的反思则体现着作者的文学价值诉求。在唐浩明的《曾国藩》中,总是隐藏着人生道路选择的矛盾和纠缠:一是"达则兼济天下"的儒家入世情怀对个人建功立业的诱惑力,二是"遁入空虚之境"的道家出世态度对个人悲苦遭遇的化解力。在曾国藩的身上,典型地体现着"出世与入世"之间痛苦的纠结。儒家伦理及政治哲学一直是中国社会政治文化的基石,也是中国知识分子与普通大众共同的认同基础。它集修、齐、治、平等功能于一身,为中国的专制统治提供合法化的依据。而传统道家及佛教文化又总能巧妙地为士子功利人生提供灵魂的抚慰栖息之所,消解内心的躁动和欲念。正如作者所言:"我想写出一个人与事业这样的问题,具体来讲,就是晚清一个大的政治活动家与洋务运动,把它抽象出来,就是人与事业。""我在自己四十岁写曾国藩的时候,有一种强烈的建功立业的抱负和心态,所以写曾国藩写得酣畅淋漓。而写张之洞时,我对有些东西的质疑是无处不在的,所以充满了这种历史苍凉感。我写曾国藩受挫时回家,很悲凉,但他内心里那股强劲之气还是存在。"②

在唐浩明笔下,曾国藩是传统士大夫文人的化身,曾国藩的独特气质和价值选择是中国传统知识分子的一个缩影:曾国藩在"操办团练,平定太平天国运动"时,似乎是宋代王安石变法的翻版,而在"为国尽忠、兴办洋务遭受失败"时的心灰意冷,似乎又是重

---

① 陶东风. 社会转型与当代知识分子[M]. 上海:上海三联书店,1999:92.

② 唐浩明. 曾国藩[M]. 武汉:长江文艺出版社,2016:2.

蹈"万念俱灰、修身养性"的覆辙。曾国藩行事与为人的两面性、建功立业与修身养性之间的纠缠、个人意志与时代形势的矛盾等都是唐浩明对传统知识分子命运的"温情一瞥"：面对着西方列强的压迫冲击，传统知识分子该如何"兼济天下"？面对着大清帝国的连续溃败，身陷痛苦之中的曾国藩们该如何"独善其身"？

在唐浩明的历史小说中，挥之不去的是家国同构的价值认同——在外族势力的冲击下，浸淫儒家传统文化的知识分子应该选择"出世"，努力与整个外部压迫势力抗争，在困境和反思中，寻找中华民族自身的出路。"十多年来亲历兵戎，对外国与中国在军事上的悬殊，他（曾国藩）看得很清楚。一个基本认识已在心中深深地扎下了根：与洋人相争，不在于一时一事的输赢，而在于长远的胜负。中国目前不如洋人，一旦开仗，只有失败。要靠'打脱牙和血吞'的精神，忍辱发愤，徐图自强。"

五、宗教信仰

作为藏族作家，阿来的文学倾向不言自明，他自己都承认，写作是为了寻找藏族历久弥新的精神和魂魄。这种对藏民族信仰的崇尚，或者说对藏族文化和藏族精魂的皈依，在长篇小说《尘埃落定》中得到了淋漓尽致的展现。从某种意义上说，《尘埃落定》似乎是一种"神迹"般的存在。它的"神秘感"首先源于一种不同凡响的异质文化——藏族历史宗教文化。《尘埃落定》被誉为"一部藏民族的秘史"，阿来多次在不同场合强调这本书的民族文化来源："这本书来自于藏族文化和藏族这个大家庭中嘉绒部族的历史，与藏民族民间的集体记忆与表达方式有着必然的渊源"①；在塑造傻子少爷这个形象时，"我大致找到了塑造傻子少爷的方法。那就是老百姓塑造阿古顿巴这个民间智者的大致方法"；在讲述故事的

---

① 阿来. 文学表达的民间资源［J］. 民族文学研究，2001（3）：3.

文本形式上,"是民间传说那种在现实世界与幻想世界之间自由穿越的方式,给了我启发,给了我自由,给了我无限的表达空间"①。

阿来曾说,大地会给人以美学上的浸染。他对藏民族的宗教信仰和文化魂魄有过这样的描写:"康巴,每一片草原都犹如一只大鼓,四周平坦如砥,腹部微微隆起,那中央的里面,仿佛涌动着鼓点的节奏,也仿佛有一颗巨大的心脏在咚咚跳动。而草原四周,被说唱人形容为栅栏的参差雪山,像猛兽列队奔驰在天边。"② 在《尘埃落定》文本的细部,表现出对宗族和宗教信仰的皈依。比如,虔诚的格鲁派喇嘛来到傻子少爷的官寨传布教义,结果却要失去自己的舌头,行刑过后,"那段舌头就飞了出去。人群里响起一片惊呼声。一只黄狗飞跃而起,在空中就把舌头咬在了嘴里。但它不像叼住了一块肉,却像被子弹打中了一样尖叫了一声,然后重重摔在了地上"。在这里,阿来重点描述灵魂皈依所付出的代价,通过代价的沉重,来凸显宗族和宗教信仰对人的影响力。

在《尘埃落定》中,阿来描述了很多人的生生死死,运笔颇具宿命和悲剧的意味,但却透露出藏族独特的生命意识。而这种独特的生命观念促使了阿来对藏民族宗教信仰的认同和皈依。正如傻子少爷并没有因世间的悲剧而厌弃生命,在弥留之际,他仍留恋这片土地,希望如果灵魂真有轮回,"叫我下一生再回到这个地方,我爱这个美丽的地方"。阿来是写实的,他虽"身在其中",却自始至终怀着旁观者的心态和目光,试图展现康巴地区土司官寨土崩瓦解、尘埃落定之前50年的历史;阿来同样也是浪漫的,文笔细腻处,显露出藏地文化独特的魅力和高贵纯洁的崇高信仰。

---

① 阿来. 文学表达的民间资源[J]. 民族文学研究,2001 (3):4.
② 阿来. 德格,湖山之间,故事流传[EB/OL]. (2010-09-03)[2018-01-01]http://blog.sina.com.cn/s/blog_60ad606e0100li7d.html.

第三节 先锋作家的转向

如果说陈忠实、阿来、唐浩明以及周大新等少数作家在20世纪90年代小说创作中坚持以宏大叙事的模式来对抗世俗社会对个人精神世界的倾轧，试图展现出传统文化中的"诗性正义"，那么以北村、余华、苏童为代表的部分先锋作家在1992年的写作转型后，则坚持以"重新回归现实"的方式，努力探讨诗性正义在普通民众生存困境中复活的可能性，在创作转型的艰苦蜕变中，在展示底层民众现实生存困境的体悟中，投去了"理想主义的温情一瞥"。

一、寻求信仰

曾经被称为"先锋作家"之"中流砥柱"的北村，在1992年有一个明显的写作转向。他"不再将创作局限于语言游戏和肉体痛苦，而是深入人物的内心和灵魂，探究人在世界中的终极价值，人的生存困境和精神的超越"①。从《伤逝》开始，北村尝试钝化锋芒外露的语言风格，将感情的重心回归现实，以一名信徒的视角，关注民族的信仰问题和道德困境，从激进的先锋派作家转型为信仰的虔诚追寻者。

20世纪80年代末的先锋小说浪潮起势时势如破竹，退去时风轻云淡。当时先锋派作家在文本的形式实验方面走到了极限，必然要面对痛苦的转型，寻找文本创作新的路径和文本写作新的感情表达。在这些作家中，北村的转向最大，也是最特殊的。他既没有像苏童一样，在阴暗的历史深处挖掘出飘忽不定的旧时故事；也没有像余华一样，在简单故事的表层植入温暖而又悲怆的小人物生存图

---

① 陈晓明. 北村的迷津 [J]. 当代作家评论，1992（1）.

景。他单独从"西方外来文化"的基督教中吸取精神和灵魂的坐标，借着信仰的光照，开始对人类生存意义的打量和思考。他尝试用基督教的信仰，重新寻找文本写作之价值追求的可能，重新萃取中华传统文化中具重大价值的理想主义光环。

从本质意义上说，转型后的北村虽然在文本框架及语言形式上改变了锋芒外露的个人气质，但是在作品的内容和精神上，依然"洒落着理想主义和浪漫主义的光辉"①。正如尤奈斯库所言："所谓先锋，就是自由。"② 先锋文学从本质上来讲其实是一种反抗和否定现存的文化体制和意识形态、自由地表达审美理想和对人类生存境遇思考的文学，形式只是外壳，精神才是核心。"文学艺术中，真正的先锋是一种精神上的超前，是一种对社会、人生的本质体验和理解，它所指称的作家应该站在时代的最前列，对人类的痛苦、对历史演绎而成的绝望与焦灼拥有义不容辞的承担勇气，并且要回答人们共同的追问和永远的期待。"③

北村的转型从根本上说，依然"对人类的痛苦、对历史演绎而成的绝望与焦灼拥有义不容辞的承担勇气"，依然对人类的价值追求和生存困境有着"不懈的追问和永远的期待"。在《施洗的河》中，北村摆脱了形式实验的累赘，用朴素到近乎白描的语言，站在宗教信仰的思想维度，将思考的重心放在了对人类生存本质的体验上，通过对人类生存的痛苦和绝望的临摹，探索人类生存困境和救赎的可能。

《施洗的河》中，北村开篇即以《圣经》"天国近了，你们应当悔改"的经文为引言，凸显了鲜明的宗教忏悔意识。北村以陀思

---

① 陈晓明. 北村的迷津 [J]. 当代作家评论, 1992（1）.
② 尤奈斯库. 论先锋派 [M]. 上海：上海三联书店, 1984.
③ 洪志纲. 守望先锋：兼论中国当代先锋文学的发展 [M]. 桂林：广西师范大学出版社, 2005：132.

妥耶夫斯基式"坏人究竟有多坏"的思考方式,将刘浪带到上帝面前,接受审讯并同样接受了神圣光环的光照。从《施洗的河》到《张生的婚姻》,从《孙权的故事》到《卓玛的爱情》,从《最后的艺术家》到《还乡》,北村将笔端放在了更多的普通人身上,一定程度上放弃了描写现实与人之间的紧张关系,转而更多地描写普通人的生存困境,意在引申出独特的文学价值思考:基督教的救赎意识和忏悔意识究竟对社会紧张关系的缓解和修复起到什么样的效果?在宗教信仰光环下,理想主义情怀还能不能引申出对人性和人生价值的再思考?

宏观上讲,北村作品中体现着鲜明的忏悔审问意识,散发着浓厚的理想主义色彩。从《施洗的河》开始,这种浓厚的理想主义色彩主要体现在"灵魂拯救和社会改良"的创作动机、"宽恕与忏悔意识并重"的创作主题上。

创作动机是驱使作家投入文学创作活动的内在动力,北村在意识到语言无法叙述真相后有一段时间陷入失语的状态。"文学是极其无力的,最好的文学也只能接近一种可能准确的诊断,却从来不开药方和治疗⋯⋯作家唯一能够贡献社会的,就是他谋求揭示在各种的社会环境、冲突、时代里面的人的处境,这个处境主要表现在人性和灵魂上。这是作家唯一有价值做的事情。"① 在皈依宗教信仰后,北村想表述的观念就是在信仰的光照下观察人性的纠结和挣扎,从而书写人的生存困境。不同于通俗文学对"你侬我侬"式的文学消遣的追逐,不同于新写实小说对"人为什么而活"的逃避,北村以严肃的态度直面人类的生存困境,力图开拓远离迷失和道德沦陷的拯救之路。宗教信仰对北村的影响力是不可否认的,但尤其值得注意的是,北村的创作动机中饱含灵魂拯救和社会改良的热情和期望。北村在一次访谈中说,他之所以锲而不舍地写出《施洗的

---

① 北村. 我与文学的冲突[J]. 当代作家评论, 1995 (4): 66.

河》等作品，主要是出于对同胞的深切之爱。"对民族存亡危机的思考代替人类关怀成为最高的精神事务，生命体验成了道德感和民族情感的体验。"① 从某种意义上说，北村和史铁生的文学努力，具备了独特的时代意义。他们二人以宗教信仰为坐标，尝试着依靠信仰和宗教来解决这个时代最为重要的问题和弊病，这种文学品格在鱼龙混杂的 20 世纪末文坛显得尤为珍贵。

在北村的作品中，我们看不到对物欲或肉欲的顺从放纵，也找不出单单体现"美"却不体现"真"的轻松赏玩，"他的文学作品，都体现出信仰所赋予的将人引向对生存的反思、对意义的追寻的使命感"②。正是这种使命感，使得北村"保持了一个作家的品格与良心，没有任凭笔下的文字随世俗潮流堕落，而是在文学的'假死'中积极等待和期待着它的'复活'"③。在具体的作品中，北村的笔触首先伸向了那些未曾接受过启蒙而又试图自己拯救自己的人群。这些人感受到了心灵的空虚和生存意义的缺失，他们费尽心力尝试去忏悔、去宽容别人或者自己对自己的伤害，去为自己寻找一个有意义有价值感的人生目标。不管最终的结局如何，在北村的作品中，总是弥漫着强烈的宽恕意识和忏悔意识。《鸟》中的康生以爱情为存活之意义，当他发现妻子早已与其同床异梦，自己竟也与他人通奸，在忏悔和悔恨中，"如鸟飞下了结残生"。《伤逝》中的超尘之选择自杀，最根本的原因是"无法忘却的耻辱感和宽恕的无能为力"。不管是爱情与亲情，还是事业与文学，都无法填充内心世界的空缺，每一次的纠缠和挣扎，都是每一轮的心灵忏悔。当所有的力量都无法做到宽恕别人和宽恕自己，剩下的都是生命中

---

① 杨经建. 存在与虚无：20 世纪中国存在主义文学论辩 [M]. 北京：人民出版社，2011.
② 谢有顺. 救赎时代：北村与先锋小说 [J]. 文艺评论，1994（2）：38.
③ 刘小枫. 拯救与逍遥 [M]. 上海：上海三联书店，2001.

的"毫无意义"。

二、关注现实

在早期的写作中,余华醉心于对怪诞、罪孽、阴谋、暴力世界的创造。比如在《现实一种》《河边的错误》中,余华将"死亡叙事"和"零感叙事"发挥得淋漓尽致,重点描绘出现实社会与个体生存之间的紧张关系。文坛公认的是,从《在细雨中呼喊》开始,余华有一个明显的写作转型,尤其是在20世纪90年代后期的《活着》《许三观卖血记》等长篇小说中,余华开始回归传统,用一种温情的、充满怜悯的情感来描述平凡人生中的苦难,为"福贵""许三观"们的悲苦生活投入"温情而又伤感的一瞥"。

关于余华20世纪90年代的转型,专家学者的论述可谓足够充分,从写作主题到叙述视角,从文学现实到文学想象,从语言风格到叙事视角的转换,不一而足,在此不再赘述。余华在90年代的转型实现了从暴力的书写者到现实的叙事者的转换。难能可贵的是,他始终对社会的底层民众投去悲悯的关注;难以忽略的是,在温情叙事的背后,始终没有放弃文学对底层个体的人文关怀。从某种意义上说,余华的转型,在表现冷酷现实对个体的戕害背后,充满着理想主义的人文关怀。

余华在一次接受访谈时对自己的写作转向做了一个清晰的解读:"早年我是为了世俗而写作;后来是为了美学而写作;现在的写作,就是奥威尔所说的,为'政治'写作。"[①] 随着年龄的增加和阅历的增长,余华在文学作品中更多地加入了自身的思考,以一种更加成熟的情感来描写世间的万物。"一个作家的小说越写越大,我想是一种必然,随着人生阅历的丰富和生命的成熟,还有时代的

---

① 王侃,余华. 我想写出一个国家的疼痛[J]. 东吴学术,2010(1):28.

变迁等等原因,作家把握叙述的能力也会不断加强,小说的结构也会随之扩大。"①

转型之后的余华尝试用悲悯的目光来对底层民众的生存困境展开理想主义的人文关怀。"他渐渐平息了内心的愤怒,其文学作品不再表现人物与现实敌对的紧张关系"②,而开始用一种"高尚"的、对世间万物充分理解的、"超然"的、对善与恶一视同仁的"同情"的目光来关照整个世界。"有一天当我被某些活生生的事实所深深打动时,我发现我所掌握的叙述很难接近到活生生之中。在过去,当我描写什么的时候,我的工作总是让叙述离开事物,只有这样我才感到被描写的事物可以真正地丰富起来,从而达到我愿望中的真实。现在……我如何写出我越来越热爱的活生生来?"③"回首往事,我仍然心有余悸。我觉得二十年前的自己其实走到了精神崩溃的边缘,如果没有那个经历了自己完蛋的梦,没有那个回来的记忆,我会一直沉浸在血腥和暴力的写作里,直到精神失常。"④ 概而言之,余华《在细雨中呼喊》后的作品充满悲悯的人文关怀的因子,他开始以一种近似怜悯的目光来打量生存的世界,为"福贵"和"许三观"们的生存困境洒上理想主义的光辉。余华这种文学观念的转型突出表现在"重新发现传统文学'悲悯向善'的文学价值""重拾叙述语言自身的生命力"和"重现文学的想象力"等三个方面。

从《在细雨中呼喊》到《活着》再到《许三观卖血记》,余华

---

① 余华. 我的真实 [M] //吴义勤. 余华研究资料. 济南:山东文艺出版社,2006:3.
② 张清华. 文学的减法:论余华 [J]. 南方文坛,2002(4):4-8.
③ 吴义勤. 余华研究资料 [M]. 济南:山东文艺出版社,2006:324-325.
④ 余华. 我们生活在巨大的差距里 [M]. 北京:北京十月文艺出版社,2015:156.

不仅跨越了从"零度叙事"向"温情叙事"的叙事障碍,而且从具体的文本叙事中站在现代性的立场上,重新发现了传统文学的内在价值——"悲悯向善"。他说:"事实上,文学的传统从来没有停止过变化,正因为这样,文学才在不断展开……文学的传统总能通过它自身的调节来吐故纳新,有点像不断生长的生命,不停地变化着。传统是不会衰老的,它永远处于未完成的阶段。当它需要更新时,它就会出现阵痛,便意味着现代正在来临。现代根本不是传统的敌人,而是传统自我更新时的表达方式,或者说是传统能否生存下去的惟一手段。"① 正是对文学传统中"悲悯向善"的这一特殊理解,使余华的文学作品从叙事形式以及审美趣味都产生了明显的转变。这种转变,并不只是表现为他对叙事话语单纯性和准确性的追求,也不只是表现为他对底层人物命运的完整性的尊重,最重要的是,它表现在余华对生存苦难的深切关注和悲悯体恤上,表现在他对日常生存中"人性温情"的重新发现,表现在他对生命中善与真的无限敬畏上。"作家必须保持始终如一的诚实,必须在写作过程里集中他所有的美德,必须和他现实生活中的所有恶习分开。在现实中,作家可以谎话连篇,可以满不在乎,可以自私、无聊和沾沾自喜;可是在写作中,作家必须是真诚的,是严肃认真的,同时又是通情达理和满怀同情与怜悯之心的;只有这样,作家的智慧才能够在漫长的长篇小说写作中不受到任何伤害。"② 从《活着》开始,余华重视传统文学中"悲悯向善"的文学品格,尝试着对福贵这样的底层人物的生存困境进行"诚实"的、"向善"的伦理召唤。在《许三观卖血记》中,余华持续关注许三观生存的苦难过

---

① 余华. 前方与后记 [M] //余华. 我能否相信自己:余华随笔选. 北京:人民日报出版社,1998:前言,151-152.
② 余华. 长篇小说的写作 [M] //余华. 我能否相信自己:余华随笔选. 北京:人民日报出版社,1998:181.

程,以一种"同情与怜悯之心"来关照社会底层民众的生活。余华这种充满人道主义色彩的悲悯情怀,在写作中秉持的伦理正义和信念价值立场,都是受其写作转型中不可或缺的精神世界的影响。

重拾叙事语言自身的生命力是余华在文学转型后又一个重要的特征。叙述风格上的转变最突出的就是他对叙述语言张力的理解。"那时我还比较牛,不让他们发出声音——你们发什么声音,你们不就是我编出来的嘛!你们都是我的世界里的人物,我就是法律的制定者,我不需要你们讨论通过的!我说的就是标准,我把这个字说错了,你们谁都不能说把它说对。"① 但到了《活着》《许三观卖血记》等长篇小说时,"福贵"和"许三观"们开始有了自己独立的声音,"到了九十年代,我的写作出现了变化,从三部长篇小说开始……应该说是叙述指引我写下了这样的作品,我写着写着突然发现人物有他们自己的声音,这是令我惊喜的发现,而且是在写作过程中发现的"②。在《许三观卖血记》中文版自序中他这样描述:"在这里,作者有时候会无所事事,因为他从一开始就发现虚构的人物同样有自己的声音,他认为应该尊重这些声音,让它们自己去风中寻找答案。于是,作者不再是一位叙述上的侵略者,而是一位聆听者,一位耐心、仔细、善解人意和感同身受的聆听者。"③ 叙述语言及叙事风格的转变,在余华的小说中,更多地表现为一种文学价值选择的转变。《现实一种》或者《鲜血梅花》中叙述人物的"失语状态",其实就是余华以"狂欢式"的人物行动来返照人物心灵世界的空虚。借助语言的"失语状态"和行动的"狂欢状态"

---

① 余华,洪治纲. 火焰的秘密心脏(对话)[M]//洪治纲. 余华研究资料. 天津:天津人民出版社,2007:19.

② 余华. 我的写作经历[M]//余华. 没有一条道路是重复的. 上海:上海文艺出版社,2004:114.

③ 叶立文. 叙述的力量:余华访谈[M]//陈骏涛. 精神之旅:当代作家访谈录. 桂林:广西师范大学出版社,2004:129.

之间强烈的对比,余华试图逃避传统文学所承担的社会价值,而是以一种隐喻的状态来刻画现实世界的冷酷;而在《在细雨中呼喊》和《活着》中,余华努力将叙事人物的失语状态"解禁",让"福贵"们自说自话,甚至让牛也有了丰富的语言对话。从"语言的暴君"到"让语言自己发声",从叙事人物的"失语"到叙事人物的"自说自话",余华开始以一种达观的、通透的生命意识来关照生活,开始以一种带有理想主义色彩的人性关怀来探照现实。"语言即权力",重拾叙事语言自身的生命力,正是余华转型后小说作品的强大感染力之所在。

第四节 青春文学与"80后"作家

随着青年创作群体的成长壮大,"80后文学"成为当代文学史纵轴下不可忽视的一个坐标点。在此,需予以说明的一点是:在当代文学评论界,评论家及相关学者对"80后文学"尚未有一个明晰的界定。究其内在原因,情况较为复杂。由于涉及文学批评、文化传播以及社会背景等诸多因素,其概念的内涵与外延具有模糊性。因此,虽然采用"80后文学"这一代际化命名方式尚显粗糙,但在未能明确其文学史地位兼及美学风格之时,以"80后文学"指涉出生于20世纪80年代的青年作家之创作且是权宜之计。在此意义上,对"80后文学"进行历史溯源,可追溯至《萌芽》杂志与浙江文艺出版社2003年"萌芽小说族丛书"的宣传:"文坛80后。"[1]《萌芽》杂志在1999年推出的"新概念作文大赛"则被视为"80后文学"的温床,其代表人物韩寒、郭敬明、张悦然、周嘉宁、颜歌等人,均为"新概念作文大赛"一等奖得主,颇受当下

---

[1] 黄平,金理. 什么是80后文学 [J]. 南方文坛,2014 (6):11.

青年读者的追捧。"新概念作文大赛"旨在提倡"新思维""新表达""真体验"的写作,无形中为80年代的青年学子提供了展示自我和表达自我的平台。伴随着一批书商对"80后"写手的华丽包装与宣传,"80后文学"在市场化与商业化的双重裹挟下应运而生。其带来的巨大商业效应和凭借网络传播媒介的生产机制,使得"80后文学"一出场就带有区别于传统的异质性,此后"80后文学"更是作为一种文化现象被不断阐释与解读。

"80后文学"发展至今,已逾十载,新一代的青年作家从青葱岁月步入了而立之年。随着荏苒时光的打磨,人生阅历的丰富,"80后"写作者们逐渐积淀出文本的质感以及成熟饱和的情感;从被主流文坛被动接受的际遇,演变为主动地靠近知识分子立场,并试图承担起诗性正义的公共使命,进入公共生活,重建文学与社会的关系。本节欲深入青年作家创作的肌理与内核,从青年创作的青涩书写中探察青春作家的自我抒怀与诗性正义的宏大叙事之间的可能。

一、感伤的浪漫

通过1997年"新概念作文大赛"发声的这批"80后"群体,时值豆蔻年华,校园是他们最熟悉的生活场景,因而校园生活成为其最先书写的对象。彼时的青年作家,是新中国独具特色的一代青年:他们是在国家改革开放,经济飞速发展,文化形态、价值理念巨变下成长起来的一代;他们是不用生活在水深火热中,肩负救国兴邦的重任的一代;他们是生活无虞,不必经历食不果腹的荒年的一代。物质的极大丰富,使得父辈家长并不强求"80后"一代过早地谋取生计,而致力于开拓其丰富的精神内核,因此"80后"一代青年被寄予太多的厚望,受教育便成了"80后"一代不得不面临的主题。父辈的过高期许,升学的重大压力与青春期特有的躁动心绪和对外界的好奇,令"80后"一代的青春呈现出一半明媚、一半忧伤的模样。青年们以细腻精致的文字，手绘色彩斑斓的青春图景，勾勒出个体生命的成长线条。

青春成长小说，自五四以来，就不断被书写。从梁启超的《少年中国说》中强调少年与国之未来关系，到巴金的《家》里对少年意识觉醒与封建传统家庭抗争的悲剧书写；从左翼革命话语对个人成长命运的激烈表达，到郁达夫笔下，青年成长过程中灵与肉的冲突给个体生命带来的痛苦；从新感觉派极力展现光影声色和人物细腻的情感，到汪曾祺痴迷于以传统伦理风俗作为青年成长的背景；从杨沫《青春之歌》中革命青年在时代演变中的感情变化，到伤痕文学、知青文学对青年生命伤痕的书写等，均呈现了个体生命丰富的情感体验，同时也展现给读者青年成长的不同时代和历史背景。

传统的众多事实已然表明："自我往往成为青春进入人生、世情甚至历史的入口。"①"80 后"一代青年的成长背景和自身阅历，使得他们的写作主题并不向崇高的家国情怀或宏大的革命历史叙事靠近，而趋向于自我内在情绪抒发的"个人化写作"，构建属于这一代人的日常化叙事经验。"80 后"作家的写作普遍弥漫着"忧伤"的味道，这也成为"80 后"创作群体表达自我的一种集体性姿态。一如郭敬明在《左手倒影，右手年华》中自白式地叙说"青春的底蕴就是孤独，抑或是孤独弥漫了整个青春""这个三月，我前所未有地忧伤"；张悦然《鲤·孤独》里对酒成三人式的孤独写照"当天彻底黑透后每个罪恶的人身上沾染的尘垢就会纷纷落下来，凝结淤积成黑色的痂，那是人的影子"；以及七堇年的《被窝是青春的坟墓》蓦然回首时察觉"那些愉快，最终因为过于短暂而在回想起来的时候变得伤感；而那些伤感，却会因为叫人刻骨铭心

---

① 郭艳. 像鸟儿一样轻，而不是羽毛：80 后青年写作与代际考察 [M]. 北京：文化艺术出版社，2012：9 - 10.

而变成了回忆中的快活体验",忧伤的因子氤氲在这些细腻而敏感的青春情绪里。诚然,这些青春期不知何时就会弥漫的忧伤,于成人世界的读者而言通常是不明就里的,诸多论调也已证明"批评界对 80 后作品普遍弥漫的忧伤气息多持否定态度,认为他们的文章满纸苍凉,秋意太重,充满了孤独、颓废、绝望,甚至是仇恨,仿佛受到了莫大的委屈与生活磨难"①,"他们是温室里的花朵,他们是天堂里的天使,他们的忧伤对于已经深陷在现实刻板而严酷的规则里的成年人来说,自然就变成可有可无的童话甚至是无谓的絮语"②。青年创作群体笔下的忧伤情调,确实缺乏质感,解构了现代语境下的深度模式,呈现出日常经验叙事的薄弱性。然而,面对"忧伤"成为青春期普遍情绪的既定事实,读者不得不发问:不识愁滋味的少年,何来伤春悲秋之叹?

实际上,"80 后"一代的创作并没有偏离于真实的轨道,而岑寂的忧伤亦不是无病呻吟式的生造,恰恰是"80 后"创作群体最真实、最自我的一种话语表达方式。他们以惆怅的笔调触碰"80 后"一代心灵最柔软处,关注着这一代人的青春成长之路。

郭敬明的《左手倒影,右手年华》以高中少年的视角,自剖式地展现青年成长过程中的快乐和忧伤并存、理想与现实对峙的模样。郭敬明以日常生活中的种种具象置换精神层面之抽象:以躁动嘈杂的摇滚乐、婉转优雅的大提琴声线、孤独的民谣 CD、重复宿命主题的王家卫电影和流浪不羁的吉他乐手等来表决"80 后"青年们对自由张扬生活的向往以及对流浪人生的追求,来呈现一代人在沉迷于麦田和紫堇下的片刻宁静时,又难遣孤寂而繁复的内心。郭敬明笔下,"80 后"们是一群背着行囊出发,偏爱火车与铁轨的

---

① 刘桂茹. 当忧伤成为时尚:郭敬明《爱与痛的边缘》解读 [M] // 李斌. 郭敬明韩寒等 80 后创作问题批判. 长沙:湖南大学出版社,2015:15.
② 张未民. 新世纪文学研究 [M]. 北京:人民文学出版社,2007:528.

少年。未知世界犹如不知伸向何处的铁轨,充满着无限的可能,对少年们形成了极大的诱惑,召唤他们向着神秘之地奔赴。值得一提的是,郭敬明并没有一味纵容他笔下的人物浸淫在幻想世界中,而是将一切可能悬置,以沉重的学业、残酷的升学竞争等现实生活介入书写,刻画背着双肩包进出图书馆、安静做题的"好学生"模样;以铺天盖地的试卷、摞成一叠的参考书目模拟真实的高三生活。郭敬明以"你看,你还是要向很多东西妥协"落脚,诠释了他眼中的成长,即意识到强大理想在现实面前的不堪一击。青年们的忧伤来源于理想和现实的巨大落差,父辈作为现实外力的推手,表征着强大的现实话语,而青年一代则是自我理想的写照,两者无法进行有效的沟通。如此,形成无法消解的隔阂,衍生出青年文本里无法消弭的"孤独"情绪。郭敬明的《爱与痛的边缘》《梦里花落知多少》以及《1995—2005 夏至未至》,七堇年的《被窝是青春的坟墓》,许佳的《我爱阳光》都延续忧伤的风格,写着成长中的烦恼与困顿,叛逆与妥协,无奈与哀伤……精神与肉体的两相拉扯,现实与理想的挤压,形成巨大的文本张力,令读者收获丰富的情感体验。

如若早期郭敬明尚算得上贴着地面写校园生活,那么张悦然的书写则是浮在生活之上的恣意臆想。如她自己所言,"最初的一些创作尚未得到经验的补给,仅仅是靠情感驱动,运用蓬勃的想象力,它们纯粹、强烈,而且趋向极致"①。想象,对于经验匮乏的青年而言,是最佳的弥合人生与艺术间隙的途径,是一种有效满足其创作欲望的方式,在自给自足的梦幻世界做一个讲故事的人,支撑起青春世界里对于少男少女的所有幻想。《葵花走失在1890》中葵花被赋予了生命,以一朵花的视角展开叙事,"我觉得身体虚无,

---

① 张悦然,霍艳. "80 后"的文学对话:霍艳访谈张悦然 [J]. 中国图书评论,2013(7):32.

消失在他的眼睛里""杏色的井水漾满了疼痛,围绕着我""花朵被剪下来。喷薄的青绿色的血液在虚脱的花径里流出。人把花朵握在手中,花朵非常疼""我习惯的是明亮的黄色在每个早晨横空出世时炸开一样的味道。我觉得黄色的味道很霸道。带有浅薄的敌意和轻蔑。红色的味道就是我在黄昏里常常沉溺的味道"。想象、拟人、通感多种修辞手法并用,调动味觉、嗅觉、视觉等多种感官来感知爱、疼痛和死亡。

在张悦然的幻想世界里,她赋予所有的不可能以可能,忠实地尝试"存在即合理"式的浪漫书写。幻听、妄想、狂欢、巫术等诸多要素,千种决绝,万般极端,尽数被使用,只为强化青春期里诸多的情绪体验,如切肤之痛,或狂欢之喜,给读者带来一场感官盛宴。在她五光十色的想象世界里,在残酷冷静的死亡展览里,在燃烧的青春激情岁月里,折射出些许先锋前辈的语言狂欢镜像。

"出走"是张悦然笔下的常见母题,让人联想到20世纪以来的中国传统小说。例如《白鹿原》里的白灵和《青春之歌》里的林道静均以出走的形式,表达对传统意识形态的抛弃,传递着奔赴革命理想的愿景,具有强烈的政治话语合法性;苏童作品里时常出现的逃亡主题,代表现代人面临生存的困境,意图在他处寻找精神家园,置放飘荡无依的灵魂。不管是哪一种形式的出走,青年毅然决然背离家庭与社会,都源于有效沟通的缺席,与成人世界形成难以和解的隔膜。张悦然笔下少年们的出走,虽然无关宏大理想,亦不试图做深度挖掘,但她曾借笔下人物如此说过,"他必须逃走是因为他需要自由地热爱油画,热爱摄影,热爱音乐和文学","是的。我和小野一样地嫉恨这个恶俗的世界。我们都像无辜而干净的小水珠,我们本来是会被蒸发上去的……可是可是,我们在上升的过程中才发现这个世界的灰尘可真多。我们的身体都沾染了那些颗粒状的无赖。我们的身体越来越沉。我们变得臃肿而浑浊"。出走的直接理由和郭敬明笔下那一群向往自由的少年不谋而合,但更为深刻的原因是对成人世界的自觉隔离。在青少年的眼中,成人世界污秽浑浊,世俗不堪。为了保持清白灵魂,张悦然宁愿画地为牢,逃逸成人构筑的围城保有一己之地的纯净。

实际上,早期的张悦然虽未深刻剖析成人世界浑浊的内在原因,未能言明现代城市的发展下,物质诱惑对欲望世界的冲击,却敏锐地感知到城市作为现代机器对成人世界的控制和异化。在这一点上,郭敬明后期的作品《小时代》系列可以看作"80 后"一代所做的尝试,相较于之前徘徊在"自我"的小世界而无处遁寻的孩子,郭敬明显然已试图使笔下的人物向着成人世界迈进,在更宽阔的空间里记录成长的痕迹。

郭敬明以"时代姐妹花"顾里、林萧、南湘、唐宛如的故事为切点,讲述四人从校园步入社会的人生体验。校园,代表着较为纯粹的、理想化的生活场域;而成人世界,指涉主流权力话语,是一个充斥阶级、物质、欲望的集合体。"时代姐妹花"的友谊出自校园,本以为天长地久的友谊在四人踏入社会后,遭受了前所未有的打击。《小时代》系列先后多次出现群体性争吵的描写,这种争吵并不是偶然性的突发现象,而是多种矛盾聚集的必然结果。按照成人世界遵循的社会法则,郭敬明笔下的人物进入社会后,便携带了十分鲜明的阶层属性。顾里、顾源、宫洺等代表社会上层阶级,他们光鲜亮丽,坐拥万千财富,享有物质精神的多种资源;林萧、南湘、唐宛如则相应地代表中产阶级甚至是底层人民。虽然校园时期的"姐妹花"亲如姐妹,但进入社会以后,社会阶级的存在已对他们的价值观、世界观和人生观产生了潜移默化的影响。以林萧为例,在林萧的眼里,曾经纯粹的友谊逐渐有了从属关系,她认为顾里对姐妹的关心和帮助,是源于上层阶级独有的优越感。顾里从对下层人群的施舍中获得虚荣心,而林萧则倚靠上层社会的援助获取更多的生存资源,林萧与顾里的感情得以继续维持的前提在于社会阶级的不对等,由此形成看似稳定互惠互利的模式。即便林萧意识到两人间友谊的功利性、虚伪性和不可靠性,但林萧面对现实生活的压力,缺乏独自承担的能力,依然需要依靠顾里的支持。不对等的阶层关系里,物质差异导致了心灵层面的不平衡,但吊诡的是底层阶级拒斥上层阶级压迫的同时,却又难以抛开对上层权力的依附。同一阶级的矛盾也层出不穷,为了争夺财产所有权,人人钩心斗角,情感世界充斥算计,友情、爱情、亲情皆遭遇危机,一如争吵不断的"时代姐妹花"们易碎的友情,顾里和顾源之间岌岌可危的爱情,宫洺和周崇光之间抵不过巨大利益的兄弟情等。郭敬明将一众人物推向成人世界,检验情感的有效性,发现本以为固若金汤的情感关系,在物质的溶剂里快速消融沦陷。随着成长见证诸多的阴谋,残酷的竞争,永不满足的欲望,不平等条件下滋生的嫉妒与仇恨,理想化的私人图景开始破碎,少年逐渐深知生活的重担和物质交换下人性人情的不可靠。

  从拒绝长大,拒斥成人世界,到靠近成人世界,青春带给少年的体验显然相异。相较于校园生活中飘荡的忧伤情绪,成人世界里一切异于理想化幻境的真相将在少年的成长记忆里烙下不可磨灭的印记,成为更加深刻的伤痛。

  相较于早期郭敬明、张悦然对于青春的暧昧态度,韩寒对成人世界持有更加明确而激烈的态度。韩寒不愿做任何形式的妥协,也不会懦弱地与世隔绝,采用躲避的方式。他更像鲁迅笔下的一名勇士,以谈判的方式直面现实世界。《1988:我想和这个世界谈谈》就是一部极具自我主权宣言意味的作品。标题"谈谈"二字的出场表征着谈话主体,不是以弱者的依附姿态聆听和接受现世,而是以平等的姿态与世界理性地对话。作品讲述的是路子野和妓女娜娜在去接狱友的路途上发生的故事。小说采用现实与回忆双线叙事,以反讽口吻展示社会万象:社会治安维护者的暴力行为,教书育人者扼杀人性的事实,道德沦陷下的丑陋行径,演艺圈司空见惯的潜规则,等等。作者言语间流露出对小人物悲苦人生的同情,对世间荒诞之事的尖锐批判和对世界不合理性的公然质问。

实际上,《1988:我想和这个世界谈谈》的意义,并不仅限于对荒诞世界的批判,它更在于执着呼唤公共领域里的个体理性意识,带有些许新世纪启蒙的意味。文本随着一段旅途展开,却始终没有指明热血青年路子野与这个世界和谈的内容,亦没有明确的相谈结果,反而以主人公一路的所见所闻,所想所感填补了这一空白。作者如此安排小说结构,显然重点并不在于内容,而强调的是对话所具备的先决条件,即个体理性。与世界交谈的资本,是对现实世界全面深入的了解,是现代社会下个体具备的理性思维能力,亦是与现世对决的前提。文本里有这样一段描写:

> 这么多年来,一直是我脚下的流沙裹着我四处漂泊,它也不淹没我,它只是时不时提醒我,你没有别的选择,否则你就被风吹走了。我就这么浑浑噩噩地度过了我所有热血的岁月,被裹到东,被裹到西,连我曾经所鄙视的种子都不如。
>
> 流沙说,你怎么能反抗我。我要吞没你。
>
> 我说,那我就让西风带走我。
>
> 于是我毅然往上一挣扎,其实也没有费力。我离开了流沙,往脚底下一看,操,原来我不是一个植物,我是一只动物,这帮孙子骗了我二十多年。作为一个有脚的动物,我终于可以决定我的去向。我回头看了流沙一眼,流沙说,你走吧,别告诉别的植物其实他们是动物。
>
> 我要去向我的目的地。我要去那里支援我的兄弟们。

这一段描写,极富有寓言意义,影射的是个体理性思维的觉醒或者说自我意识的觉醒。流沙,指代个体身处的社会环境,社会主流话语。之前的"我"始终处于混沌状态,对"自我"缺乏真正清醒的认识,自我意识始终裹挟在时代的宏大话语之下,以顺应的姿态而存在。在这里,"我"的旅途演变为"支援"之路,即帮助沉醉的众人寻找自我的道路。

这个寓言式的比喻,让人联想到五四时期鲁迅先生十分经典的比喻,将启蒙文学比喻成唤醒铁屋子里沉睡的人们。时隔百年,沉睡的人群再一次需要被唤醒,这条旅途在某种意义上而言,可以说是续接传统的新一轮启蒙运动。当然,此时的启蒙文学,不论是启蒙的对象还是启蒙的策略都具有了有别于传统的特点,这与当下文学所处的文化语境和社会背景有着不可分割的关系。中国发展方式的转型,已然使当下中国处于全球化的消费时代,消费主义、物质主义、享乐主义、利己主义在市场社会肆意泛滥。《1988:我想和这个世界谈谈》中呈现给读者的种种荒诞之事,就是消费主义、娱乐主义盛行下的产物。消费主义成为大众不加节制地追求物质与欲望的合理借口,市场经济使得人们的情感沦陷,道德滑坡,人类一切美好的价值信仰一同坠入深渊。消费时代的大众是盲目的,面对大众媒介不断重塑的社会现实,大众辨认不清自我与真实现实的关系。其原因之一,可以追溯到此前两次启蒙运动的不彻底,因而理性尚未在中国社会全面普及,中国大众还未来得及建立自给自足的个人思考机制,就淹没在了消费时代的浪潮里。

如果说此前的文学尚拥有一定的社会功能,带有高度的社会责任感,反映社会现实,表达人文关怀,那么消费时代下的文学作品则在市场经济的浪潮下被大批量地生产,其包含的审美属性、社会属性逐渐被娱乐属性所取代,文学作品为迎合大众的低级审美趣味被不断消费,文学自身从文化中心场域退居边缘地带,处于一种十分尴尬的境地。"文学的道德基础和公共意识游移不定,文学的思想能力和批判精神萎靡不振,相对主义和犬儒主义美学思潮流行泛滥,拜金主义和民粹主义齐头并进,关注重大现实和历史事件的宏大叙事被颠覆,而以欲望叙事为主流的琐碎叙事却大行其道。"①文学作品里人文主义价值立场的式微,在引导大众回归正义精神上,显得无能为力。韩寒显然意识到了诗性正义在文学与市场下的必要性,诗性正义亟待重建,以规整普遍的人道价值,重拾人的崇高天性和生命尊严,知识分子急需站出来再一次承担唤醒民众的使命。

回顾中国历史上两次声势浩大的启蒙运动历程,呼唤理性、驱逐愚昧的宗旨是一致的。五四时期的启蒙,面对腐败愚昧的封建文化,知识分子高举启蒙大旗,建立社会理性。20 世纪 80 年代的启蒙,试图回归传统文化,寻找自给自足的精神话语。但前者,因为民族救亡运动就此搁浅,后者则被飞快到来的消费时代阻隔,两者均以未完成的状态退出历史的舞台。《1988:我想和这个世界谈谈》文本里传达的启蒙意识,则承袭传统启蒙宗旨,希望文学再次介入公共生活,知识分子保持精英立场。在消费时代语境下,引导大众发觉自身理性思维的孱弱,自觉地认识世界,重新定义和接受健康的道德价值、人情伦理,继而"发展一种可以与功利主义相抗衡并能够替代它的艺术哲学与艺术方向。它不仅符合人们的道德自觉,而且更人性和更符合审美化的精神传统,也在市场中国文学叙事的实践上具有可行性与深入性"②。

一代人有一代人的理想。每一代人都会有自己的人生追求、理想诉求和与之相匹配的价值体系,进而形成一代人的行为动力和信仰意志。"80 后"一代作家的青春成长小说里,常有作品记录青年的理想在成长过程中遭遇的种种变故,书写青年成长的心路历程,

---

① 向荣. 诗性正义:文学在消费时代重建社会关系的首要价值 [J]. 社会科学战线,2012(8):142.

② 徐肖楠,施军. "市场中国"文学的诗性正义 [J]. 华东师范大学学报(哲学社会科学版),2009(3):100.

细腻地刻画青年们在追梦途中激动、兴奋和梦想幻灭后的痛苦、迷惘等复杂的情感,塑造生动形象的青年理想主义者的形象。

校园生活见证了"80 后"一代由懵懂少年迈入成年人之列。青春期的学生,尤其是高中生,随着年岁的增加,拥有更加成熟的想法,面临高考这一重要的人生时刻,开始思考自己的人生轨迹,对"自我"的主体性有了更为明晰的认识。少年们在对人生的理想规划中,形成了一套独有的价值评判体系,也开始逐渐审视自我、家庭和校园之间的关系。以"对当下僵化的教育体制的批判"出名的韩寒,在《三重门》中塑造了一个玩世不恭,看似没有理想,终日无所事事的主人公形象,借林雨翔之口宣泄对当下的校园生活、社会风气的不满。不满,意味着预设的未达标,《三重门》的创作显然隐藏着未直接言明的理想和预期。作者批判教育界的虚伪、矫饰等众生相,反感僵化的高考制度下对"人"的思维的禁锢,指出育人的宗旨被抛却,学生失去学习的动力和人生目标等诸多事实,这一切均源于主人公心怀理想,有属于自己的一方理想的教育国度。鄢龙的《残龙笔记》同样是一部反映当下教育现实的作品,社会上急功近利的思想,父母争相攀比的虚荣心都成为施加在学生身上的压力。作品巧妙地构造了真实世界和虚幻世界两个空间,以真实世界映射当下真实现状,而以"我"的虚幻世界表达一种美好的理想状态。在学生理想的世界里"父母尊重孩子的独立人格与意愿,对孩子既不娇惯,也不过于严厉。不随心所欲地支配孩子,关心孩子成长中的进步和问题,对孩子有明确合理的期望与要求;能坚持自己的正确原则,对孩子的缺点、错误能采用耐心恰当的方法加以解决,注意满足孩子的正当需求,启发孩子的自觉性,训练和培养孩子的自立、勤奋等品质"[①]。理想和现实的差距,毕竟会让

[①] 张进辅. 现代青年心理学 [M]. 重庆:重庆出版社,2002:476 - 477.

怀抱理想的理想主义者感到沮丧和惆怅，读者在心痛于主人公理想破灭的同时，能更加深刻地理解当下教育界存在的问题。

"80后"作家除了关注学生的人生理想，也会聚焦其情感层面的理想。饶雪漫《左耳》中的李珥是一个被赋予理想主义色彩的人物，小说开篇以一段自白开头："上帝作证，我是一个好姑娘。我成绩优秀，助人为乐，吃苦耐劳，尊敬长辈。我心甘情愿地过着日复一日的日子。"李珥就此以一名单纯、安静、成绩好的乖乖女形象出场，李珥对许弋的喜欢和迷恋，可以说是对理想生活状态的执着。许弋身上曾经的纯洁阳光，象征着李珥心目中理想的美好状态。但是，随着放肆张扬、敢爱敢恨的黎吧啦，冷酷乖戾的张漾等人物出现在李珥的生活中，她的人生轨迹稍稍偏离了既定的轨道，黎吧啦的意外离去使得她对周围的一切产生了怀疑，对亲情、友情、爱情有了重新的认识。同时，许弋的堕落也意味着理想的失落。虽然作者在小说中并没有以彻底的颓败结尾，而是让人物最大限度地得到了宽恕和救赎，但是青春期里少男少女经历的理想的失落，对现实世界，对人与人之间情感的认识，都真实地再现了青春期人物的感受，令读者切身感受到了理想主义者在成长过程中经历的阵痛。

青春，是一个极富包容性的名词，因为年少，青春的文本里本能地接受懵懂少年们淡淡的忧伤和惆怅，包容无所畏惧的对成人话语的反抗，宽恕其一时的堕落、放纵或沉迷，心疼少年们的迷惘与挣扎，青春世界总是给人留下诸多念想。

初生的"80后"群体，一致将校园作为书写的背景，将成长的少年作为书写的对象，关注一代人的成长历程，描摹其心灵轨迹。无论是散文式的抒怀或天马行空的想象，抑或是愤怒的呐喊与尖锐的讥讽，都是少年们在僵化的教育体制压抑下发声的方式，表达了破除禁锢、追求自由的愿望和对未来生活的美好向往。虽然创作者未经人世砥砺，未尝人间磨难，从而不可避免地导致写作范围的窄小化，或囿于校园题材，或浮在地面做变化莫测的幻想，但其初衷都源于对一代人的精神关怀，从个体生命之维探讨青春境遇中的精神问题。这是属于"80后"青年写作的"小时代"，在较小的格局里，以精致的语言，抒发细腻复杂的情感，絮叨青春期里哀婉绵长的故事。

二、浪漫的理想

莫言在为张悦然的《葵花走失在1890》一书作序时，对张悦然做了这样的评价，"成功来自她的才情和不懈努力。当然，她的作品也有局限性，比如她在小说中过于沉湎于自我，这使她的小说显得很紧缩；她的抒情是'敞开式'的，往往显得缺乏克制，等等。伟大的文学，从不单纯停留在梦幻的层面上，它要涵盖历史，涵盖广阔的现实与责任，涵盖琐碎、艰难而具体的现实人生"[①]。实际上，这样客观准确的评价不仅一针见血地指出了张悦然作品的缺陷，同时也道明了"80后"一代的整体创作弊端。"80后"一代一出生就在物质充裕、极具现代性色彩的消费社会。远离中国传统乡土，城市便成了"80后"一代的生活故土和书写原乡。"80后"一代对于中国传统乡土经验和记忆存在先天缺失的弱势，这使得他们早期的青春叙事，反复沉迷在纸醉金迷、灯红酒绿的声色世界里。加之"80后"青年从小远离生存的压力和沉重的家国情怀，接受现代社会下新的价值观念，他们的世界里没有规整的思维范式，没有大写的价值关怀，而习惯了活在当下，享受个体生命的创伤和欢愉，使得青春叙事再次与历史疏离，造成了远离传统历史的后天不足：他们"任由年少的灵魂游荡在物质主义的玄幻时空，无

---

① 张悦然. 葵花走失在1890 [M]. 上海：上海文艺出版社，2010：227.

法发现传统与历史身处同样妙不可言的时空境界"①。时光荏苒,当这批年少的青年作家步入而立之年,经历人情冷暖,世间沧桑,他们开始意识到自身的不足,并努力寻求改变,正如张悦然自己所言,"我总有一种担心,若干年后回顾过去的时候,这些青春的记忆会否让我们觉得羞愧。因为所有的热爱,都没有根基,也没有给过精神力量……偶尔有过的激情,也显得如此莽撞和苍白,像一些被线绳支配的小丑"②。"80后"作家逐渐尝试从个人青春体验中走出,进入更为宽敞的公共领域,在中国传统文化中寻找属于这一代人的精神沃土,接续断裂的传统文化链条,孕育出更有质感的作品,重建文学与社会的关系。

当"80后"青年个体的经验已不足以支撑更加富有质感的文本创作,"80后"开始自觉向父辈一代寻求出路,沿着父辈更为古老的记忆摸索历史的轮廓。于是,家族书写成为"80后"由青春文学进入世情文学的一个入口,开始关注个体生命与家族命运在整个历史进程中的演变。

家族叙事在中国文学史上实属常见,从明清时期的《红楼梦》以四大家族的衰落反映人生悲剧和封建社会的末世危机,到鲁迅的《狂人日记》尖锐批判封建吃人的家族,吹响讨伐封建家族的号角;从巴金的《家》书写旧式家族的没落和新生青年的觉醒,预示旧制度的溃败趋势,到张爱玲的《金锁记》呈现家族中异化的人情关系,形成家族和个人二元对立的书写模式,巨大家族指涉个性的牢笼,遏制个体生命价值的发展,个体和家族的矛盾达到白热化程度,作家借推翻家族来表达对腐朽文化价值反叛的愿望;随着《四

---

① 郭艳. 像鸟儿一样轻,而不是羽毛:80后青年写作与代际考察 [M]. 北京:文化艺术出版社,2012:23.
② 陈熙涵. 张悦然首次撰文反思"80后" [N]. 文汇报,2008-11-12 (09).

世同堂》的出现,个人与家族的矛盾演变为民族与家族的矛盾,个人话语被归置于宏大民族话语之下,到 20 世纪 40 年代的《红旗谱》,家族故事则转为明显的阶级斗争,家族矛盾上升为阶级冲突甚至民族矛盾;及至伤痕文学、反思文学续接启蒙话语,《古船》等作品反思中国文化传统,以家族叙事寻找文化劣根性和国民痼疾,到 80 年代《罂粟之家》《妻妾成群》等一批新历史小说以家族叙事颠覆以往宏大的历史叙事,书写家族的衰败,家族人伦情感的沦陷,展现一个个备受折磨的灵魂,将人的隐秘欲望与冲动,人性之丑与恶一并展示给读者;90 年代的《白鹿原》以家族的视角,观看社会转型,在家族的兴盛与衰败之间,构建一种恒久性的思考,重新反思和追索中国历史文化和传统民族精神。

家族,不断为后代提供讲述的基础和文学想象的动力,承载不同时代的作家对历史的传奇想象。"80 后"作家也不例外,对于父辈以及自我所属的家族亦表现出了极大的好奇,并由此衍生出繁复的文学想象,意欲一探家族往事所有隐秘之事。但相较于前辈们以家族史来反映大社会的变更和整个民族史诗传奇的野心,"80 后"作家的态度则内敛许多,退回到个人的小家族叙事。对于父辈家族,或偏执在一种历史追问上,从自我经验出发,在家族故事的温床上,寻找父辈历史的痕迹与真相,一如张悦然;或沉迷于纯粹的世情书写,关怀家族内部微妙的人性人事,写尽血缘维系、婚姻嫁接下的人情关系,一如张怡微。

张悦然的《茧》讲述的是一个钉子引发的血案,由此牵涉出"文化大革命"中三个因此改变命运的家庭的故事。《茧》的创作初衷源自张悦然父亲的一部小说,本欲以伤痕文学的方式讲述一个"文革"时期的故事,而张悦然却借此展开了一段自己的文学想象之旅,对同一段历史的不同讲述方式恰恰是这部作品颇有深意的地方,也表征着"80 后"作家看待历史的角度和方式。《茧》是极具象征意味的文本,"父与子"的母题出现在文本中来映射父辈历史和"80后"一代的主流价值,作品里的"我"——李佳栖想方设法追寻父亲的一生轨迹,拼命地拼凑别人口中的父亲的生活,试图以此了解父亲的一生。父母离异令李佳栖对于父亲有着深深的迷恋,而父亲的突然辞世更加深了其对历史的向往,但李佳栖自身的情感状态破裂,使这种追寻状态戛然而止,父子的无解状态被悬置,一同被悬置的还有祖父的历史,祖父的去向,等等,文本以一种深深的徒劳感和李佳栖、程龚对立双方的和解结束。张悦然似乎并不在乎一段历史的结果或者真相,而更倾心于这般耽溺状态,这暗示着"80后"一代目前所处的文化困境,对历史的认知碎片化、日常化,困厄于时代精神断裂的事实,难解如何从日常性叙事转变为社会经验叙事的难题。

相较于张悦然严肃庄重的格调,张怡微则显得更加世故,不必大费周章地探寻,而是在举手投足间展现最小的家庭单位下祖辈日复一日的生活。小到细民,大不过盛宴,捕捉只言片语,一个低眉顺眼的尴尬,一句客套话的虚与委蛇,一顿家宴下的热闹与清冷……张怡微洞察人情之细可比张爱玲的锱铢必较,人与人之间的推诿、忍让、暗藏的精明以及整个家族的性情都被张怡微纳入眼底,洞如观火。在世情故事里,她手书上海经验:大自鸣钟的拆迁、菜市场的喧闹、上海木材厂的建设、生活住房价格的飙升等富有年代感的静物和事件,在时间的光晕里看世事变迁、家族聚散、悲欢离合、冷暖自知。

值得一提的是,父与女的关系在张悦然和张怡微笔下都呈现相对尴尬、互不理解的状态。父亲在场但父爱缺席是两部作品奇妙的共同点,下一代人渴求父辈给予主动的关心,而父辈却难以满足子女对爱的渴求,这揭示了"80后"一代青年孤独心态的缘由,父辈与子辈相异的价值观念使得父辈无法为子辈提供心灵依赖。诚然如此,张怡微最终以理解置换了偏执,多少给读者带来些温暖的气息,暗示着"80后"一代青年作家与传统历史文化之间微妙的关系，标记了"80后"青年作家借助传统文化拓展书写空间的可能，试图构建属于"80后"一代的人文关怀志向。

随着时间的推移与社会的发展，中国社会无论是在政治建设还是经济结构上都发生了前所未有的变化，人们所依托的生活环境与思维形态在无形中也相应改变。城市是大多数"80后"作家生长的故乡，为作家提供了文学创作的源泉，霓虹灯、街角、工厂、学校和超市取代了黄土地、夕阳、农具、牛羊和集市，构成了"80后"作家挥之不去的记忆。城市取代乡村，成为这一代人生活的主场所，见证万千个体生命戏剧化的人生历程。如上所述，"80后"青年作家面对与传统乡土经验疏离的先天劣势，一部分创作者呕心沥血地向历史深处纵深寻求出路，一如张悦然；一部分"80后"作家索性另起炉灶，将城市作为书写的原乡，建立属于"80后"一代的城市故土文学，譬如双雪涛。

双雪涛的城市书写，将城市作为生产主流话语的中心，植根于城市土壤进行文学创作，打破城乡二元对立的书写模式，成就了"80后"作家存在意义上的新的"乡土"。对"80后"作家而言，他们追求的是在城市背景下叙说自己的故事，填补被忽略的一代人的精神历史空白。为了展示城市的现实积淀与文化内涵，双雪涛从发生学的角度结构小说，力图将城市作为一个有生命的整体呈现给读者，以此把握新"乡土"的生命形态与内在动力。这主要包括三个方面：

第一，在小说结构和布局上，进行城市与历史的同构性书写，城市作为故事展开的背景，不仅是实体的现实存在，更见证了一段历史的发生，记录了城市人的生命历程和城市的变迁过程，包括社会环境、经济状况、阶级群体、意识形态和文化遗传诸多方面。为了让历史和城市进行有效的对接，将情感和认知建立在城市对象上，双雪涛以一种回溯的方式，讲述城市兴衰演变过程，在大的历史背景下细说小人物的悲欢离合与生活沉潜，用微观视角取代宏大叙事，将抽象的历史脉络具体化，以日常生活细节为表征，描述一段无声无息的历史进程。例如《平原上的摩西》里父亲日复一日机械般的作息生活，《聋哑时代》中李默父母幻想拥有持久的铁饭碗，《大师》中的管理员在下岗后若无其事地在棋局里厮杀，小人物的命运似乎无关颠沛，不见波折，却见证了时代悄无声息的改变。叙事者试图塑造一种回溯的时间观，青年一代回望父辈历史，揭示父辈面对社会转型的巨变流露出的迷茫和手足无措的同时，以辩证的眼光讲述历史的前进。城市的演变虽带给父辈精神的冲击，以人文关怀的部分失落为代价，却为子辈提供了进步的阶梯，以冷静的口吻讲述历史的无奈与果决。作者试图在过去—当下—未来的绵延中，完成历史和城市的续接，城市或兴盛或衰败，但个体生命在这里不断生长壮大，同时创造出新的历史。

第二，在表达形式和叙事方法上，双雪涛打破西方流行的二元对立的思维和表述方式，撕下现代主义及后现代主义为城市贴上的所谓理性至上、孤独冷漠、商品拜物、视觉消费等带有意识形态色彩的标签，立足于中国本土的现实语境，冷静客观地反思城市的发展如何同步到小人物的生活世界。双雪涛从符号之维切入，颠覆西方话语下的城市形象，继而以本土话语和现实意向充实其内涵。一方面文本聚焦20世纪80年代特定的城市阶层和群体，从工人阶级出发，寻找时代烙印在城市的痕迹，考察城市在价值转型和经济发展中的重要节点，个体生命的价值观念、精神风貌与社会政治的关系；另一方面，双雪涛善于发掘个体化人物，对其进行特殊化处理，不断丰富人物形象与内涵。

第三，在现实意义上，城市书写不再只表达对过往云烟的追悼，转而衍生出对未来的展望，抒发一种积极乐观的情绪。在现代化的进程中，城市化是不可避免的一个环节。对经济利益和生活品质的追求，必然促使中国大众群体从乡村进入城市，成为新一代青年文学创作的主要阵地。值得注意的是，居于"原乡"地位的城市本身就带有辩证法的痕迹，建基于城市之上的历史更不会一成不变，当城市以崭新的面貌呈现给世人时，双雪涛建立了一种新的历史观，试图在更广阔的视角中处理现实与神话、个体与阶级、微观与宏观之间的矛盾，在繁华万象中寻找历史的痕迹，在断裂的生命体验中进入残片的现场，返回到中国文学和文化的总体精神、价值体认和文化根源中，从而建立起个体生命与历史的新关联。为更好地描摹"80后"一代的历史，双雪涛选择用意象来表现，不局限于文本中某一个物，而以整个文本来呈现。《长眠》的叙事虚实结合，文本架空了历史，没有刻意营造特定的年代感，也没有对生活环境的细节描述，而是用情节的讲述掌控整个节奏，勾连人物，转变空间；虚幻在或平淡或曲折的现实讲述中强行突入，以更加荒诞、无厘头、莫名其妙、匪夷所思的突变转移读者的视线，猛然抽离日常生活，形成陌生化的效果。对读者而言，幻境的书写赋予了他们选择和观看的权利，在文本建构的游戏中，他们可以随意进入任何场景，模拟对现实的逃离。"80后"的历史感知亦复如是，他们在生活中冲突碰撞，敢于挑战冒险，因为未来的一切都是无名未定的，历史也因此呈现出破碎、偶然和瞬时的状态。从美学的角度上说，阅读与生活，写作的拟真与虚构，本身就相互融贯，读者和小说人物在"互为他者"的模式中相互观看，大有"明月装饰了你的窗子，你装饰了别人的梦"的意味，虚实情境的创设与对接，场景空间的随意转换和身份的不确定，形成了文本的巨大张力，赋予文本独特的审美特质。至此，历史碎片勾连具有了学理层面的合理性，作家有理由在这里重新出发，回归到传统文化的精神领域中，找寻生命的完整意义与城市想象的多种可能。

余论

另一种现实:理想的困境

"当代文学"的"当代性"从一出生便注定了其不确定性中隐藏着诸多未知的可能,随着时间的延续和空间的扩张,当代文学的内涵和外延也正在发生并将继续发生变化,"网络文学"的出现似乎正表征着这种可能的合法性。据最新数据报告统计,中国互联网络信息中心(CNNIC)在京发布的第 40 次《中国互联网络发展状况统计报告》(以下简称《报告》)显示,截至 2017 年 6 月,中国网民规模达到 7.51 亿,占全球网民总数的五分之一。[①] 阅文集团发布的《2016 网络文学发展报告》表示,"网络文学用户规模首次超过 3 亿,成为移动互联网核心内容和国内最大的 UGC 文化产品之一"[②]。"2013 年至 2016 年,网络文学的复合年增长率达 44.9%,2016 年至 2020 年预计按 30.9% 的复合年增长率持续增长。2016 年,中国网络文学市场规模为人民币 46 亿元,占中国文学市场总规模的 11.4%,该百分比预期于 2020 年会增至 22.7%"[③]。诸多事实均已说明网络文学作为一个新型文学创作类别,正在以其庞大的创作数量和巨大的声威博取社会大众的关注,并且成功地获得了普罗大众的支持,形成一股新的文学力量,与传统文学形成双峰并峙的当代文学格局。面对文学场域里这场声势浩大的网络狂欢,以回避的态度对网络文学的存在视若无睹算不上明智之举,此章意欲探讨网络文学以何种魅力令众人沉醉,文学的饕餮盛宴之下是否触碰

---

① 中国互联网信息中心. 第 40 次《中国互联网络发展状况统计报告》发布[EB/OL].(2017 – 08 – 04)[2017 – 08 – 15]. http://cnnic.cn/gywm/xwzx/rdxw/201708/t20170804_69449.htm.

② 阅文集团. 2016 网络文学发展报告出炉 四大数据带你读懂中国网络文学产业[EB/OL].(2017 – 02 – 13)[2017 – 08 – 15]. http://mp.weixin.qq.com/s/qSzYuiDEBd5jUYzD27v4Cg.

③ 鲁洋. 2017—2018 年网络文学行业分析报告[DB/OL].[2017 – 08 – 15]. https://wenku.baidu.com/view/272df2bff80f76c66137ee06eff9aef8951e4815.html.

得到浪漫气息，聆听得到理想的回声。

目前，虽然网络文学的出现已有数十载，但学界并未形成一个完善的网络文学批评系统，网络文学仍处于命名焦虑的时代，正如著名的网络文学研究专家欧阳友权先生所言，"无论在理论批评界还是在网络写手眼中，对于什么是网络文学，究竟有没有网络文学，怎样才算是网络文学等，都存在诸多争议"①，但为了衔续现行的表述，本章对网络文学的探讨基于欧阳友权先生的定义：网络文学是一种用电脑创作，在互联网上传播、供网络用户浏览或参与的新型文学样式。它有三种常见形态：一是传统纸介印刷文本电子化后上网传播的作品，这是广义的网络文学，它与传统文学的区别仅仅体现在传播媒介的不同；二是用电脑创作，在网上首发的原创性文字作品，这类作品与传统文学不仅有载体的区别，还有网民原创、网络首发的不同；三是利用电脑多媒体技术和 Internet 交互作用创作的超文本、多媒体作品（如联手小说、多媒体剧本等），以及借助特定电脑软件自动生成的"机器制作"，这类作品离开了网络就不能生存，因而，这种狭义的网络文学，也是真正意义上的网络文学。② 在此说明，本章节讨论的网络文学，并不包含纸质文本的电子复制形态，亦姑且不论以互联网媒介为载体的技术属性，只关注其文学审美性存在。

网络文学的小说类型众多，欧阳友权归纳为：玄幻、奇幻，武侠、仙侠、科幻、灵异、修真、穿越、历史、架空、盗墓、悬疑，惊悚、恐怖、侦探、探险、都市、言情、游戏、竞技、青春、校园、职场、官场、军事、太空、权谋、宫斗、女性、美男、同人、

---

①② 欧阳友权. 网络文学评论 100 [M]. 北京：中央编译出版社，2014：6.

耽美、新红颜、轻小说、百合、女尊等①。实际上，诸多类别的界限却稍显模糊，某些类别并没有十分明晰的区别，本章欲选取《后宫甄嬛传》和《微微一笑很倾城》两部作品，探讨其文学审美性在场的可能。

《后宫甄嬛传》以一名女子的视角讲述了封建传统宫廷生活的故事，群像般地展示了众多女子在后宫钩心斗角的权力斗争，前朝刀光剑影的邀功争宠中的悲惨命运。《后宫甄嬛传》被定义为架空历史的小说，因其并无具体历史依据可考，作者仅仅倚靠对历史元素的大致把控，虚拟历史的框架和空间，在此虚拟之境建构故事体系，展开一段奇妙历史想象之旅。在这一点上，《后宫甄嬛传》与苏童小说《我的帝王生涯》有不谋而合之处，"提取历代帝王宫廷生活的必要的规律性的元素，构建了一个虚构然而自足的宫廷世界。中国历史上司空见惯、循环上演的宫廷元素在这里一一上演：宫廷事变、倾轧夺权、太子争位、后妃争宠、飞短流长、外敌入侵、血腥屠杀、世事变幻、兴衰更替……"② 但稍稍细读文本，便会发觉叙事语言、叙事视角、叙事结构的不同使得两部文本表现出不同的文本张力。

首先，在叙事视角和语言风格层面，不可否认，流潋紫具有深厚的古典文学素养和掌控文字的功底，作品章节的命名和对话旁白对古典诗词的化用和征用，可谓信手拈来。李凤霞和胡月仓的《网络长篇小说〈后宫甄嬛传〉中的古典诗词初探》③ 对其有详细的分析，在此不做赘述。流潋紫的文字柔美婉约，以第一人称的女性叙

---

① 欧阳友权. 网络文学评论 100 [M]. 北京：中央编译出版社，2014：248.
② 王笑菁. 王者归来之现代魅影：中国社会转型期宫廷叙事研究 [D]. 苏州：苏州大学，2007：139.
③ 李凤霞，胡月仓. 网络长篇小说《后宫·甄嬛传》中的古典诗词初探 [J]. 河北民族师范学院学报，2013，33 (4)：45-47.

事视角展开叙事，构筑后宫女子眼中的皇权制度和宫廷生活，用直抒胸臆的方式表达女子豆蔻年华情窦初开愿得一人心的初心，"掌上珊瑚怜不得，却教移做上阳花"的无奈，"十年生死两茫茫"①的浮生若梦般的慨叹，引得读者可怜其于明枪暗箭、暗室阴谋之境；可叹其"姹紫嫣红开遍，却付予断井残垣"② 之命；可悲其任皇权束己身、空留只影无处话凄凉之景……相较于流潋紫对情绪最大限度的渲染，生于如诗如画江南水乡的苏童却时刻丈量情绪的一分一毫，虽然其语言本身拥有极少男性作家具有的细腻委婉、古典浪漫的唯美特色，但又兼具了些许先锋作家的冷静与坚定，恰到好处地钳制了情绪的流露，将其把持在最适度的范畴。苏童以第一人称的帝王视角讲述"我"的故事，在此对情绪的把握正好契合了人物设定的沉重叙事背景和历史环境。

其次，从叙事结构切入，不难发现，《后宫甄嬛传》遵循的是历史线性发展规则，以传统的时间顺序展开故事，借由甄嬛依次由常在晋升为贵人、嫔、妃、贵妃，再至后位的过程，描述了甄嬛从天真懵懂的名门少女成长为专擅权谋的宫廷后妃的复杂历程。而苏童的《我的帝王生涯》表面上似乎按着时间的轨迹前进，但实际上文本却暗藏一条隐形的回溯的叙事线索，通过高僧觉空、老宫役孙信等人物隐隐约约地彰显出来。《我的帝王生涯》不断复现"燮国的灾难快要降临"等预言般的言论，而"我"的帝王生涯似乎是以回溯的姿态不断印证预言的合法性和可信性，画外音般的论断同时切断了连续的历史时间，使得叙述戛然而止，停顿片刻再带领读者驶向下一段历史旅程。两相对比之下，流潋紫依凭传统线性时间连缀而出的文本因了故事的完整与连贯，而更具有通俗性和可读性；苏童对传统时间结构的刻意打破则留下了文学先锋形式的印

---

① 苏轼. 苏轼词集［M］. 上海：上海古籍出版社，2014：39.
② 汤显祖. 牡丹亭［M］. 黄任忠，校. 长沙：岳麓书社，2002：28.

记，适宜的语言和节制的情感，避免了复杂情绪的过度干扰，从而营造出了冷静肃穆的预言氛围，为接下来要谈论的作品主题定下适宜的基调。

最后，进入叙事主题层面，《后宫甄嬛传》讲述了一名后宫女子成长的一生，展示了后宫众生相和女子们的种种悲惨命运，侧面揭露了封建皇权专制下被异化的人性和被奴役的生命意识。虽然文本精致的语言和生动写实的品格值得肯定，但《后宫甄嬛传》的格局在历史小说一脉中却显得局促而微小。历史的风云诡谲、权谋的争名夺利统统一笔带过，置换为妃嫔间争宠邀功、钩心斗角的一抹背景色，抑或是帝妃浓情蜜意的一味调料，历史元素不但没有安置在文本的核心位置，反而成为呼之即来挥之即去的助推情节的小角色。及至人物层面，虽说文本呈现了一系列丰满且复杂的女性形象，显露了宫廷斗争中的人性的险恶、人情的凉薄和人心的多变，但是文本对主角甄嬛的定位自始至终都只是后宫斗争的牺牲品，无异于后宫其他一众女性，女性性格的巨大转变均停留在争宠夺爱、因爱生恨的复仇逻辑之上，使得其作为一部历史小说的立意显得颇为浅薄。这皆源于文本对于人的主体性的思考程度欠缺深度，文本采用第一人称叙事，却少对甄嬛的人性主体做深度解剖。作为文本前后期的过渡阶段，甄嬛的甘露寺修行之期，始终沉迷在前期凄凄艾艾的愁怨和后期只愿君心似我心、定不负相思意的痴情之中，无关失落人生的反思性分析，无关封建传统皇权制度的批判，更不涉及叩问个体生命的存在意义等现代性命题。甄嬛在命运的一次次打击下，怀揣滋生的恨意，以复仇的名义，为了家族的复兴重新接续起自己的后宫人生。若是抽空历史的背景，《后宫甄嬛传》的故事简单到可以浓缩为一个女子在众多爱恨纠缠中徘徊的故事，而文本精美的语言和辞藻的打磨，都不过是给一个单薄的身躯做最华丽的修饰。反观苏童的《我的帝王生涯》，同样以第一人称进行叙事，涉及宫廷事变、倾轧夺权、太子争位、后妃争宠、飞短流长、外敌入侵、血腥屠杀、世事变幻、兴衰更替种种事端，但人物情绪的转变，却有明晰的因果缘由，是为了表现皇权制度作为一种封建文化符号，对人的异化和侵蚀的过程，并不是简单地凌驾在男女爱恨情仇之上。此外，端白对于其人性中至纯至善的逐渐泯灭有着深刻的主体意识，苏童巧妙地利用第一人称的叙事视角发掘端白的主体意识，展开追问"我是谁"的人生命题，可见《我的帝王生涯》延续了新历史小说的创作理念，虽依附在架空的历史轮廓之上，却难掩其观照人性的本质，表达了作家对非理想的历史反思的观念。

纵观中国当代历史小说，其发展脉络大体为，从新时期历史小说到20世纪八九十年代的新历史小说，及至当下网络文学新创的架空历史小说。新时期历史小说突破了狭隘的民族观念、对立的阶级斗争框架，以多维创作视角关注历史人物的人格和人性，同时文本自觉承担了传播优秀传统文化，以古为鉴反思民族精神进而增进民族精神凝聚力的责任。新历史小说的出现，标志着新的历史观念的出现，小说家对非理性的历史保持的警惕和怀疑态度使得历史小说有了更多述说的可能，在一定程度上，新历史小说在解构了宏大的历史叙事之后，实际上陷入了私人领域的小说叙事，关注大历史下的小人物命运。虽说后者以思辨思维取代前者的认同叙事，支配了创作者对历史的阐述方式，但两者均凸显了"人"的位置，人的主体性和能动性不断被作家发掘，增进了现实生活个体与抽象历史存在之间的有效沟通。一方面，文本由于人物形象创设的丰满而彰显出具体可感的丰厚的精神文化底蕴；另一方面，历史的祛魅将大历史从神坛拉入人间，人物情感的丰富，传奇故事的想象都大大增进了文本的可读性和愉悦性。发展到当下网络文学中的架空历史小说，历史小说的真实性和精神深度几乎被网络作家悬搁，而偏重于历史小说文学性的愉悦功能。正如上文对《后宫甄嬛传》的浅析，文本借助一群女子百转千回的传奇命运，表现人生的悲欢离合，加之精致唯美语言的点缀，引得众多读者对其或凄凉或甜蜜或无奈或绝望的纷扰情绪产生极大的共鸣，激起普遍的猎奇心理，故事作罢的同时读者便在一片唏嘘叹惋中纷纷散场。文本除了带着读者群体领略了一番过山车般的情绪体验，并不指涉意义层面，更不期待以文学烛照当代文化心理或做深层的价值评判。

此类现象并不仅局限在历史小说类别，以当下改编为电视剧并获得极高收视率的小说《微微一笑很倾城》为例，《微微一笑很倾城》被归置为青春校园小说，小说主人公被设定为一对俊男美女，完美到几乎找不到任何缺陷，拥有所谓的"三高"属性：高颜值、高智商、高收入。这样一对主人公的爱情故事构成了整部小说的主要线索，满足了少男少女对爱情生活所有的想象，受到一众青少年的追捧。然而，从学理层面而言，这样一部小说本身却具有明显的缺陷。首先，从外在文本形式而言，其语言表述口语化倾向十分严重，碎片化的网络用语和口语强势侵入文本，将文本的美学特性破解得荡然无存。作品目录的章节标题并不成系统性，口语、俗语和俚语均入题显得十分随意且无遴选的标准；正文文本的句式短小，句型单调，虽通俗易懂，但抽去了精雕细琢打磨字句的过程，文字整体呈现一种粗糙的质感，同时也失去了文学性美感。其次，从内在价值内容而言，人物形象虽被贴上了近乎完美的标签，却十分扁平化，人物性格不立体、不饱满，人物形象仅通过他者只言片语的形容词堆砌起来。《微微一笑很倾城》整部作品的人物基本上通过围观众人的反应和单调平面的语言描写来旁证人物形象，而人物本身的人物表情、动作细节、环境描写、心理活动等统统被抽空，无从考证的主体人物情感逻辑导致人物性格的真实性受到质疑，文本里的主人公仅仅是理念架构里的虚空之人。在文学创作理论里，"情节的功能完全服从于刻画性格的需要。情节的审美价值完全取决于它对性格的容量和展开性格的深度和广度。……性格逻辑的特异为情节的创新提供了条件"①,情节与性格相辅相成的逻辑关系确证了《微微一笑很倾城》中单调的人物性格和乏味的故事情节的必然性,同时衍生出了文本意义的空洞和无力感。整部作品依旧不关涉人物生活意义和社会价值追求,文本悬浮在浅薄的情感层面,耽溺在金钱美貌、聚众攀比、佯装胜利的无尽虚荣感中,打造童话般的浪漫幻梦。

如此炙手可热的两部网络文学作品,文学性消弭至无以复加的地步,却依旧以浪漫的名义吸引了无数受众。因此,不得不将网络文学置于大众文化语境下,探究娱乐性倾覆思想性的内在原因,并且重新考察文学在网络媒介下在场的可能性。

网络文学规避对宏大命题的探讨,逃避承担评判文化价值的责任,抽空文学审美的致思内涵,而精心打造私人经验的殿堂,放任私人情绪聚众狂欢,实际上体现了后现代文化思维对文学创作的渗透。欧阳友权先生在《网络文学的后现代文化逻辑》一文中指出了"后现代主义的典型特征是深度模式削平、历史意识消失、主体性丧失、距离感消失等"②,后现代主义的目的是"颠覆现代主义精心建立起来的各种规则,拒斥现代主义构筑的优雅形式和隐含深度,以实现反意义、反解释的平面化叙事。这样,后现代主义者在文化言说和价值表征上,不再相信那些历史性的伟大主题和英雄主角,怀疑并否定宏伟叙事,也不期待找到返回宏伟叙事的道路,而是心甘情愿地承认知识的局限、断裂、反悖,认可平面化和浅表感,提倡削平深度模式,或干脆倾向于操作性判断,以建立局部决

---

① 孙绍振. 文学创作论 [M]. 福州:海峡文艺出版社,2004:537 - 540.

② 欧阳友权. 网络文学的后现代文化逻辑 [J]. 三峡大学学报(人文社会科学版),2004(3):21.

定论"①。网络文学的后现代主义逻辑为文学场域里的众神狂欢提供了正当的借口,为失去深度思维模式的文学找到了得以滋长的理想途径。网络借由比特作为软载体语言,通过"散点辐射、触角延伸"② 的方式,形成众人皆可自由表达沟通的平台,消解了传统的中心话语模式,网络文学在一定程度上成了一种普泛大众传达审美取向的新的艺术形式。实际上,文学作为一种艺术创作形式,并不受到文化形态和文化身份的支配,不论是以人文知识分子为代表的精英阶层抑或与之相对的民众均有发声的权利,但目前网络文学具有的后现代文化特征业已说明了当代文化格局里,大众文化对精英文化的挤压和侵占。在此,大众文化意味着"一种以文化产业为特征,以现代科技传媒为手段,以市场经济为导向,以市民大众为对象的社会型、大众化的文化形态。它具有商业性和产业性,具有强烈的实用功利价值和娱乐消遣功能,具有批量复制和拷贝的创作生活方式,具有主体参与、感官刺激、精神快餐和文化消费都市化、市民化、泛社会化的审美追求。它是反映现代工业社会和市场经济条件下大众日常生活、适应大众文化品味、为大众所接受和参与的意义的生产和流通的精神创造性活动及其成果"③。以后现代文化逻辑为原点,网络文学的天平逐渐在市场经济进程中向大众文化取向倾斜,势必造成大量失去精神深度的文本的复制现象。历史文本架空真实历史存在背景,都市小说充斥粗制滥造的口语俗语,魑魅魍魉的鬼怪仙侠小说满足了现代人无处安放的想象力,问道修仙之途和玄幻古墓之谜释怀了对神秘巫术的好奇,霸道总裁和帝王将相的花式宠爱慰藉了现代人孤独的内心,众人在网络世界里以放肆的

---

① 欧阳友权. 网络文学的后现代文化逻辑 [J]. 三峡大学学报(人文社会科学版),2004(3):23. ② 欧阳友权. 网络文学的后现代文化逻辑 [J]. 三峡大学学报(人文社会科学版),2004(3):23.

③ 叶志良. 大众文化 [M]. 上海:上海文艺出版社,2003:25.

想象弥合自我在现实世界里的失落,网络文学因此成为合法性的代偿性机制,疗救现代社会里焦虑的众人。缠绵悱恻的爱情故事、光怪陆离的鬼神世界和纸醉金迷的都市虚拟空间满足了众人各类的物质需求与情感体验,在快感体验终结之时,狂欢仪式便落下了帷幕。如此,足见后现代语境下的文学潜在的危机:现代社会给现代人造成的精神隐症并未得到根本的疗救,网络文学巧妙地以一剂麻药缓解了肉体疼痛,却延误了精神向度的救治,而众人却在批量制造的笑声里自欺式地庆祝自我的痊愈。

市场经济下的文学创作固然避免不了逐利本质,然而一味放任其愉悦功能的发展,以迎合大众的审美趣味,以期获得满意的高额利润,对于整个民族的精神发展和文化心理建设并无太多的积极影响。有破无立的认知态度,在全盘否认掉已有的价值体系,怀疑当下的国家意志,警惕精英势力的权力话语时,在一片破碎、断裂的认知下只能飘荡更多虚无的灵魂,吸食消费主义吗啡,倚靠幻想与梦境,在制造的快乐中沉醉。抛却了价值、理想、意义、崇高、道德以及终极关怀的文学,不过是一个被伪浪漫主义包装的娱乐场,是一名扮演自愚娱人角色的小丑。面对当代文学价值存在失范危机,再次呼唤文学的理想主义就显得很有必要。实际上早在20世纪90年代初谢冕先生就在《理想的召唤》中提出:"文学创作有一切的理由享用自以为是的自由,但文学显然不应抽去作为文学最具本质的属性。文学的建设最终作用于人的精神。作为物质世界不可缺少的补充,文学营造超越现实的理想的世界。文学不可捉摸的功效在人的灵魂,它可以忽视一切,但不可忽视的是它始终坚持使人提高和上升。文学不应认同于浑浑噩噩的人生而降低乃至泯灭自己。文学应当有用,小而言之,是用于世道人心;大而言之,是用于匡正时谬,重铸民魂。"①

---

① 谢冕. 理想的召唤 [J]. 西安教育学院学报,1996(1):1.

在当下提倡文化自信的年代,正视文化领域和文学精神的痼疾是重建民族文化图腾的重要前提,以知识分子为代表的精英阶层,尤其是人文知识学者需要自觉承担传播优秀传统文化、优良伦理道德的责任,以引领、启迪和感染大众的方式取代媚俗、粗俗和庸俗的迎合举措。不可否认的是,当代社会仍然处于转型的阶段,深化改革的过程中仍然面临诸多社会问题,文学需要手书真实的社会现状,揭露改革过程中的社会矛盾与问题,关注"人"的生存问题,但文学在展示真实的过程中还需全面考量普适的人的精神世界,辩证地看待社会的美与丑、善与恶,单纯地沉迷暴力、死亡、情爱、玄幻书写的文本,无疑会导致世界观、价值观和人生观的扭曲,无益于健康的人文精神的建立。正如孟繁华先生期许的一样,当代文化呼唤这样一种新的理想主义:"无论时代发生怎样的变化,文学都应当对人类的生存处境和精神处境予以关切、探索和思考,应当为解脱人的精神困境投入真诚和热情,作家有义务通过他的作品表达他对人类基本价值维护的愿望,在文学的娱性功能之外,也应以理想的精神给人类的心灵以慰藉和照耀。当然,它不会再去讲述集体的梦幻,不去编织幻觉和假象,而对现实的理性认识使这种文学又充满了必要的批判精神,良知与正义感是新理想主义基本的精神内涵。在理想的背后,它不预示任何神学语义,不具有类似宗教的功能,它不企望对人实行新的精神统治,它只是以自己特有的话语形式表达他对人类灵魂关怀的真诚,在艺术的范畴内显示作家的创造力和想象力,并告知人类对'爱'与'善'的永恒需求。"[①]

如果说,以网络文学为代表的大众文化中的伪浪漫主义正在对传统浪漫主义和理想主义精神进行解构,那么蕴藏于精英文化中的媚俗化倾向则进一步消解孕育传统浪漫主义与理想主义的文化土

---

① 孟繁华. 众神狂欢:世纪之交的中国文化现象 [M]. 北京:中央编译出版社,2003:180.

壤。前者以放肆的想象力创造出了一个充斥着肉感体验的幻梦空间，从而使传统浪漫主义与理想主义的言说空间遭到了进一步的挤占。后者则可以说是以作家为首的知识精英对日渐式微的传统浪漫主义与理想主义的抛弃，放弃了以理想、崇高的文学占领大众精神领域的想法。两者都对传统浪漫主义与理想主义的复归带来了巨大的打击。

20 世纪 90 年代初，文化（文学）的制度改革被提上了日程，版税制度的全面实施，专业作家人数的减少以及对出版社、文学刊物资助的锐减，都使作家与市场的联系更为紧密。市场的选择成为作者写什么和怎么写的一项重要依据。因此作品中的媚俗化倾向不可避免，而媚俗化的倾向进一步削弱了传统浪漫主义与理想主义的精神基础。一方面，缘于对大众审美的迎合，伪浪漫主义的矫饰表达充斥于文本；另一方面，出于对大众阅读心理的考虑，浪漫主义与理想主义精神一定程度上遭到了作家的摒弃。"现代社会人们的生存压力大，生活节奏快，大众更加追求欲望的满足和感官的刺激，借以缓解沉重的压力，宣泄紧张的情绪，表现在审美方面，就是大众越来越追求刺激、新鲜、奇异的事物，猎奇心理愈发强烈。"[①] 大众对于文学保持着相同的审美倾向，发惊世之语、表达强烈感情的文字往往更能引起读者的注意，至于这些文字是真诚地为理想奔走呼喊还是仅仅为了哗众取宠则成了难以解答与界定的问题。对历史与文化苦难的刻意营造使超越苦难的意义被消解，对理想空洞的抒情与讴歌反而增添了理想本身所具有的暧昧性。而在 90 年代之初受到热烈追捧的余秋雨的散文便体现出了这些特点。

在余秋雨的第一本散文集《文化苦旅》中，他就表现出了对苦难的热爱。他期望通过克服苦难表达出对自身文化理想的执着与坚

---

① 许婧. 当代文学媚俗倾向的原因探析 [D]. 扬州：扬州大学，2013：25.

持,这具有一定的浪漫主义与理想主义色彩,但是对历史苦难过多的想象与夸张以及对自身苦难的臆造与夸大反而消折了苦难的凝重与严肃,显示出的并非是跨越苦难后的自我超越,反而折射出作者面对历史、生命与梦想的轻佻态度。

首先,余秋雨对理想主义者超越苦难精神的瓦解体现在大量运用煽情策略去讲述中国历史与文化的苦难。在其散文中,苦难的模式被简单化,苦难更多地被处理成了简单的善恶对立,尽管这样的结构有着模式化的嫌疑,但是却能极快地调动起大众的同情心。以《黄州突围》为例,苏轼政治命运的多舛有着非常复杂的原因,但在作者笔下,苏轼的困境仅仅被归纳于小人构陷,复杂的政治事件被看作是善与恶的对立。苏轼成了中国文人的精神代表,而加害者则被称为"一股强大而邪恶的力量",甚至在最后用尖刻的语言一一列举所谓的构陷苏轼的小人。而对苏轼所遭受的痛苦的夸张描述,则使这种善恶对立愈发分明,更强烈地挑动了阅读者的情感。"轮番扑打""哀号""嘶哑"等词语把苏轼的悲剧淋漓尽致地展现在了千年之后的读者面前,唤起的是读者对苏轼的同情、对小人的痛恨以及对作者情感的认同。而在《千年庭院》中,大学问家朱熹也"一直蒙受着常人难以忍受的诬陷和攻击",朝廷无用的小人们成为谋害他的主力军,以至于其"著作被禁,罪名深重,成天看着自己的学生和朋友一个个地因自己而受到迫害"。朱熹作为饱受迫害的教育家、学者的光辉一面不断被作者放大,而他为中国思想史、文化史所带来的负面影响却没有被作者全面地评估与写出,他在作者所构造的善恶二元对立的模式中成了一个"高大全"的文化剪影。历史的谜题、文人的惨剧全部都纳入了善恶对立的框架中,人与人的纠缠在他的散文中成了最大的困境。余秋雨散文中所展现的文化思辨性与哲学性,表明他对命运、生存、自由等关于人生的哲学奥义都有过思索,他一定明白人与外部的争斗只是生命所遭遇的困境中的一小部分,人性中的善恶从来都不是泾渭分明的。但是作者还是忍不住采纳和使用了这种高度煽情的叙述模式，把困难简单化。正如学者朱大可所说："尽管它从文学技巧上看相当笨拙，但在中国的读者市场却是双重有效的，它既点燃了读者的历史怒气，又使之产生了对作品乃至书写者的无限钟爱。"① 其次，作者对大众心理的迎合，造成了他对苦难模棱两可的叙述态度，也使超越苦难的意义受到了质疑。一方面作者赞赏苦难，甚至不惜夸大苦难；另一方面他又渴望为沉重的历史与文化描画出一副轻松的面孔，不愿意使阅读者背负沉重的精神枷锁。其中最典型的例子便是《宁古塔》，流放宁古塔的人们面对的是恶劣的生存环境、骨肉离散的惨剧、不明不白的冤屈，在对苦难的充分展示之后，作者却笔锋一转尝试去冲掉苦难在阅读者心中的阴霾，他把这苦难看成是友谊的试金石，"有了朋友，再大的灾难也会消去大半。有了朋友，再糟的环境也会风光顿生"。在作者对于苦难言说的背后分明展现出这样一种逻辑：人生中的苦难最终都会转化成一出喜剧，而只有经过由悲到喜的转换，超越苦难才有了意义。出于传统知识分子的忧患情感与缜密思考，余秋雨当然知道历史与文化从来不是轻松的，带有不可言说的沉重，但是对阅读者的迎合使他最终放弃了对苦难的进一步言说与阐述，没有写出苦难终结后的最终奥义应该是对自我的进一步超越。反而选择了为自己进行辩解，认为"我们能熬过苦难，却绝不赞美苦难"②。正如朱大可所说："行旅奔波的肉身苦痛，遭到精神欢娱和文化亲情的腐蚀。在我看来，这是比煽情本身更为致命的弱点，它削弱了余文进行'人文主义沉思'的力度，并且大步退行到了汪诗的级位。软体哲学在文学中又一次获得了意外

---

① 朱大可. 抹着文化口红游荡文坛：余秋雨批判［M］//朱大可，吴炫，等. 十作家批判书. 西安：陕西师范大学出版社，1999：38.

② 余秋雨. 宁古塔［M］//余秋雨. 摩挲大地. 北京：作家出版社，2008：135.

的胜利"①。

而余秋雨文中对理想的空洞的讴歌则是对传统的浪漫主义与理想主义精神的一种变相的背离。这种背离首先表现为他在言说与追求理想的过程中所展现出的情感与语言的双重矫饰状态。与大众文化宠儿王朔鄙视理想、轻视崇高不同,余秋雨从一开始就展现出了鲜明的理想主义者色彩。在他的作品中,他对理想进行了充分的阐述,如果说这段文化苦旅在起初是作者渴望从文化中寻找活力健全自身,那么后期他的苦旅与写作有了更为宏大和壮阔的目标。"为什么我们要寻找这种角落,不惜为之连年苦旅?不是为了拾捡故事,也不是为了访古感怀,而是为了探求人性在高度浓缩后才能够显现的奥秘,为了询问祖先在合力倾泻后有可能埋藏的遗言"②,于他而言,理想已经不再是遍访山水自己攫取那一份文化与自然的养料,而是带领整个民族去探秘中国历史与文化之中的奥义。在这个宏大的理想面前,他扮演了一个痛苦的理想坚守者和追逐者的角色,用近乎夸张的语言叙述了他在进行文化寻根的过程中所遭受的苦难。以《风雨天一阁》中的描述为例。"就在这天晚上,台风袭来,暴雨如注,整个城市都在柔弱地颤抖。第二天上午如约来到天一阁时,只见大门内的前后天井、整个院子全是一片汪洋。……但是,院子里积水太深,才下脚,鞋筒已经进水,唯一的办法是干脆脱掉鞋子,挽起裤管趟水进去。本来浑身早已被风雨搅得冷飕飕的了,赤脚进水立即通体一阵寒噤。就这样,我和裴明海先生相扶相持,高一脚低一脚地向藏书楼走去。"一场大暴雨所引起的积水成了作者进行文化朝圣的苦难。旅行路途的辛劳程度,本不能被未曾

---

① 朱大可. 抹着文化口红游荡文坛:余秋雨批判 [M] //朱大可,吴炫,等. 十作家批判书. 西安:陕西师范大学出版社,1999:37.
② 余秋雨. 樱下 [M] //余秋雨. 寻觅中华. 北京:作家出版社,2008:81.

经历过的人所体会，但是作者就日常路途和正常的生活景象也进行没有必要的拔高和上纲上线则确实有些矫揉造作。人们所钦佩的是全心全意的投入、真诚、灵魂的纯净，以及献身于信仰的能力和坚定性，不管他信仰的是何种信仰。① 但是在余秋雨的文章中，对理想过于华丽的讴歌，对实现理想艰辛的描述都使作者看上去似乎有意在借实现理想的过程标榜自己的高尚。这种背离还表现在作者理想追求的虚无性，在没有坚实的精神支点进行支撑的情况下，余秋雨的散文中表现的更多的不是新生的希望而是对过去文化消逝的感伤，他笔下所吟唱的更多的是过去的挽歌而并非新生的赞歌。他在《道士塔》《莫高窟》中哀悼敦煌文化的损毁和破碎，他在《白发苏州》《上海文明》《抱愧山西》中悲哭日渐衰落的城市文化与精神，在《贵池傩》《追回天籁》中嗟叹凋落的淳朴的传统文化。这些文章中充斥了感伤的情调，饱含了对旧日文化、习俗、政治凋亡的痛楚，且无法在这些痛楚之中找到更为积极的意绪与方向，正如学者朱国华所说："说穿了，《文化苦旅》的精神实质就是一种毫无新意的感伤情调。作者写来写去的，无非是中国传统文化与现代文化对峙时的尴尬，以及作者对此生起的某种不可名状的执著和迷惘。"② 对于浪漫主义者而言，幸福永远存在于彼岸，对美好的追求与希冀是一个永恒的过程。但是从余秋雨的作品中可以看到所有出现在这些怀旧书页中的言说都是一种挽歌，哀悼着所有正在随风而逝的政治、道德和文化传统。③ 这样的文字可以为读者带来美的享受，却无法为读者们指明未来文化与社会发展的新的方向。

---

① 伯林. 浪漫主义的根源［M］. 吕梁，等译. 南京：译林出版社，2008：23.

② 朱国华. 别一种媚俗：《文化苦旅》论［J］. 当代作家评论，1995（2）：59.

③ 朱大可. 抹着文化口红游荡文坛：余秋雨批判［M］//朱大可，吴炫，等. 十作家批判书. 西安：陕西师范大学出版社，1999：59.

如果说作家书写对大众审美的靠拢导致矫饰言语充斥文本，那么对大众阅读心理的迎合则导致了作家对浪漫主义与理想主义的抛弃，自动放弃了文学所具有的批判与引导大众的作用。而后者在"新写实"小说中体现得最为明显。经历过"文化大革命"之后的大众，较之知识分子的"神圣"但又空洞的乌托邦理想，他们更愿意相信现实直接的利益，更愿意相信自己。① 相较于宏大的史诗叙事与高大全的英雄人物，贴近生活、符合传统阅读习惯的"故事"更能引起人们的阅读兴趣。"新写实小说"便在这样的语境下诞生，作品对芸芸众生的普通日常生活的关注，对世俗生活方式的与道德理念的认同都带来了大量的读者，但是却也因其的媚俗特征而丧失了文学所本应该具有的超越精神与指导意义。

首先，新写实小说致力于书写日常的琐碎小事与世俗生活，期望忠实记录与还原生活的本来面貌，但是在极端写实的笔触下却泯灭了生活之美和理想之希望。池莉是"新写实小说"的中坚，在她的小说《烦恼人生》中便展现了工人印家厚面对繁杂生活的捉襟见肘。从早晨起，生活的压力就扑面而来。拥挤的公共厕所、人满为患的公交车、调皮的儿子……印家厚的早晨显得忙碌不堪。待到进入工厂开始工作，不公平的奖金、不理想的工作前景、与徒弟雅丽的暧昧情愫、复杂的同事关系以及难以周全的人伦亲情再度为其编织出了一张烦恼的网，印家厚渴望做到面面俱到，却还是难以平衡与周全。等到回到家中宁静并未如期而至，搬家的压力、琐碎的家务、夫妻间的矛盾再度使他身心俱疲。还未曾从前日的辛劳中得到休憩，新一轮的奔波又再度展开。生活对于印家厚来说就犹如一场永远不会完结也不可能胜利的战争，并不会在一开始便给人以泰山压顶般的重负，却在日复一日的缠磨中耗尽了他对未来的希望与幻想，以至于"少年的梦想总是有着浓厚的理想色彩，一进入成年便

---

① 贺仲明. 理想与激情之梦 [M]. 广州：广东教育出版社，2009：181.

无形中被瓦解了",使从前意气风发的青年印家厚变为了日渐压抑疲惫的中年男人。而另一位作家刘震云所写的《一地鸡毛》中小林夫妻两人也在日复一日地与生活做着斗争,小到一块馊掉的豆腐、两桶偷接的自来水,大到孩子上托儿所、妻子需要调换单位,夫妻两人时时刻刻都在与困窘的物质条件、复杂的人际社会关系周旋。在生活的重压下,小林的妻子从一个"安静的富有诗意的姑娘"变成了一个"爱唠叨、不梳头、还学会夜里偷水滴水的家庭妇女",而小林则接受了自己曾经所鄙弃的金钱至上的观念,抛下了昔日的清高,敢于去市场贩卖鸭子。在对日常生活细节细腻的描写过程中,新写实小说呈现出一种刻骨的真实。新写实作家们所写的不再是苦海中的涉渡,不再是黄金彼岸的畅想,而是一幅困窘而丰满、琐屑而真切的市井众生图;不是被击毁的海市蜃楼后显现出的肮脏世相,而是果敢撕碎的虚幻景片的裂隙间呈现出来的现实人生。①昔日宏大的历史叙事被抛弃,英雄的业绩不再被讲述,甚至连壮阔的悲剧也难以看到,只有普通人每日生活中的一粥一饭、鸡毛蒜皮。正如学者陈晓明所说:"那些生活事实如此倔强地涌溢而出,它不企图完成任何宏大的时代命题,也不想给历史提供本质规律,它仅仅是一些纯粹的生活事实,一种纯粹的现实性生存。"② 黏稠的生活琐事填满了人们的生活空间,使人看不到除了生存之外更有意义的事情,无法把目光投射到更为遥远与广阔的地方,只能被眼前的利益所驱使,心甘情愿地被生活所左右。读者在其中可以轻松地找到自己的生活的痕迹与剪影,与作品中的主人公达到共情,但是却无法找到与现实生活搏斗的精神力量。

其次,新写实小说对爱情、亲情与友情等人世间美好情感的祛

---

① 戴锦华. 池莉:神圣的烦恼人生[J]. 文学评论,1995(6):51.
② 陈晓明. 中国当代文学主潮[M]. 北京:北京大学出版社,2009:378.

魅,使人类生存的立足点完全落在了欲望之上,消解了精神超越的另一种可能。对爱情的描写在新时期文学中占有较大的比重,爱情与思想启蒙、人的解放等主题联系在一起。宗璞的《三生石》中梅菩提与方知的爱情与婚姻展现出的是对恶的蔑视与人世间情的唯美;张洁的《爱,是不能忘记的》中母亲与"他"的爱则是对世俗生活的反抗,这份爱情营造出的是母亲心灵上的秘密花园;而戴厚英《人啊!人》中孙悦逐渐爱上并接受奚流的过程也是她麻木的内心在爱中复苏的过程。但是池莉却写出了《不谈爱情》,作品中庄健非与吉玲虽然是自由恋爱并最终走向了婚姻生活,但是两人之间却难以寻觅到真的爱情。从相识之初,他们的爱情便和社会阶级、物质环境联系了起来。对于吉玲来说,婚姻不是投身爱情的结果却更像一场投资,她要借助爱情来帮助自己跳出花楼街,走出让人自卑的原生家庭。在初识庄健非的时刻,吉玲所萌发的并非是对庄健非本人的爱意,而是对他背后知识分子家庭的巨大兴趣;而在交往过程中,她更是步步为营赢得了庄健非的心,那些温柔的体恤、无助的示弱的背后实在是吉玲渴望俘获庄健非的机心。吉玲的心中肯定是怀有对庄健非的爱意的,但是这场婚姻更多地呈现出的是她与整个家庭的算计与合谋以达到改变自身生存环境的目的。庄健非对吉玲的感情则是欲望大于爱情,肉体的饥渴使他渴望与吉玲成婚,父母的冷淡与阻拦则让他在自尊心受挫的情况下仓促结婚。在他们的结合中可以寻觅到利益、欲望与道德的踪迹,却难以寻找到倾心的激情与奋不顾身的爱。而在池莉的小说《绿水长流》中她更坚定地否定了爱情的存在。"我"在庐山旅游时与陌生人的相遇、相识本带有浪漫的色彩,可是"我"却在不断质疑与躲避这份缘分,最终把这段浪漫爱情掐灭在了萌芽状态。而"我"对发生在我周围的浪漫爱情故事的描述与评点,则进一步展示了"我"对爱情的不信任。李平平与方宏伟的初恋不过是孩子之间性欲萌动的试探,兰惠心与罗洛阳之间的纠缠也不过是两性之间暧昧的游戏,姨妈与姨夫的完美婚姻不过是恩怨纠缠的一团乱麻，甚至连宋美龄与蒋介石之间的爱情最终也被政治吞噬，那个渴望寻找到爱情的娇美的四川女子最后则患上了性病……所有的证据直指向一个论点，"上天好像并没有安排爱情。它只安排了两情相悦。是我们贪图那两情相悦的极乐的一刻天长地久，我们编出了爱情之说"。文中的"我"不仅用理智约束着爱意的萌发，甚至表现出对爱情的鄙视，认为那不过是孩子的游戏：当 18 岁的"我"流着眼泪朗诵情诗的时候，鼓掌喝彩的是我 16 岁的表弟。我 30 岁的表姐在一旁冷笑。姨母织着毛线，从鼻子里哼了一声。我饱经沧桑的五姨婆在火盆边睡着了。池莉所畏惧鄙视的并非仅仅是爱情，更是爱情背后所包含的超越现实、追求美好的浪漫主义精神。除了池莉的作品之外，方方的《有爱无爱都刻骨铭心》《树树皆秋色》，刘震云的《单位》《一地鸡毛》，刘恒的《伏羲伏羲》等这些经典的新写实小说中都出现了情侣、夫妻，但是却很难把他们之间复杂的情感看作是爱情。在新写实小说中爱情不再崇高、浪漫和神圣，而是变为了满足欲望与需求的借口。在"不谈爱情"的口号之下并非只有爱情的死亡，还有现代社会之中浪漫情怀的消逝，以及追求美好情感的信仰的消亡。正如学者陈晓明所说："'不谈爱情'既是一种拒绝，也是一种宣告：我们这个时代已经没有精神超度的可能性。一个没有爱情（不谈爱情）的时代，还有精神幻想吗？那滋生着的超越意象已经被合并入它的无所不在的日常现实中，注定要失去支配生活的力量。"[1] 曾经被数度赞颂的亲情在新写实小说中也被揭开了温情的面纱，变得现实与狰狞起来。在方方的小说《风景》中"我"的七哥尽管出身于一个大家庭但是从来没有得到过亲情的温暖。在童年时期，七哥首先遭受到的便是暴力，因为身份成疑，父亲对七

---

[1] 陈晓明. 中国当代文学主潮[M]. 北京：北京大学出版社，2009：388.

哥非打即骂且手段残忍；而小香姐姐与大香姐姐对他则是毫无来由的侮辱与暴力。随之而来的是家里人对他的忽略，在母亲眼里七哥甚至不如一条狗，而几个年长的哥哥在自己的世界中活得风生水起，几乎忘却了有这个弟弟，在生了重病的时候也只能躺在床底下苟延残喘。而当七哥以自己的爱情与子嗣换来了成功之后，亲人的残忍又以另一种方式呈现在他的面前，成为个体户的五哥与六哥嫉妒他的成功，便时时在无法有孩子的七哥面前炫耀自己的儿子；一直虐待他的两个姐姐，这时候却在他面前曲意逢迎，希望把自己多余的孩子过继给七哥；而从未给予过七哥温暖与爱护的父母，在七哥功成名就之后却时时在街坊面前吹嘘。相较于亲人的冷漠、残忍，七哥反而从外界共同捡拾垃圾的女孩够够身上获取了温暖。七哥的兄弟姐妹与父母并非是大奸大恶之人，但是他们的自私与猥琐却还是刺痛了七哥。在新写实小说之中当亲情的光环被撕碎之后，我们发现所谓的血脉至亲不过也就是和我们争抢资源的普通人而已，亲情也不能改变人与人之间为了利益而争斗的实质。而在池莉的《你是一条河》中母亲的形象也再度被颠覆，辣辣作为一个抚养七个孤儿的寡妇，在生活的打磨中变得世俗、狭隘与自私。为了生存，她纵容儿子社员去偷盗，让儿子咬金失学，并且选择性地忽视了基本的礼仪道德，为了利益与老李、朱老头等人保持着不正等的关系。但是她身上又涌现着对儿女最深重的母爱，为了孩子们不受委屈她选择了终身不再嫁，甚至为了孩子们去卖血。这样的母亲以及她所给予的母爱都是在新时期早期的文学作品中难以见到的。辣辣从母性的神坛上走了下来，把人的弱点重新赋予母亲这个角色，可以说是丰富了母爱与母性的内涵。但是母爱的神话却最终被打破了，辣辣苦心经营的那个家庭对于儿女们来说并非是充满爱的甜蜜温馨之地，而是冬儿企图逃离的是非之所，是贵子一生悲剧的根源，是福子的葬身之地。在诸多具有浪漫主义精神的作者笔下，充满温情的家庭是精神得以安放的宁静的港湾，亲情也是治愈精神痼疾的良药，在新写实小说中，亲情却不再神圣，家庭不过是世俗社会的向内的扩展，亲人不过是有着血缘的利益争夺者，现实的冷漠借助亲情的祛魅再度呈现在读者眼前。

最后，新写实小说作家对市民文化的认同，与现实生存谋求妥协都证明他们放弃了作为作家本该具有的批判立场，更忽视了追求文学作品本应蕴含的超越精神。其一，与传统现实主义相比，新写实小说多了对平民文化的赞同、理解与欣赏，但是却少了对大众文化弊端的探问与追寻。这样的特点在池莉的小说之中表现得尤为明显，尽管她也知晓大众身上所存在的狭隘、自私与短视的弱点，但是却不愿意理会，把目光投注到了市民阶层泼辣的生存能力之上，渴望用市民生活的热力来掩盖其存在的缺点。她的作品《太阳出世》讲述了李小兰与赵胜天这一对夫妻在怀孕、生产与养育孩子这一系列过程中成长起来的故事。作者已经敏锐地感受到了市民文化之中的糟粕并在文章中有所表现，例如存在于赵家的重男轻女的封建思想，当得知儿媳李小兰生了一个女儿之后，她的婆婆竟然"一屁股塌在妇产科门前的楼梯上，两只手背不停地抹眼泪"，并且宁愿打麻将也不愿意帮忙照顾产妇与婴儿；对金钱、面子的追求，促使赵胜天的哥哥为弟弟举办了特别豪华的婚礼，婚礼当天却引来冲突无数；就连李小兰与赵胜天这对模范父母身上也存留着市民文化中的不良习气，李小兰缺乏必要的教养，不管对于女同事还是婆家亲人都时常破口大骂，而赵胜天则对生活缺乏明确的目标与想法，一直得过且过。而繁荣的人流室、冗繁的生育手续、无序的保姆市场……在这些一闪而过的画面中都隐藏着社会问题。可是池莉却并不想探究和批判，她用新生命降生的喜悦遮盖了一切社会或人性上的丑恶，用李小兰与赵胜天的成长阻止了对大众文化进行进一步叩问的可能性，用小花园中母亲们之间的友谊遮蔽了现实的残酷。而在方方的作品《白驹》中，王小男可以说是市民文化与拜金主义孕育出来的产物，他身上充满了无赖气息，在朋友金麦子家行窃被抓反而能大言不惭地说:"我若不拿,谁帮你家吐故纳新?不吐故纳新,你爸爸哪有那么多地方放东西?没了地方,岂不令好些人失去了拍马屁的机会?不拍马屁,这一辈子该怎么活下去?我的行动虽小,却也是关系到国计民生的大事。"小男甚至连基本的道德观念也没有,他曾经与女人吵架、偷东西、赌博、猥亵妇女……他的生活之中没有崇高,没有理想亦没有目标。他离奇的死亡挽救了一车人的性命,这本是他人生中最接近崇高的一次,但是最终才发现那也不过是他为金钱所驱使而引起的失误而已。但是方方却并没有对王小男的行为进行指责,反而欣赏他直率得近乎无耻的态度,"禁不住高声赞叹小男虽龌龊,但却龌龊得深刻"。在作家戏谑而幽默的语调之中,王小男的自私与贪婪反而为他增添了生动与活泼之处,他的四处钻营反而成了下层民众努力生活的佐证。方方在这部作品中所关注与批评更多的是金麦子等所谓的上流阶级的虚伪与无良,但是对市民文化中的糟粕却选择了视而不见。新写实作家对于大众的情趣与欲求有了更细致入微的体察,更好地弥合了自新文学运动开始以来文学与民众之间的裂痕。正如池莉所说:"我希望我具备世俗的感受能力和世俗的眼光,还有世俗的语言,以便我与人们进入毫无障碍的交流,以便我找到一个比较好的观察生命的观点。"① 但是对于大众文化的过分认同绝对不是文学对大众的人文关怀,而是对平庸文化、低级趣味的纵容。其二,新写实小说中充满了对现实的无力感,浪漫主义与理想主义对现实的对抗精神在这里难寻痕迹。传统现实主义尽管也是以现实生活为基础描摹出生活中种种的不尽如人意,但是理想主义与批判意识仍然主导了作者的创作思想,挣脱平庸的思想是作品中人物的灵魂,理想仍然有照进现实的可能。但是在新写实小说中却更多地充斥着对现实的容忍与无奈的态度。在池莉的小说《烦恼人生》中,"朝朝夕夕,老是这

---

① 池莉. 我 [J]. 花城, 1997 (5): 60.

些商店,印家厚说不出为什么,一种厌烦,一种焦灼却总是不远不近地伴随着他",他却根本不想摆脱单调重复的生活所带来的倦怠,试也没试就放弃了抵抗,接受了生活中一切的不完美。尽管池莉认为这种生活态度有着一定的积极性,所展示的是普通大众对生活脚踏实地的态度,如她自己所说:"我们都在做着同一件事:少骂娘,多做事,让现状在一件一件的事情中得到改善。普通人的信条就是这样的——我们不可能主宰生活中的一切,但得竭尽全力去做。"①但是我们不能否认这样的生活态度中消极因素是远远大于积极因素的,人们已经失去了批判现实、反抗现实的能力,所有的行为皆是为了自己的物质需求服务,难以看到希望与梦想之所在。而在刘震云的《一地鸡毛》中曾经敏感、有想法的小林最终也滑入了麻木的生活旋涡中。他认为,其实世界上的事情也很简单,只要弄明一个道理,按道理办事,生活就像流水,一天天过下去,也很舒服。而方方的小说《无处遁逃》中的大学教师严航被迫丢弃尊严换取钱财时,也只能安慰自己"一切都是命运的安排,求甚么?"这种顺应生活的麻木状态背后是人对社会的妥协,是对现实生活的无奈避让。这样的生存状态与理念有存在的理由,但是绝对不值得提倡。它一方面反映出新写实小说作家对当代大众生存状态的洞悉;另一方面似乎也表现了作家们对这种价值观的认同,他们本身对社会生活也充满着深深的无奈与迷茫。在这种创作心态的左右下,也在对大众生活与心理的刻意靠拢中,新写实小说作家丧失了必要的批判精神与超越精神。在对平庸的日常生活的精细描刻中,在对神圣与高尚的祛魅过程中,在对大众生活理念的无限接近之中,新写实小说丧失了文学本该具有的批判精神与超越精神进行,留给读者的不过是流畅幽默的故事之后贫瘠的精神荒原。文学从来不应该是精英们的喃喃独语,所言说的也不应该仅仅是远离大众与现实的空中楼

---

① 池莉. 我写《烦恼人生》[J]. 小说选刊, 1998(2): 45.

阁。因此新写实作家关注大众言说现实的创作理念应该得到肯定，他们的作品自觉地弥补着大众与文学之间的裂隙。但是我们也应该看到文学来源于现实，但不应该过分依赖现实，作家除了以民众的视角进行思考之外，更应该有着自己对社会、人生独立的判读与思考。正如学者贺仲明所说："文学与现实是不可能分割的，尤其是在当前中国社会，现实是文学深厚的资源和热切的关怀所在。但是，这并不意味着文学要完全沉溺于现实，要写成赵树理那样的'问题小说'（这类小说当然有其优点，但不应该成为作家集体创作的方向）。文学需要以精神映照现实，需要超越现实的更高的人类关怀，也需要非现实的其他题材创作，需要浪漫主义和其他非现实主义。"①

---

① 贺仲明. 理想与激情之梦［M］. 广州：广东教育出版社，2009：221.

后　记

　　本书由武汉大学文学院叶立文教授主持,王胜兰、吕兴、王崟、杨国强、贺慎、周晓艳等人合作完成。具体分工如下:叶立文教授和王胜兰共同完成绪言;王胜兰负责撰写第一、二章;吕兴负责撰写第三章第二节;王崟负责撰写第四章第四节;杨国强负责撰写第四章第一、二、三节;贺慎负责撰写第三章第三节;周晓艳负责撰写第三章第一节;余论部分由吕兴和王崟共同完成。叶师在全书写作过程中给予我们很多具体的指导意见,使全书写作主题不致跑偏;同时又鼓励我们放开手脚,充分发挥各自的优势,找准自己研究的兴趣点与全书的契合处来进行具体写作。吕兴和我负责全书的统筹安排工作,吕兴承担了许多琐屑的工作,在书稿统筹过程中付出了很多的时间和精力。

　　另有游迎亚、董巧丽、陈锡凯、刘钰琪、黄诗婷、涂刘俊、刘茹斐、张海艳等人参与了本书的文字润色工作,为全书终稿的成形付出很多努力。在这里,对我的导师和所有同门致以最真诚的感谢!

　　此外,著名学者、武汉大学资深教授於可训先生不吝赐序,为本书增光添彩,特此致谢。

　　最后,本书的责任编辑龙文清老师,就书稿中存在的大大小小问题,一次次地与我交流沟通后订正,使这本书能够以现在的面貌呈现出来!感谢龙老师的辛勤付出!

王胜兰

2018 年 10 月